李建仰正
签言
1995年6月10日

平田先生
大雅
李建
二〇二五.七

3573
贾平凹

子一冶兒

李建
贾平凹
先生正

李建小兄惠存
莫言
庚寅冬月

李建小兄正之
莫言
庚寅冬月
於平安里

海将我心染蔚蓝
HAI JIANG WO XIN
RAN WEILAN

HAI JIANG WO XIN RAN WEILAN

海将我心染蔚蓝

李建 著

西北工业大学出版社

西安

图书在版编目（CIP）数据

海将我心染蔚蓝/李建著. —西安：西北工业大学出版社，2018.8
　　ISBN 978－7－5612－5732－6

　　Ⅰ.①海… Ⅱ.①李… Ⅲ.①散文集—中国—当代 Ⅳ.①I267

中国版本图书馆CIP数据核字（2017）第284964号

策划编辑：张　晖
责任编辑：隋秀娟

出版发行：	西北工业大学出版社
通信地址：	西安市友谊西路127号　　邮编：710072
电　　话：	（029）88493844　88491757
网　　址：	www.nwpup.com
印 刷 者：	陕西宝石兰印务有限责任公司
开　　本：	787 mm×1 092 mm　　1/16
印　　张：	14.25　插页：4
字　　数：	264千字
版　　次：	2018年8月第1版　　2018年8月第1次印刷
定　　价：	66.00元

目 录

1	从莫言左书说起
5	白鹿原上一个荷锄的农人
8	棣花古镇的静水深流
12	英雄铸铜慰青山
14	乡情，那份难以割舍的幸福
19	水教员，我们心中永远的痛
23	又到芦花飞扬时
27	千年后的天真女孩
29	岛城·百年·啤酒节
32	游弋在八仙的世外桃源
39	尴尬事里的素年锦时
42	青山清水轻秋风
45	疲惫地蜷缩在沙发中释放快乐
50	绝不弯折的男儿尊严
54	新兵，我们的好兄弟
56	再品一杯军旅情深
58	出租房里的快乐时光
63	驾驶窗外看青春飞扬
67	有一片祥云飞过蓝天

74	为爱，穿行在大后方
82	"什么"是什么
84	雨季，拒绝打伞
92	春风那个吹
94	你那一脸坏坏的笑
98	瞧你那怪怪的眼神
103	但愿大山永远沉默
106	银河上飞来的鹊桥
109	北京车展的林林总总
111	潘家园市场的雾里看花
114	欢欢喜喜过个年
117	眼神中飞舞出晶莹的雪花
119	与妻平职
120	美，悄然走进男兵营
123	坚守荣誉
132	都怪拯救连长惹的祸
134	碧海蓝天下的红色团队
139	晒秋红
141	就那么回事
143	公交车里唱歌的女人
146	一群"乌合之众"的快乐团队
152	遇上我是你的缘
156	初春的那场江南雪
167	乔迁之喜
169	少成若天性，习惯如自然

172	一颗充满感恩和回报的心
177	仗剑卫国勤学业,携笔从戎放梦飞
187	爱的深沉
192	第三极上的王老汉
207	由一颗牙引申的
212	后记　西京,这座千年帝都

从莫言左书说起
——在诺贝尔文学奖获得者莫言一斗阁品"三香"

因为刘浏部长的突然来访,我有幸再一次与著名作家莫言老师见面。

这是我与莫言的第三次见面了,记得第一次是在16年前北京的小西天。20世纪90年代,莫言的"红高粱家族"狂卷全中国,正逢其如日中天、大红大紫之时,我对他印象极其深刻。当时,他还欣然提笔为我的军旅诗集《燃烧的石榴花》写了序言《火焰或者海水》。

第二次见面是在跨入新世纪的来年初夏的一天中午,我与刘浏还有时任二炮政治部创作室主任的王缓平结伴而行。当时莫言刚完成历时5年倾心打造的长篇巨著《檀香刑》,他对这部汪洋恣肆、激情迸射的新历史小说典范竟自喻为是大踏步地撤退。这时的他正处于创作的黄金期,多部作品在美国、法国、意大利、日本等国家、地区获奖,并被翻译成英、法、德、西、俄等多种语言,在国内外文坛上具有广泛影响,所以他谈兴尚浓、直抒胸臆。

"六一"儿童节的第二天,天真稚嫩的快乐氛围还没有褪尽,我们几个超龄"大儿童"按响了莫言家楼下的门铃。

墨　　香

刚刚爬到二层楼的高度,莫言所带有的浓郁的高密口音便穿透过来,我们急忙抬头循声望去,只见莫言像个大男孩一般倚在门框上,更像是高密东北乡一棵倔强的高粱,左手三个指头夹着一支笔头上下黑白分明的长杆毛笔,腿上套着一条花格睡裤,脚上穿着一双肥硕的拖鞋,憨厚而慈善地朝我们笑着说:"毛主席就是这样待客的。"

寒暄过后,莫言便又进入主题,弓腰悬腕,开始了他用左手书法的技艺。莫言的家是一套老式住宅,面积只有百十平方米,没有几件像样的家具,倒是墙壁上遒劲有力的条幅与莫言温文尔雅的儒家风范甚是贴切。莫言左书的笔锋宛转而流畅，澎湃辗转之处彰显志在必夺、随心达意。宣纸上游龙戏凤般的墨迹有古典佳句、励志诗言，还有诙谐调侃的语句，如"挣钱给老婆花"令在场的人忍俊不禁。字如其人与文如其人同出一辙，字里行间闪烁出莫言独特的辩证思维和聪睿的感知触角。

莫言在即将收笔洗墨之时，礼貌而友好地询问了初识朋友的境况，夸奖"赞歌"这个名字取得好，边说边提笔为解放军艺术学院的师妹写下"高歌猛进"。在得知妙龄的女军官姜南还名花无主时，便送给她"小鸟依人"。我的小儿子尚在小学，便以长辈赠言他"蟾宫折桂"。也为同乡老友刘浏即将小升初的公子未未送上"渐入佳境"。正当我们各自庆幸得到文坛大家墨宝而又诚惶诚恐之际，刘浏不失时机地招呼大家合影留念，我们都把眼睛睁得大大的，像李玉梅一样，眨都不敢眨。

茶　香

每当莫言挥笔疾书时，杜师母总是笑眯眯地不紧不慢地将宣纸用双手抚平展，均匀地折叠出一道道格子印，然后端坐桌边用一只手拉平条幅，仔细端详着纸面上逸动的墨迹，不时由衷地发出"这个写得好""这个真不错"的评价之声。待一气呵成后，莫言总要端起茶杯呷上一口，用审视的目光扫视着纵情挥洒的字润墨鲜的条幅。

早在杜师母续水的当空，我便发现这杯茶除具有一般茶叶光鲜碧绿的色泽外，却是散发出股股清苦的味道来。"民事不可缓。"莫言口中振振有词："做人如品茗，色绿为心迹无尘，清香为陶冶心境，甘润为君厚仁爱。"这不禁使我联想起莫言与好友贾平凹之间的一段佳话来。24年前，贾平凹高举着写有"莫言"的大牌子在西安火车站广场接站，把周围的人吓得不敢说话。朴素而真实。官场上角逐名利，商海中唯利是图，怎能具备君子之交清淡如茶的上乘品质。看杯中叶浮叶沉，感悟人生起起落落。

正在大家静默深思时，一串钥匙的碰撞声敲碎了短暂的沉闷，原来是莫言家的"小棉袄"管笑笑回来了。笑笑开朗奔放的性格中透出一点点腼腆，已经参加工作好几年了，可是碍于我们与其父的关系，只得挨着个地叫叔叔阿姨。笑笑将她翻译的英国作家哈尼夫·库雷西的《加百列的礼物》作为礼物赠送给我们。

刘浏提及笑笑的长篇《一条反刍的狗》时，她很是谦逊地说不值一提。当回忆小时候是否抱过她时，俩人更是各执一词、争执不下。全家人其乐融融地一起回忆多年前西安之旅的喜悦。

此情此景，犹如一杯刚刚沏透的酽酽浓茶，散发着暖暖的春意，馨香而久远。

酒　香

　　文人墨客与酒的关系堪称鱼和水的关系。

　　著有《酒国》一书的"一斗阁主"莫言的酒量确实出乎大家意料。首先是自己滴酒不沾,以茶代酒。劝也是白劝,我行我素。另一个是不干涉别人喝酒,红黄白无所谓,喝多喝少自己把持。他坦言酒有两大作用:一是活跃神经。激发灵感,为文增色。二是麻痹神经。除了耍酒疯就是睡觉,什么事都干不成,脑子废掉了。

　　张大春言:"千言万语,何若莫言!"莫言既热情又不乏幽默地为文友介绍着我们:"我写过《四十一炮》,他们是二炮[①],还是他们厉害!"

　　开场白上,莫言形象地将第一杯酒比作开好凤头,劝勉大家更要为结好豹尾埋下伏笔。谈笑之余,徐君峰局长的非洲之旅所见所闻似乎引起了莫言的兴趣,更对他的新作《别样的非洲》颇有好感。

　　莫言曾经有过 21 年的军旅生活经历,现在的家还在部队的大院里面,他有着非同一般的军人情结。虽然我们座位不靠在一起,但是他经常会"打翻山炮"过来,询问二炮的建设发展、文艺人才的培养,甚至现场解析了某名作家的作品。

　　交谈中,得知莫言今年春季去成都参加了一个公益活动,与《火箭兵报》报社举办的第八次文学笔会擦肩而过时,我们在座的所有二炮人深深地为之扼腕叹息。

　　一阵爽朗的笑声与碰杯声过后,莫言手端酒杯如同悬腕的毛笔一般,大步径直来到我们面前,他凝视着墙上的一幅《万山红遍》的水墨画,深有感触地对站在面前的年轻的二炮军官说:"近年来,我注意到了二炮的文学作品,有大踏步的进步,一些作品在全国、全军颇具影响力,也有的被制作成影视作品,可谓是初出茅庐,后来居上。希望二炮人才辈出,优秀作品倍出。"话落杯起,一饮而尽。

　　在返回二炮营区的高速公路上,我忽然想起张志忠评价莫言的几句话来:"莫言的作品以精微的描写见长,刻画出人物曲折的心理活动和感性直觉,以人物的全部感官开放地接收外部世界的一切信息。"我暗自寻思,莫言对二炮的关注与熟稔,应该是缘于他丰沛的军人精神品格素养和大中国的"文艺复兴",正

---

　　① 　现名为中国人民解放军火箭军,于 2015 年 12 月 31 日成立。

如他的先锋作品般索隐发微、纤毫毕露，总是能叫人惊叹不已。也使我们真正读懂了大江健三郎的话："莫言是中国最有可能获得诺贝尔文学奖的作家。"

　　一路之上，也许是酒精挥发的作用，也许是莫言老师对二炮赠语的分量，总之，车厢里面的每个人周身都是热血沸腾，久久不退。

　　（2011年6月，造访中国作协副主席莫言的北京老房子。）

白鹿原上一个荷锄的农人
—— 在陕西作家协会主席陈忠实创作室里聊原上

阳春三月，古城西安春意正浓。

我与平启和意气风发地走出西安政治学院的大门，向着当下具有强劲的"陕军东征"味道的陕西作家协会出发，半个小时后，便见到了陈忠实。这时的他，已经从《白鹿原》的巨大成功所带来的辉煌中走了出来，进入了一种全新的艺术思考之中。

我们的谈话是从《白鹿原》开始的。

这位当代著名作家闪烁着纯朴而又睿智的目光，对我们说："创作之初的所有的构想都已基本达到。我收到数以万计的各个层次的读者来信，表达了对小说的喜爱之情。我因为自己的创作，而能达到和读者这样广泛而又自如的沟通，感到非常地愉快。"

今年已经52岁的陈忠实，身体健康，爱喝浓茶，极喜抽劲大的雪茄，朴素的外表中透出一股潇洒的气质。

陈忠实的生活经历是极其丰富的。勤奋，脚踏实地，耐得住寂寞，实实在在地潜伏在生活中，而不游离于生活之外，富有天才，为人质朴，平易近人。他1942年出生在西安市东郊灞桥区西蒋村。曾当过6年中小学教师，在乡、区政府做了14年的文学工作，其间曾任过区文化局副局长。他对文学十分地执着，在初中二年级时候自己组织了一个叫"新芽"的文学社。

他从1965年开始发表处女作，至40岁的时候成为专业作家。数十年的矢志追求，终于使陈忠实成为中国当代最为著名的作家之一。在《白鹿原》之前，他出版过9部中篇小说集，6部短篇小说集，其中有9部（篇）获过文学大奖。由于他的辉煌成就，他被选为陕西作协主席。

一名年轻的读者在寄给陈忠实的贺卡上，巧妙地将他的书名联结起来，让他颇感欣慰。"在一个《霞光灿烂的早晨》，《四妹子》和她的《两个朋友》来到了《白鹿原》。经《鬼秧子乐》《马罗大叔》介绍，她《害羞》地和《十八岁的哥哥》《蓝袍先生》结婚了。她《到老白杨树背后去》，坐在《石狮子》上《回首往事》，

《心事重重》……"

当我们问到他的家庭时,他笑着说:"我的家庭一直很幸福,有三个孩子,老婆嘛,只有一个。"陈忠实的家庭是幸福、美满的。他不仅才高,而且德高,对老母极为孝敬。他有两个女儿,最小的孩子是男孩。大女儿大学毕业后当律师,二女儿学财会,儿子现在北京交通大学读书。他的妻子是一位典型的贤妻良母,对人十分友善。他们一家在乡村生活了很长时间,直到1983年才进省城。

不觉之间我们已经谈了很多问题,他平易随和、风趣幽默、十分健谈。当我们问到如何看待"陕军东征"时,他说:"当初是《光明日报》一位记者首先在新闻报道中使用的,作为报道陕西文学成就是可取的,但这么容易让人造成误解,好像我们陕西作家要去征服什么人似的,使文坛一些人多有微词。其实,非得要说'征服'什么的话,那作家必须要靠作品去征服读者,如作品不行,你就是拿大炮也征服不了人的。"

陈忠实对来访者和读者都十分热情。《白鹿原》出版后,社会上很快出现了众多的盗印本,有些读者把买来的盗印本寄给他,请他调换原版。按出版社的规定,只给作家20本书,为了满足读者朋友的要求,纯朴的陈忠实花了五六千元买了500本《白鹿原》送给读者朋友。

陈忠实告诉我们,1988年动笔前,他花了很长的时间在西安近郊的白鹿原深入生活,做了大量的收集、采访、积累工作。到1992年元月,整整4年时间,终于完成了巨著的写作。他把收尾工作处理完后来到庭院中,4年前乡村里有人为他栽的梨树正一树白花。

一位文学评论家说:"像陈忠实这样把这么一大段时间跨度里发生的故事,以这么大的突破,去写一部史诗巨著,在一般的作家来说,是无法成功的,但他却成功地完成了。他是个优秀的大手笔。"

身为省作协主席的陈忠实,担子更重了。陕西长篇创作的优势令他鼓舞,很多陕西作家是从生活的底层走向文学殿堂的。深厚的生活底蕴和深刻的生活体验,使他们集中形成文学创作大释放,这种大释放肯定还将持续下去。如何让这繁荣的景象持续下去,这是陈忠实思考的一件大事。现在他依旧住着20世纪30年代建的旧房,但他信心不减。

我们问到目前和未来的创作打算时,他爽朗而又含蓄地说:"目前,事情太多,作协很多事情等待处理,来访的人很多,很难静下心来写作,但下一步还要写,还是写长篇,在这样环境中没办法写。要写,还是要找个地方写,很清静地去写。"到底写什么这是作家的秘密,让我们热切地期待着。

华灯初上,我们起身告辞。

陈忠实真诚地对我们说:"其实,文学实际上是一种兴趣、爱好,一种沟通,是作家和读者之间的两颗心灵的沟通,能完成这种沟通的作家便有了读者朋友。从这个意义上说,我十分虔诚地向关注我和我的长篇的读者致以敬意。"

最后，陈忠实以一首词《阳关引·梨花》表达了他在中国文学史上产生巨大影响的文字长征后的舒畅："春风撩拨之，梨花一夜开。露珠如银，纤尘绝。晨光里，看团团凝脂，恰冰清玉砌。四年矣，终究等到清明节。便手舞足蹈，歌一阕。自信千古，有耕耘，就收获。依旧谢浮华，还迎愚人节。花无言，魂系沃土香溢烈。"

（1993年3月，造访陕西作家协会主席陈忠实创作室。）

棣花古镇的静水深流
——在陕西作家协会主席贾平凹老斋观"三头"

下半年的第三天,由于刘秘书长接听电话的缘故,我们走错了小区大门,又重新坐上车奔到下一个小区,在大门口对面停了下来。

这是一个不起眼的地方,正对面是一个地下停车场,左边是狭长的通道,径直穿过黑色铁门,左拐进入第一个单元门,电梯定格在六层楼。

严实的防盗门上张贴着喜庆的大红春联,在头顶的右上方,有一个圆白色发着亮光的探头,直愣愣地盯着门前的几个不速之客。

"哐当"一声,开门的正是著名作家贾平凹老师,一切尽在想象之中,很乡土的陕西商洛话,看似消瘦的他,穿着很随意,一件蓝黑色的T恤,双目大而圆亮、炯炯有神,步履铿锵健硕,一路向里,头也不回,令我们这些陌生人深切感受到房主的大家风范。

佛　　头

正对面映入眼帘的是客厅中央平凹老师亲手书写的"文观"两字。尤其是第一个"文"字,从笔架结构上看,活生生就是一帧象形符号了。

在条幅正下方,摆放着长条文案,上面堆满了石质的、陶质的菩萨和金刚。

在文案两侧,各有一柄龙头拐杖,各有千秋。左边的那柄,明黄色,来自荒野根系,上端的龙头部分,疙疙瘩瘩的一大堆树瘤,不仅形象,而且神似,如出海蛟龙,张牙舞爪。右边的这柄,似红木,棕褐色,光滑细腻、纹理清晰,身躯呈卷曲式,形似卧龙。虽然两条龙外在的差异很大,可是它们的龙头却一律向右……

在众多拥挤的佛像中,案几中央的一个硕大的油黑铿亮的佛头尤为引人瞩目。在佛头的左上方,缺少了一小块头盖骨。在我看来,正是这种不完整性,成就了艺术作品残缺的美。

幽冷的白色灯光轻抚在佛头凝重肃穆的面部，左边眼睛眯缝成一条线，右边眼睛仿佛是由几十颗小石子完成的破碎的堆砌，可是，远处看来却是睁开了眼，法眼的光芒照射着客厅里所有人。

石　　头

在众多的文物摆件之中，"皱、瘦、漏、透"的奇石可谓独占一席、尽占风骚。

坐在宽宽的长条板凳上，趴在钉着大铜钉的旧木板门做成的八仙桌上，欣赏满屋恍如古玩城般琳琅满目的古朴与怀旧，承想着在这样一种氛围与意境中，怎会不诞生出如此雄咥的中华美文来。

八仙桌的中央摆放着一个黝黑且质地坚硬的"聚宝盆"，形同小一号的洗脸盆，又如矿藏千年的煤干石，反射着荧荧的虚光，使人隐约间感受到丝丝清凉。

在聚宝盆的两边，各有一只形态各异、形似金蟾的奇石，各有不同。左边那只身披花纹，是一块典型的秦岭山水石，似隐于陕南稻田泥间的一只雄壮青蛙，白黄色的线条更像是传说中的宫廷王子，微微仰起骄傲的头颅，两只凸凸的大眼睛努力地向前延伸，耐心蛰伏等待空中上下左右嬉戏的蚊蝇。右边的那只通体墨黑，犹如一块苍远辽阔的通灵的和田墨玉，亦如一位老者弯腰驼背蹒跚在花山溪涧，虽然老态龙钟、步履踉跄，可是没有什么能够横亘在它面前，阻挡住眼仁深处的丰泽栖水、拍羽待翔的天鹅。只有一步一步地艰难掘进，才有可能融入梦想的世界。

最令人惊奇的还不仅于此，在八仙桌右方的木柜里面，有一块非常不起眼的青石，虽然是被牢牢地锁住，但是仍然无法遮挡住它的神奇之处，令在座的人喷茶出口、拍案叫绝。

在这块普通的石头上，有一道异常独特的白色边线，沿着顽石的边界不停地行走，最后，定形成一个包围圈。然而，恰恰是这个看似不起眼的圈圈，成就了它不同寻常的灵性和命运，这也正是平凹老师对它情有独钟的所在。这条白线的走向，竟然形成了一个青白相间的凹字形、鬼斧神雕、自然造物。

透过柜门玻璃，我们豁然明晰了这块小小的石头会被主人千般宠爱，受到如此厚待的原因。

丫　　头

有香气袭来，美女作家伊端来清茶，温文尔雅、落落大方，与我们一道而来的小美女贾形成了鲜明的对比。

因为是跨进了贾家大门，自然要唠叨唠叨家常，"贾的姓氏不在宝鸡，"平凹老师脱口而出，小贾神情迷惑地仰望着她的偶像，显得萌萌哒，"在山西大槐树。"平凹老师点出了答案。

谈话进入正题，百无聊赖的小贾开始四处寻觅起来，她将手机调成静音，拍拍对面，照照里屋……

此时，伊作家打开贾平凹专用纸袋，平凹老师起身取出自己的两幅画作。

其中一幅是《西北一峰》。但见，在峰峦叠嶂的群山之中，悠闲地飘着几朵白云，在巍峨的苍山之巅，一峰突起，直插云霄。笔墨丹青夸张程度之大确是罕见，山峰像一段枯朽的大树，又像是粗大的烟囱，更像是一个被战火硝烟熏黑的炮楼。两片云彩在群岭之上、在炮楼的下巴处流淌，看起来又像是快乐的圣诞老人的胡须，黑白分明，十分有趣。

另一幅是《黑天鹅的故事》。宽阔的水域之畔，一棵光秃秃的枝杈上，停落着一只似鹰非鹰、似鱼非鱼的怪物。我思忖良久，终于断定它是一条淡红色的会飞的鱼。枝杈下面，一只黑天鹅如度假般浮在粼粼水面，优哉游哉，用长长的喙整理自己蓬松的羽毛。描绘何意？自己理会。

不敢讨教、怯于声张，只有啧啧称赞、频频点头，生怕这两幅出自大师之手的标新立异、匪夷所思、耐人寻味的画作，被我们这些凡夫俗子所玷污。

小贾对着画作一番狂拍，对着奇石一顿狂照，似乎在弥补因为来得唐突，没有带来平凹老师的书籍让其签名的遗憾。

机会总是留给有准备的人的，我准备了两本书，一本是平凹老师新作《老生》，另一本是《舌尖上的陕西》。一本签给自己，一本签给子一。

我曾经想过要提前撕掉《老生》书外的塑料封膜，不要让平凹老师看到这还是一本未读过的新书。因为种种原因，没有撕除。厚黑吧，当着所有人的面，现场那个撕呀，像是在剥掉人生虚伪的假面。

当小美女四处搜寻平凹老师的书时，我曾经有过一分钟的动摇，特别是面对小美女急迫的需要，而我又有能力满足她的当口。但是，很快便制止住了这一义薄云天的闪念，狠狠心，装装傻，过去了事。

紧接着，我又不失时机向平凹老师赠送我主编的红色梦想系列励志丛书《红色风采》和《红色畅想》，介绍我办国防生大队的简要情况。

刘浏其间也添油加醋地不断插话，向平凹老师汇报他给西工大国防生讲课的趣事，平凹老师笑眯眯地听着，表扬刘官当大了，也越来越会说话了。他的烟瘾较大，向身边的人散烟，丫头们是不发的。我想，如果丫头们吸烟，他还是敢发的。

后来，不知怎么地就聊到了著名作家莫言，他高兴地嘟囔了一句："山东人，厉害。"

平凹老师非常愉快地与大家合影,刘秘书长从裤兜深处掏出了一个精巧的小照相机,左瞄右看半天才扣动"扳机"。

平凹老师已是下场有约。

到了茶凉人该走的时候了。思绪从海聊中回过神来,恍然间,仿佛才是与大师刚刚见面。平凹老师将我们送出门外,一一握手道别。我虽然身穿便装,可还是不由自主地向他敬了个标准的军礼。

现在想来,还是有些回味无穷的。

(2015年5月,造访陕西作家协会主席贾平凹的西安老斋。)

英雄铸锏慰青山

一队队整齐的戎装穿梭在深山腹地，将山川壑谷层层尽染，阵地上呈现出一派初春的朝气。今天是"五一"节，少有的好天气同样馈赠了一份好心境，每当这时便不由地想起我们的老朋友、老战友、老前辈——大山，这么多年来你始终秉性不改，倔强而沉默，用雄壮而结实的臂膀为导弹阵地筑起天然屏障……

说真心话，刚入伍来到这里的时候，我对你这位老兄一点好感都没有，除寂寞荒凉不说，还时常伴有令人窒息的沙尘暴……咳！只怨运气不好，我想当的是电视上天安门广场上的仪仗兵，英姿飒爽、让人羡慕……记得给家里寄的第一封信，尽可能将这里描绘成远离喧嚣闹市的世外桃源，刻意把自己装扮成一点想家的念头都没有的钢铁战士……

山巅上几朵流动的祥云在相互嬉戏，清凉的空气中夹杂着小草泛青的味道……瞧，这棵白桦树是刚入伍那年种下的，上面还有我的签名，当然是背着班长刻上去的。不知是什么原因，树活了，我的心也在这里扎根了，便开始有了家的感觉……我最乐意做的事情就是用自己的双手建设美丽的家园，这种干劲近乎疯狂，修缮营房、开垦菜园、扩建场地……干得热火朝天！

老兄，还记得那次我向你哭鼻子的事吗？你说什么？说我真是伤心至极！你又在嘲笑我了吧？真的，直到现在我也不后悔！事发的原因，其实是一个简单得不能再简单的理由，就是想看一眼与我们朝夕相处的高新武器——导弹。

我这个新兵蛋子，年轻莽撞，经不起诱惑，别人一句"当兵三年没见过导弹"的话令我受到了非同小可的刺激。我们这支部队是"百人一杆枪，千人一发弹"。没见过"枪"的大有人在，更别说摸着它了，简直是奢侈的妄想。以至于白天想着导弹，晚上梦见导弹，训练场上分神，夜里梦话不断。"一定要亲眼看见导弹"，实在是经不住精神的反复折磨，毅然决然做出了大胆的决定。

当然，结果不说自明，受到连长严厉批评的我，抱着小白桦树大哭一场，真想不通，战士想看一眼心爱的武器何罪之有？但是，伤心归伤心，暗自窃喜的是这一大胆的行动令我获得了丰厚的回报，终于看到了许多老兵直到退伍都没见过的"宝贝"。事后才知道，连长这个老兵还没有如此"眼福"。

大山，我对你深刻的思想转变是从军校毕业回来的那年。在校学习时，国际风云突变，台海局势骤然紧张，导弹机动快速反应部队从你宽阔的胸膛中迅疾而出，肩负着维护祖国统一大业的历史重任，多次出色地完成党中央、中央军委交给的重大任务。

当我再次回到部队时，一切都发生了巨大的变化，从营区的基础设施到武器装备的更新换代，从硕士连长到军事留学生旅团主官……真不敢相信！短短几年时间，二炮部队建设成效明显，军事理论不断创新，高新武器列装部队，科技练兵高潮迭起，人才队伍发展壮大，作战能力全面提升……就连你——大山，也焕发出了前所未有的蓬勃朝气！

高兴啊，痛快！要是现在有酒，我一定要满满地敬你一杯，因为你是我们敬重的老前辈，是二炮发展史、奋斗史最好的见证人，曾经目睹了几代"导弹人"前仆后继艰辛创业，目睹了二炮部队从无到有、由弱到强的发展变化……

第二杯酒，敬南峰上散落着白色花瓣的九座坟茔，那是为导弹筑巢的工程部队官兵安息的地方。听团长的团长讲，排险突击队在一次深入危险作业区实施工程抢险任务时，遭遇毁灭性大面积塌方，不幸全部遇难，他们中年龄最小的战士只有16岁……我们的好战友从此长眠在了他们曾经战斗过的地方。现在我们可以自豪地告慰在天的英灵，你们心中的夙愿已经实现！

这第三杯酒，敬二炮部队的官兵。"山高林密伏猛虎，海深浪急盘蛟龙。"艰苦的环境磨炼出火箭兵过硬的本领，恶劣的气候锻造出火箭兵刚强的意志，像夫妻哨所、中国最后一个骑兵连等感人事迹层出不穷。英雄的人们啊，在祖国广袤的土地上鞠躬尽瘁，赤诚奉献！历史不会忘记，火箭兵永远不会忘记那些将毕生的精力和才智奉献给了这支共和国年轻的战略导弹部队的人们！你们对崇高事业的追求精神，将永远激励后来人！

老兄，看得出你也很兴奋，我知道，这也是你想说的心里话。瞧，黄昏的景色多么壮美，夕阳如虹，我喜欢看你披着霞光的盛装向我们微笑的样子。老朋友，又到了和你说再见的时候，明天还要执行任务，祖国的繁荣祥和不容受到任何威胁，第二炮兵的英雄们，早已重锏挂肩，严阵以待。

乡情，那份难以割舍的幸福

阳春三月，柳绿桃红。

山妮放下锄把，挺直了身子，一只小花狗在草丛中兴奋地撒着欢。几缕炊烟在村子的上空弥漫开来，散发出食物浓浓的香味。山妮用袖口擦了把额头上的汗水，收拾好剩下的半袋菜种，带着小花狗径直朝家中走去……

一位老妈妈蹒跚着步履，使足了劲从院角抱起一小捆高粱秆向灶口走去，看上去年纪有八十好几了，进门时一双不听使唤的小脚怎么也过不了门槛，她只好艰难地放下柴禾，自己先进门，然后吃力地弯下腰把高粱秆一根根地拖进屋。

这位老妈妈就是工程团副团长张兴旺的母亲。老人家生有两个男孩。老大出生后奶水不足，严重营养不良，实在没了办法就用黄豆汁煮熟了喂，孩子不爱吃，奄奄一息，情急之下强迫硬灌，加上孩子拼命哭闹，一口气没上来，就永远地离开了这个不属于他的世界。老人家为此伤心地哭瞎了一只眼。

30多岁时，老伴上山采药坠落山崖，便守寡至今。张兴旺是老二，从此就成了独苗。山妮是张兴旺当兵前订婚的媳妇，也是中学同学，模样长得一般但是白净，性格温和，勤劳。当初，兴旺娶山妮时也有自己的小算盘，一是山妮确实是做媳妇的好料，二是自己走后也好有个人照顾老娘。可是，遗憾的是到现在他们也没能生出个一儿半女，这也是老娘经常埋怨的根由。

张兴旺的部队属于大山。

这里的官兵有着山一样的巍峨与豪迈，他们是为导弹筑巢的人，是火箭兵幕后真正的英雄。也许是常年与大山为伍的原因，兴旺的性格中始终跳跃着一团火，这种无名的冲动是他这些年从一名列兵到今天副团职最好的例证，那就是一个字——"干"，拼了命地干，所以他现在的禀性磨炼得比石头还坚硬。

这些年，工程部队建设发展很快，配备了大量先进的高科技工程设备，战斗力显著增强，从前以团为单位承接施工任务，演变为当前以营为单位各自为战。任务完成得效率高、质量好，多次受到上级嘉奖，这也是工程部队官兵最引以为荣的。

张兴旺固然能称为工作狂，同时也不乏性情汉子的魅力，最令他放心不下的就是身子日渐衰弱的老娘和苍白倦瘦的山妮。他也想过接她们娘俩出来，给山妮办随军手续，可是当前任务重、点多面广，基本上是一年一个工点，下步去哪里连他自己都不知道，工作的不确定性无法确保娘俩的生活质量。

还有一个办法就是多给家里寄钱，刚当兵时没工资只有津贴，后些年当上干部发了工资也是低工资，现在情况稍好，每月给家中寄个百八千的，除偿还小时候借邻里的钱，老娘治病的医药费，及买猪崽、饲料、粮食、菜种外，基本上没有剩余了，日子也是紧巴巴的。

上回兴旺探家，屁股还没坐热，老村长就找了来，开口讲村里要办现代化养鸡场，乡亲们相互观望就是没人投资入股，他是党员，又是部队首长，给大伙带个头吧。兴旺想这是家乡人民致富的好事啊，回部队后就给村委会寄了两万元。

一年后山妮来信说，厂子建好了，小鸡崽也买回来了，可是没想到两个月后闹鸡瘟，眼看着鸡娃一只只死去，就是没人懂该怎么办，不仅没赚钱，还欠了一屁股债。兴旺这个心疼啊，两万元钱有一大半是借战友的，更加心疼的是家乡人民还缺少文化知识，不能过上富裕的生活。

去年山妮来队，怕婆婆没人照料就带着一起来了，兴旺坐着吉普车去迎接，老远看见娘俩站在汽车站东张西望差点哭出了声，老娘用一只眼吃力地端详着兴旺，最后说了句："旺儿也有白头发了。"山妮没敢看兴旺，搀扶着婆婆上了车。

晚餐十分丰富。兴许是多日没有异性来到驻地的缘故，导弹兵们异常兴奋地捣蛋。兴旺十分理解战士们的心情，也就没多加阻拦，经常弄得山妮下不来台，脸上涂上了厚厚的红霞。

深夜兴旺抱着山妮，感觉是如此陌生，毕竟有两年没见面了。黑暗中兴旺感觉到山妮脸上的皮肤粗糙而刺人，而且带着一股烟草味，这是家乡灶柴的味道。想着结婚快30年了，每次给山妮的只是重复过无数次的空头许诺，眼泪再次溢出眼眶。

山妮显然是感觉到了什么："兴旺，我们娘俩挺好的，娘行动不太方便，平时不怎么出门，家里的四亩地退还了村里三亩，只留一亩地平时种点菜。虽然有时感觉有些孤单吧，只要想起你我们就会有聊不完的话，想你又在为国家作贡献啦，想你又在完成重要任务了，我们没有给你拖后腿，我和娘都感到很自豪，很幸福！兴旺，自从你当兵走后咱们就很少见面，娘一直埋怨不生娃儿。要是咱们有个娃儿满地跑，娘又高兴，家里又热闹，还能帮家里一把该多好啊。"说完双臂幸福地搂住兴旺。这个夜晚漫长而寂静，兴旺始终紧紧抱住山妮，像是怕失去她似的整夜没有放松，想了许多许多……

山妮搀扶着年迈的婆婆登上了返乡的汽车，扁担、箩筐等将窄小的车厢塞得严严实实，女售票员硬是把一个愣头青的小伙骂了个狗血喷头，他才极不情愿地起身为婆婆让了个靠窗的位置，山妮感到实在是过意不去，上前一个劲儿地说好

话……

　　车在颠簸的路面上像是在筛沙子,当行驶到青枫桥,前面就是周庄的时候,车的左前方突然出现了一群追逐打闹的娃娃,驾驶员的第一反应就是使出吃奶的劲猛向右打方向盘力图躲避开,由于桥面较窄车体长而笨重,根本无法再打回轮,一头冲出桥面栽倒在河滩上翻了两圈。

　　车祸场面极其混乱,车体严重变形,车窗玻璃全部粉碎,坐车的人一小部分被强大的惯性甩出了车厢,河边的鹅卵石上溅满了殷红的血迹。这场车祸死了六个人,最惨的有两个,一个是司机,另一个是山妮的婆婆。司机飞出汽车有八九米远,一头撞在河滩的鹅卵石上,脑瓜盖有一小半磕飞了,白花花的脑浆洒了一大片。山妮的婆婆是先被汽车甩了出来,后又被翻滚的汽车压在了下面,血肉模糊已然没法再看。山妮在车中紧挨着箩筐等农具,被死死地挤住动弹不得,这反而救了她一命,被赶来的村民七手八脚从车里拖了出来。她根本顾不上身上多处汩汩冒血的大口子,发疯一般寻找着婆婆,可是汽车太沉重了,十多个小伙子都无法掀起来,山妮痛不欲生地拼尽全身的力气挖着婆婆身边的沙石,鲜血从她指甲缝中不断地涌出,染红了混浊冰凉的河水……

　　泪流满面的山妮跪在地上请求老支书不要将此事告诉兴旺。从此她像是换了个人似的,一下子瘦了二十多斤,双鬓的头发也在一夜之间全部变白了,每天机械地重复着枯燥的日子。

　　斗转星移,日复一日,时光这剂良药渐渐疗抚好了山妮受到重创的身心。更加可喜的是山妮的肚子也一天天凸了起来,左邻右舍的乡亲都说尖尖肚准是男娃儿。山妮自己也越发地重视起来,写了封长信告诉远在千里的兴旺。

　　收到喜讯后的兴旺拉上团长、政委整整喝了一斤白酒,兴奋地拍着挖掘机对着叠嶂的群山大喊:"老子有传人了!"第二天命令通信员给家里寄了一纸箱营养品。山妮的情绪渐渐好转起来,胃口也大了起来,脸蛋也显出了红晕,每天掐算着分娩的日子,心想娃儿出生时一定要叫兴旺回来,感受做父亲的快乐。

　　分娩的日子很快就到了,沉浸在幸福中的山妮隐约感觉到了分娩前轻微的阵痛,村支书的老伴早已做好了孩子出生的所有准备。这时候山妮在急切地盼望一个人出现在她的面前,这人就是兴旺。

　　远远地听到村口有汽车在鸣笛,有人在大声说话,大伙一阵窃喜都说兴旺回来得正是时候,急忙撩开门帘出去迎接。很久没有人进屋来,说话的声音也渐渐听不到了,躺在床上的山妮这个急呀,心里直埋怨兴旺不懂事,光顾和乡亲们聊天,也不进屋看自己。过了好一会儿,还是没有动静,山妮再也沉不住气了,从床上爬起来,慢慢地蹭到门边掀开了厚重的门帘,呀!她顿时被眼前的场面惊呆了,只见有两个军人着装整齐地站在院中,手里面抱着一个方方正正的黑颜色的木盒子,正在跟老支书比比画画地说着什么,不时地擦把流下的眼泪。

山妮认识其中的一个人，他是兴旺工程团的伍副政委，去年到部队探亲时他请山妮娘俩到家里吃过饭。她纳闷怎么没有看见兴旺呢，突然她看到副政委手里捧的木盒子上贴着兴旺的照片，再察觉到四周肃然而凝固的气氛，一切都在瞬间明白了，"砰！"在她脑海中豁然跳出一团大火球，猛烈地燃烧着她的身体，首先是毛发，再次是皮肉，最后是骨骼和魂魄，山妮再也坚持不住了，眼前一片漆黑顺着门框滑了下去……

兴旺是在五天前牺牲的。那天，部队正在坑道正常作业，进展十分顺利，外面忽然下起了瓢泼大雨。兴旺心中一惊，工程中有几处是沙石层，属高危地段，支撑架已经顶实后期才能编筋被覆。他担心会受到雨水的浸透发生危险，立即通知全体施工人员马上撤离，因为现场嘈杂，在最里面施工的一班没有听到，兴旺又踩着淹没脚面的淤泥跑到坑道最里端招呼大伙离开。

就在此时，一声震耳欲聋的闷雷在洞口炸响，震得大地都在发抖，碎石块从坑道顶端纷纷落下，兴旺凭多年施工经验判断这是沙石层塌方的前兆，大声命令一班长带领全班以最快速度向洞口冲去。因为坑道进水，大伙根本跑不快啊，石块由小变大不断从空中砸下，随时有受伤的可能，年龄较小的张胜蹲在地上不敢再动，兴旺眼珠子都急红了，战士的生命比什么都金贵，他发疯一般狂吼："扔掉所有工具往外跑，必须都给我活着。"说完一把架起僵硬的张胜大步向外冲去。有人在奔跑中受伤了，有人被石块砸倒了，但是他们又支撑起坚强的身躯，站起来继续跌跌撞撞奔向洞口。

大部分战士跑出了坑道，到了安全地带。兴旺连拖带拽地带着张胜跑在最后面，已经听见战友们急切的呼喊声了，他给张胜打气："坚持住，再加把劲就出去了。"眼看着快跑到洞口了，突然"哗啦啦"大面积塌方开始了，兴旺只感觉到头部一痛再一热便昏沉沉的了，他意识到是被石块击中了，昏迷中他使出全身最后一点力气一把将张胜推出了坑道，洞口瞬间被塌方的碎石沙土结结实实地掩埋住了。

据伍副政委讲，挖出兴旺的时候，他还是保持着推出张胜的姿势。兴旺是大山的儿子，他生前曾讲过，从小在山村里长大，到部队后又与大山为伍，这辈子注定与大山结缘，死后也要埋藏在这群山环抱中。兴旺死得壮烈！死得其所！

"哇"一声婴儿的啼哭，唤醒了昏迷中的山妮，村支书的老伴急忙上前端了碗乌鸡汤给山妮，"吓死我们了，你刚才摔倒在院子里了，娃儿也给摔出来了，是个男娃儿哩。"

出人意料的是山妮没有流一滴眼泪，而是侧过头爱抚地看了看娃儿，在他娇嫩的脸蛋上轻轻地亲了一下。"伍副政委，请你把兴旺的军功章拿过来，我要看看。"手抚摸着闪亮而沉重的军功章和烈士证书，山妮眼前浮现出兴旺的身影，魁伟而粗犷，满脸胡茬，正在指挥着部队奋力开掘……

"伍副政委,我想求你一件事。"伍副政委红肿的眼睛透出无限关爱,"我已经想好了,给娃儿起名叫继军,将来长大了也要送到部队,像他爸爸一样继续为国家作贡献。你一定要答应我的请求啊!"

在场所有的人都哭出了声,只有山妮没有哭,她眼望着前方,仿佛已经看见继军长大成人,穿着威武的军装,庄严地给她敬了个标准的军礼⋯⋯

水教员，我们心中永远的痛

在我的记忆深处，一直以来有一段不愿提及的往事，我视它为动人的童话，美丽而凄凉，炙热而灼心，曾努力将其忘却，但这种徒劳的举动只会使它越发清晰、越发鲜活，并深深根植于内心深处，陪伴终生。

这是一个丹桂飘香的季节，这是一个青春飞扬的时代。我们一群憨头憨脑，身着肥腰大裆军装的新生，在一片嘻嘻哈哈的打斗声中拉开了军校训练的帷幕。

班长是一名大三学员，山东人，高大威猛且嗓音雄壮，雷劈般的口令，时常把我们喊蒙。一次，正值队列训练小憩，忽见操场对面走来一位清秀女孩，戴金丝眼镜，一袭白衣随风飘曳，这在理工科院校绝对是一道亮丽的风景线。

当时，在大学校园之间流传着"理工院校，实在不妙。阴衰阳壮，缺医少药"的顺口溜，我们这支学员队正是一支根红苗正、豪气冲天的清一色的男生队。

女孩径直来到班长面前，匆忙说了几句什么，将一本书塞进了班长的怀里，然后，一阵风似的头也不回地跑走了。

当时就有几名男生晕倒在草地上，在N个"不怀好意"的新生怂恿下，班长说了大实话。这个女孩名叫水晶，去年刚大学毕业分配到学校，从事英语教学工作。那时，正赶上院校教学人员改为文职干部，所以教员不穿军装着便服。"噢"，原来是英语教员，大家眼神中分明流露出一种惬意的期盼。

事情的转机是在大二第一学期。这天队长手拿教学计划在部署工作，眼尖口快的二班长熊人伟突然间发现了"新大陆"，于是乎整个学员队传了个底朝天，水晶教员给我们上英语课了……那场景、那气氛，热烈！激昂！

哨音还未响起，队伍早已站好。这是我平生感受到的最"劲足"的一堂课，也是我们全队学员至今提起仍意犹未尽的一堂课，提问频频地举手，朗读傻傻地大吼，事后才知道大家和我一样，基本上不知在讲什么学什么，反正着实地"过了一把瘾"才是真的。

让我始终想不明白的是她只大我两岁，怎么就当上我们的教员了呢？世上有些事情真是说不清楚，上大一的时候，我们队英语成绩是挂秧的豌豆——中不溜，"100分浪费，60分万岁"的思想根深蒂固。现如今，像回到了热血沸腾的大跃进时代，赶英超美，你追我赶，进步神速。为啥？大家心里都明白。

一天晚上，我正在图书馆阅览室汲取养料，耳廓中听到挪动椅子的声响，于是乎就有槐花的香气散播开来。受到中枢神经的刺激，我下意识地抬起头，啊，是水教员，近在咫尺，对面而坐，伏案阅览，一缕秀发直垂下来，遮掩住了白皙的面庞，金丝眼镜反射着室内柔和的灯光。

也许是我呆板专注的表情引起了她的注意，"嘘——"纤长的玉指轻压在自己樱红的唇边，然后，又在空中画了一道美丽的弧线指向我手中的书，莞尔一笑。我即刻领悟了她的意思，便继续埋头汲取知识的养分。

在通往宿舍漫长而幽静的路上，我与她并肩而行，这是我第一次零距离接近水教员，心情既兴奋又紧张，皎洁的月光将我俩的身影拉得很长……

可能是同龄人的关系，一路上都是她在说，讲她的学生时代，学英语的窍门，当教员的体会……看得出，今晚她的心情真的很好，还不时地配以动作，或撩动一下诱人的秀发。

通过这次交谈，才知道她是青岛人，与我是同乡。路灯下，时常有三三两两晚练的学员跑过我们面前。正聊得兴起，有个小不点从我们身后跑过去后，竟然转身盯着我们倒跑起来，我突然感到浑身有点不自在。这种不安分的情绪仿佛也严重影响到了水教员，她说话的语气和动作明显局促起来。

最后，在四处弥漫着丁香花气息的晚风中，我们匆忙结束了第一次交流。

临近期中，学校要开运动会了，男女同学撸胳膊卷袖子，准备大显身手。清晨，运动会现场，彩旗招展，音乐强劲，人声鼎沸……最辛苦的当数拉拉队员，头顶烈日，挥舞着手中的红旗、毛巾、矿泉水瓶，扯开可怕的大嗓门，为本队运动员加油助威。

在熙熙攘攘的人群中，我们一眼就认出了身着红色运动装的水教员。今天的水教员，越发显得年轻俊美，英姿勃发，飘逸的秀发已然盘到头上，如舞蹈演员一般露出洁白的颈项，亭亭玉立。

她报名参赛的项目是110米跨栏。我们队的学员有一大半早已拥下看台，不顾裁判员的责罚，围绕在跑道两边，为水教员打气鼓劲。"砰"，发令枪响起，水教员起跑稍慢，排在倒数第二的位置。我们眼睛在冒火，用力挥舞铁拳，加油声此起彼伏，震耳欲聋。我突然发现，水教员虽然起跑慢了，但是基本功甚好，大腿紧贴栏板一跨而过，前三个栏一个没倒，且速度越来越快。离终点还有30米时，跑在第一名的运动员被栏板绊倒，同时带倒了两名正在争逐的选手，赛场顿时一片大乱。

此时，眼见一团红光迅急而过，超越所有的队员和栏板，风驰电掣一般冲过终点。啊，是水教员，水教员夺得了第一名。学员们将水教员团团围裹欢呼雀跃，但是，理智毕竟还是战胜了激情，没敢贸然将我们心目中敬爱的人抬起来抛向高空，以示庆贺。

跳高场地捷报频传，两名选手正向校纪录发起冲锋。我们以百米速度跑到现场一看，其中一人正是我们军训时的班长。嘿，这家伙今天真够酷的，1.8米的大个，身穿一套耐克运动装，已经领先对手一厘米了，越过了自己身体的高度。好啊，加油，加油！在乱哄哄的赛场上，我听到了一个非常熟悉的声音，比别人嗓门都高，掉头一看，原来是水教员，她不顾比赛后的劳累，正以高亢的女高音脸红脖子粗地为班长助威。

班长也看到了水教员，挥拳做了个PK的姿势，似乎凭空增添了无穷的斗志。我们队的学员对班长既羡慕又嫉妒，再也提不起精神喊加油了，水教员倒是越发卖力，还一个劲儿地问我们为什么不喊了。最后，班长果然不负"水"望，到底还是打破了校跳高纪录，拿到了第一名。

英国诗人赖特说："与我们同行的人，比我们要到达的地方更加重要。"水晶教员就是此生与我同行的人。

毕业前夕，一个仲夏的午夜，我们系吹响了最后一次紧急集合号。可能是因为我们即将奔赴新的工作岗位的缘故，有两三名年轻教员与我们一同参加。五百多名学员有节奏地行进在崎岖的山路上，随着速度的不断加快，二队的女学员渐渐落到了队伍的后尾。

山谷幽谧，夜黑如漆。此时，一个意想不到的情况出现了。一位似睡非睡的车把式，在迷迷糊糊中驾驭着两匹高头大马，满载着准备清晨上市的鲜蔬，一路狂飙紧追而来。全速前进的队伍全然没有预感到一场灾难即将来临……

就在车把式扬鞭驾车拐过山弯，突然间发现了黑暗中这支长队伍的时候，什么都已经来不及了，耳轮中只听见受到惊吓的马一声嘶鸣，跑在最前面的一匹银白色马的两个前蹄高高扬起，冲着跑在队伍最后面的一名女学员狠狠踏去……

危急时刻，一个身影从队伍左侧飞身跃出，一把将女学员推出队伍，自己则被惊马踢到了路边水沟里。行军队伍立时大乱，有几名男学员冲上前制服了惊马，我飞速奔向被马踢飞的人的方向将其抱起。

借着稀松的星光才看清楚，啊，竟然是水教员！水教员伤得很重，因为她是跑在队伍倒数第二排，是面向惊马将女学员推出去的，所以两只马蹄都踢到了她，一只踢到了头部太阳穴的位置上，一只踢到了胸口上……

我迅速用入学时从家乡带来的丝巾手帕，包扎在她头上受伤的部位，紧紧地将她抱在怀里，不允许她再有任何闪失。水教员的头枕在我的腿上，秀发披散开来，鼻口不停地向外流血，可能是肺部也受了伤的原因，还不时伴着轻微的咳嗽，每一次咳嗽都会有鲜血顺着她的嘴角汩汩流出，染湿了我的整条军裤。

在茫茫夜色中，我分明感觉到了她血液的温热，身体的柔弱，呼吸的急促，同时，也感觉到了她的身体，在我的怀抱中慢慢地变沉。

学员们眼里噙满了泪水，大声呼喊着水教员，大多数女学员再也抑制不住，放声大哭了起来。水教员的嘴唇轻轻翕动了两下，我马上俯到她的耳边，很吃劲地听见她说："告诉同学们……注意安全。"声如轻鸿，细若游丝。

我这才如梦初醒，瞪着一双充血的眼珠，发疯似的对着人墙狂吼："快，叫救护车来。"行军保障车风驰电掣般地送水教员去了医院，我麻木地坐在冰冷潮湿的原地，浑身无力，一动也不能动，再也走不出这黑暗的山谷。

水教员还未送到医院，便离我们而去了。

那段时间，学校里停止了一切欢歌笑语，无限痛楚写在每个学员的脸上。虽然，学校评她为烈士，但是，在我的心中，她永远是那么聪慧而柔情，根本无法与英雄烈士画等号。

水晶的出现，似一部委婉动听的童话，在狂风暴雨中展现出如虹般的美丽，只是瞬间的永恒，便已经完成了她生命的全部意义。我感谢水教员，在我的大学时代，她如春雨般滋润着我求知的心田，激扬起我青春的韵动，编织着我如锦的人生！

水晶，似一粒春季的种子，在我肌体内勃发，期待着来年的收获！

又到芦花飞扬时

我的家乡在秀美婉约、碧波荡漾的太湖,记忆中最为深刻的是那大片大片盛开着的芦苇花和在花团锦簇中那座孤独的坟茔……

我和外公就生活在这烟波浩渺的一条破旧的渔船上,这是我儿时的一方乐土,上面摆满了芦苇叶和竹器做成的玩物,自认为那是好得不得了的宝贝……

记得小时候最拿手的是吹芦苇叶,坐在船舷,手捧着苇叶,脚踏着浪花,想怎么吹就怎么吹,想吹什么就吹什么。"乱七八糟,不成个曲调。"这是外公总要说的一句话,他会在我不成曲调的乐曲声中,坐下来悠闲地点上旱烟,眯缝起眼睛出神……干瘦的外公是个厚道而倔强的渔民,他就像船上的桅杆一样,支撑着我们这个漂泊不定的家。

太湖的晨曦宁静而美丽。随着雄鸡的一声长啼,东升的旭日在阴霾的帷幕下露出稚嫩的脸蛋,对着平静的湖面在忙碌地梳妆打扮,她羞涩的面靥染红了整个天空和湖水。在水天一色中,几只早起的水鸟很响亮地叫着,从船头匆匆掠过,上百只红色的帆船在碧波中游弋,兜圆的渔网将满天繁星尽撒湖底,太湖的良辰美景犹如一幅笔墨浓重的丹青,多年以来一直被我小心地珍藏。

一缕炊烟从船上袅袅升起,又是我长大的一天。湖中特有的腥气裹着稻米的清香在湖面扩散开来……一天当中有很多事要做,有很多好玩的事在等着我。

早饭刚过,外公从船舱里使劲地拖出渔网,我便暗暗欣喜起来,捕鱼是我平淡生活中最快乐的事情。鲜活的鱼虾在网中欢快地蹦跳,我高声尖叫着像鱼虾一样手舞足蹈。这时的外公显然是被我兴奋的情绪所感染,眉梢胡茬上挂满了喜悦,嘴里不断吆喝着"龙王爷有令,鱼虾都进来"。每起一网都要不间断地重复,并把鱼秧子(寸把小鱼)放回水里。这是渔行的规矩,渔民们年复一年地虔诚地执行着祖上传下来的规矩。

岸边赶早的人群已经躁动起来,显得有点不耐烦了,他们伸长了脖子、瞪圆了眼珠使劲地张望着,嘴里不停地骂着什么。看到驶近的渔船,便蜂拥而至,愤愤然的表情瞬间荡然无存,取而代之的是一张张可爱的热烈的因受冷风刺激而略显变形的笑脸,溢美之词脱口而出,讨好起船老大来。

岸上的人叫我们是水来的，我们满头的雾水、满身的腥气却也有那么点意思。其实渔民对价钱不是过分看重，只要稍对心思就会出手，留着又不能当饭吃。熙熙攘攘的人群渐渐散去，岸边又恢复了往日的平静。

这时候，外公就会牵上我的手，怀揣着已经揉皱了的带着潮湿腥臭的毛票，上县城为我们那漂泊不定的家买进点日常用品……在我看来外公有两大嗜好，就是喝酒、看戏，看戏必喝酒，喝酒必哼戏。这是他一生中最重要的事，是他的命根子。

每次上县城无非要做几件相同的事，米铺—渔具店—酒馆—戏园。我不喝酒不看戏，却一定要看耍猴。这时候外公会悠然自得在戏园里嚯着小酒，眯缝着双眼，随着台上的唱腔摇头晃脑地哼哼着，因为太投入，竟然有一次从椅子背上翻了过去。戏园王老板对我外公大加赞赏，称其为不可多得的梨园中人。

一天，这种平静安宁的生活被外来的一帮人彻底打破……晌午时分，"乓、乓"几声沉闷的枪声在湖边周围的村庄响起。起初，我们不太在意，因为从没有听到过枪的声音。但是看见烈火黑烟包裹的房子，才感觉到不对劲了，急忙向刚划过来的渔船打听，才知道是日本兵进村了。抢粮食、烧房子，枪口对着老百姓的后脑勺就开枪，杀人不眨眼，遍地是死人，他们坐在村民的尸体上喝酒吃肉，往老百姓家里做饭的大铁锅中撒尿，喝醉了脱光衣服赤条条走在大路上到处找女人，好几个村子血流成河，有的小伙子反抗，被日本兵按到湖水里硬给呛死了。村子是没法回了，老百姓太惨了。

当时我还小，不知道日本兵是干什么的，印象中就是坏蛋，是恶魔。旱烟在嗞嗞地冒着火花，外公沉默了很长时间，突然从嘴里蹦出"日本人王八羔子"几个字后，站起身使劲摇起橹桨把船划向湖心深处……

此后，我们一连十几天都没有上岸。湖中的船越来越多，都是逃难的。后来又听说日本人要抢船剿灭游击队，我也不知道游击队是干什么的。听外公讲游击队都是穷人，专门打日本兵的，我就开心地笑了，特别想看看游击队的人长得什么模样。

一天傍晚，村中的五福叔来到我们船上，和外公讲日本人把大半个中国都占了，杀人如砍西瓜一样根本不当回事。村里的常胜被抓去给日本人做饭，一个日本军官吃饭时发现有粒老鼠屎，当场一枪把常胜打死在灶台边。王寡妇守寡20年被日本兵糟蹋后，全身光着倒挂在房梁上。刘二三个月大的儿子被几个日本兵挑在刺刀上扎来捅去，肚子里面的东西流了满地，日本兵却哈哈狂笑。

"这帮畜生！"外公问中国军队哪里去了，怎么看着日本人祸害老百姓就没人管呢？五福叔说，听说南京首府被日本兵杀得没有一个活人了，国民党的军队都跑到四川躲起来了。"王八羔子！"外公恨恨地啐了一口烟沫子。外面起风了，越来越大。"不能叫日本鬼子在中国土地上横行霸道，咱们要团结起来跟这帮狗日的干！"五福叔拍着腰继续说。

"干，我非亲手灭了这帮王八羔子！"外公使劲把烟袋一甩，我这才发现五福叔的腰上绑着个黑家伙。"这是手枪队发的专打日本鬼子用的。""你是游击队的人？"外公试探地问。"不像吗？你们看见过游击队的人？""像，我看你就像，你们打过日本鬼子吗？"前夜刚端了一个炮楼，炸死了10多个鬼子，日本兵发誓要剿灭游击队。"痛快！你们收我不，我要报名参加游击队。"外公略显激动，"当然收了，明天我就回去向队里汇报，你就可以受领任务了。"

第二天擦黑，来了个姓齐的人告诉外公，他已经是游击队员了，我们这条船作为游击队的情报侦察船，主要负责情报收集和运送情报人员。这天晚上，外公又开始喝酒了，哼着戏调，整夜没有睡觉。

仲夏的太湖波光粼粼，在暖暖的阳光照耀下茂密地生长着大片大片郁郁葱葱的芦苇，随着波浪的摇摆起起浮浮。太湖游击队打了几个漂亮仗，输红了眼的日本人抢不到渔船，不知从哪里搞来了两条小快艇，速度极快而且有小钢炮，不仅游击队吃了亏，渔民的船也被炸沉了好几只。

正为此闷闷不乐的外公忽然接到任务，明天晚上大王庄情报员要去游击队送交重要情报，让我们做好接送准备。外公知道此项任务的重要性，事关日本军舰近期的巡逻路线及任务，游击队要夜袭敌据点及炸沉快艇。因为是情报侦察船，游击队没有给外公配发枪支，他就砍了一棵手腕粗的柳树放在船上以备不测。

第二天，我们早早地把船划到了情报交接地点，躲在芦苇荡后面生火做饭，同时观察着四周的情况。昨夜外公好像是下了很大决心和我商量，想把我送到安全地区上个学校。我心里明白外公是为我的安全着想，每天在风口浪尖上度日，怕万一出现个闪失。其实现在想想那时外公也就50岁左右，但是在我眼里他已然是个老人了，我舍不得离开他，也是为他担心。

有一次情报人员前脚上船，后脚小日本鬼子的快艇就赶到了，炮弹在渔船四周炸开了花，连续几个浪头差点把船掀翻。好在外公这么多年在太湖上驰骋，也算得上是个老把式了，硬是稳住舵将船划进了芦苇荡。

还有一次，日本鬼子的机枪射穿了船帮，打进了外公的小腿，他就跪在船板上划，因失血过多昏迷了整整三天三夜。吓得我也哭了整整三天三夜。后来游击队仲大队长一个劲地说外公命硬，是条铁汉子。

看我态度这么坚决，外公无奈地摇了摇头，告诉我这是最后一次和他执行任务，完了上岸好好读书去，不管愿不愿意，没得商量。

"啪！啪！"大约中午时分，几声枪响从村中传来，外公凭经验判断肯定是出事了，急忙将船飞快地向岸边划去。这时枪声越来越密，好像是双方对打了起来，不一会儿，从村中跑出来一男一女两个人，后面有鬼子还有伪军在叫喊着追来。

跑过来的两个人我都认识,男的是游击队情报员小王,女的是村支书王霞,他俩都坐过我们这条船。外公稳稳地将船靠在岸边,招呼他们快上船。这时小王跑在后面作掩护,王霞已经接近了渔船。

没有想到的是,鬼子带来的一条大狼狗猛地扑了上来,一下了就把小王咬倒在地,追上来的鬼子兵用三八大盖枪的刺刀使劲地捅,场面危急。王霞有点跑不动了,一条腿刚跨上船舷,一个大胡子鬼子从背后一把扯住她的头发将她拖到水里。外公一看不好,大喝一声,拿起船边准备好的小柳树,朝着大胡子鬼子的头上砸去,外公实在是太用力了,鬼子头上的钢盔被砸劈了,白白的脑浆子流了一地,两条腿还在不停地抽抽。外公从水里拽起王霞一把推上了船,王霞只说了一句有叛徒出卖,后面追来的鬼子就到了。

此时外公眼睛都喷出血了,挥舞着小柳树打倒了最前面的鬼子,又突然跑回来把船推到深水处,对着我们大吼:"快走,别管我,我和这帮王八羔子拼了。"我拼命地大喊着:"不行,快上船,你要和我们一起走。"此时,鬼子一边放枪一边下水追来,外公深情地看了我一眼:"活着回游击队。"吼完,举起小柳树迎着鬼子冲去。

外公先是用小柳树扫倒了三四个鬼子,但是身上也被刺中一刀,小柳树打折了,打飞了,他狂笑着用双手抓住鬼子的刺刀,手被锋利的刀刃划破,他硬是把枪夺了过来。打疯了的外公,用鬼子的枪扎死捅伤了好几个鬼子,河水散发出血腥的气味。

我和王霞一边划船一边远远地紧张地盯着外公看,感觉他离我们是那么遥远,身影渐渐开始模糊了,只有他一声声的怒吼越来越响亮,越来越清晰了。忽然,耳轮中传来一阵急促的枪声,过后一切都恢复了平静。

外公是被鬼子开枪打死的。凭外公的水性是可以潜水走的,可是他丝毫没有走的想法,像是一堵铜墙铁壁挡在鬼子面前,恼羞成怒的鬼子无法逾越这道屏障,就放了乱枪。后来知道,外公被子弹射中时,他把手中夺来的枪掷了出去,硬是扎翻了一个鬼子。

说来也怪,外公牺牲后连续三天阴雨沉绵,湖水猛涨。游击队为外公下葬的当天,突然云开雾散,阳光耀眼,也许是强烈的阳光曝晒的原因,太湖上大片茂密的芦苇花破裂开来,洁白的花絮从初时的一朵三朵到漫天飘舞,如圣洁的白雪飞飞扬扬将太湖染白。外公永远地在太湖边安顿下来,他要继续看着中国人怎样消灭"王八羔子",看着我长大怎样为他复仇……

千年后的天真女孩

在北京驶往南昌的列车上,人满为患,也不知现代的人到底在忙碌什么,不过年过节的瞎跑什么,尽人为制造过节的假象,害得有正事出门的人跟着受罪。

"这有人了。"我屁股还没坐下去便悬停在了半空,不管三七二十一,我又一扬手把背包甩在了斜对面的空座上。"这人上厕所去了。"说话的是一个戴眼镜、皮肤白皙的女学生,看得出她很想让我坐在她的旁边,因为她盯着我看了好一会儿。

这时,感觉有人使劲地撞了我的肩头,猛回头一看是个中年人,满身烟味,正用三分之二的白眼珠狠狠地瞪过来。我赶紧识趣地取回了背包,他一屁股砸下座位紧紧地挨着女学生,还把双臂交叉在胸前好像在向我示威。好在本人也经受过风雨雷电的磨炼,承受能力算是比较强。

"哇……哇……"邻座的一个小女孩忽然号啕大哭起来,边哭边喊边挥舞双手厮打身边的中年妇女,哭叫声越来越惨烈,整个车厢的目光都被吸引了过来。此时,中年妇女显得烦躁起来,结结实实地抬手给了小女孩几下子,"再闹我就打死你。"这下可好,如同捅了马蜂窝。"救命啊!"小女孩满地打滚又叫又闹,不依不饶,这一举动无疑也激怒了车厢中的旅客。无休止的责骂打闹持续了近半个小时。

正当大家都在窃窃猜测中年妇女与小女孩的关系时,不知谁把乘警找来了,一时间情况变得复杂起来,四周的人群七嘴八舌,不断向乘警提供着看见的、听见的情况和猜测的各种可能。

"请您出示身份证!""我干吗出示?又没有犯法。"中年妇女很生气的样子。"我们正在执行公务,请您予以配合。"中年妇女很不情愿地东翻西找地拿出了身份证。"警官,看仔细点,也许是假的。"多事的人唯恐失去凑热闹的机会。"你是她什么人?"乘警手指着小女孩问道。"你看像是什么人?我是她妈,她是我女儿。""我不认识她,她是坏人。"小女孩的话像是颗重磅炸弹,语惊四座。

"肯定是人贩子。""可能是鸡头。""没准是拐骗儿童、绑架人质的。"乘客们神秘的猜测已经超越了事态的本身。这时,其他车厢的旅客听说后也拼命地挤了过来,有些人连座位也不要了,人越聚越多,我分明感觉到空气有些稀薄。

小女孩四五岁的模样,圆圆的娇嫩的脸蛋上冲刷下两道伤心的泪痕,两只忽闪忽闪的大眼睛求救般地抓牢了乘警,此时车厢中的空气仿佛凝滞不动了。

"你说是她妈,可我看你们俩长得一点也不像。"一位乘客嚷道。"去,一边待着去,这没你什么事。"乘警严肃地训斥道,然后转身对中年妇女说,"麻烦你们到治安室去一趟。""我讨厌她,才不和她一起去呢!"小女孩生气地说。正在乘警犯难之际,女学生突然站起来挤到乘警的身边:"学哥,我是公安大学的学员,这个小妹妹就交给我吧。"说完亮出了警校学员证。

乘警把中年妇女带走了,女学生向我莞尔一笑:"你坐我的座位吧。"我正要道谢,她已经坐到了中年妇女的位置上。中年人向我讨好般地咧咧嘴,露出两颗土黄色的大板牙,屁股使劲往旁边挪了挪。

女学生用餐巾纸为小女孩擦干了眼泪:"哇,好漂亮的小妹妹,你从什么地方来?到哪里去呀?""你是谁呀,我不认识你,不和你说话。""我是你的大姐姐啊,是来保护你的。""你是警察姐姐吗?""对呀,你看不像吗?""一点都不像。你有枪吗?我要喝可乐。"女学生为小女孩买了饮料。

"外婆过生日,我回南昌老家看外婆。"小女孩高兴起来了。"你叫什么名字呀?没有大人陪吗?""我叫闹闹,当然不是我一个人了,我和妈妈两个人,我要吃蛋黄派。"女学生为小女孩买了好多零食。"那你妈妈呢?"小女孩眼睛都笑弯了,站在座位上,将手卷成喇叭桶状对准女学生的耳朵:"被警察叔叔带走了。""啊!"女学生叫出了声,竟不敢相信自己眼前这个"00后"的古怪精灵。"那你刚才为什么说不认识你妈妈呢?""因为,妈妈答应'六一'儿童节给我买会说话的魔娃,可是她说我不听话不买了,还打我很疼,我生气了。"原来是这么回事,女学生摘下眼镜轻轻地擦了擦,长长地舒了口气。"我去将真实情况告诉乘警吧。"我自告奋勇地对女学生说。

"闹闹,回家再跟你算账!"这时,中年妇女已经在乘警的陪伴下气呼呼地回来了。"闹闹,以后要听大人的话,不许再这么任性了,今天这事你要是大人的话,还要追究法律责任呢。"女学生搂着闹闹的肩膀轻声地说。闹闹眨着两只忽闪忽闪的大眼睛,对女学生大声音说:"警察姐姐,你要是我妈妈就好了。"顿时,车厢里笑声一片。

海将我心染蔚蓝

岛城·百年·啤酒节

青岛,这座中国东海岸古老的城市,是我们此行的终点。

离开了京城,心情兴奋而喜悦,因为青岛是我的故乡。遥想着蓝天碧水、红瓦绿树的欧亚都市景象,轻柔曼舞的海风,清新鲜活的海产,淡黄沁香的啤酒,颐神舒心的崂山绿茶,爽直仗义的小伙,白皙婷立的小妮……浓浓的乡情如浪潮般不断涌来,恨不能一步跨到青岛。

凌晨,列车在青岛站缓缓停靠。空气中混合着淡淡的海风气息迎面扑来,同行的伙伴们困倦的神情在瞬间一扫而光,青春的朝气重新活跃开来,前行的脚步不自觉地快了许多。

经过秋雨的洗礼,黎明中的岛城越发秀丽、迷人……

"快看,大海!"不知谁发出一声惊叹!我们这些远离海洋的内陆人群顿时疯狂起来,欢呼着奔向蔚蓝的海岸线……

临海凭风。

几架观光直升机乐此不疲地在天空盘旋,海中央的巨型舰艇气势磅礴,通往回澜阁的栈桥上人潮涌动,沙滩上捡海物、挖海货的稚气男女笑逐颜开。

走在繁华的中山路商业街上,"青岛与世界干杯""青岛让世界醉了"的大幅广告和象形标志仰首可见。

今年,是青岛啤酒厂建厂100周年,从岛城居民和各方游客欣喜的面颜可以看出,人们都在期待着这一盛大节日的到来。

三

8月15日晚。

伴随着花团锦簇的彩车，激昂跌宕的乐队，仪态万千的模特，招摇过市的吉祥物"洋洋"，五彩斑斓的礼花，喷射四溢的青岛啤酒，国际友人阵营，演艺界名家大腕和欢乐的市民游行队伍的歌舞声，"第十三届青岛国际啤酒节"的帷幕徐徐拉开……

小姑娘头戴花冠、发亮的小牛角发卡一路欢歌笑语，大姑娘脸上戴着各种各样的面具穿行在啤酒城中，各式晚间发亮的玩具猛然弹射向明朗的夜空，形成条条五彩斑斓的轨迹，悬挂在城堡的天空。

慕尼黑、碧特博格等大牌国际知名酒商云集岛城，鲜啤、干啤、黑啤、鲜花啤、水果啤等是各色各样、应有尽有，尽情享乐。

四

每个啤酒大棚里面都是豪气冲天，碰杯声、呐喊声、喝彩声不绝于耳，爵士乐、摇滚乐轮番上演。

有妙龄少女伴随节奏缓缓起舞，一个、两个……从不同的位置、不同的角落，越来越多的男女站起来开始舞动身体，节奏从起初的泉水淙淙，直到九龙瀑布的垂直倾泻，人们的舞步节奏也越来越快，动作幅度也越来越大，面部表情也越来越夸张，情深至极处，有人用扎啤杯中的残余的酒液泼向四周的人群，骤然，惊叫声四起，大棚中如同傣族的泼水节，一杯一杯的啤酒从天而降，清澈而透亮，纯净而清香，洇透了酒者的衣衫，所有人都在欢蹦乱跳，声嘶力竭地干号着。

女孩子干脆跳上了长凳，又跳上了长长的木桌，狂舞至极，啤酒沿着白净、秀气的脸颊淌了下来，疯狂的人们纷纷将手中喝空的酒瓶掷向台上更加疯狂的乐队，无辜而可怜的乐手慌忙丢下手中的乐器，抱头鼠窜、狼狈不堪。

五

有刺耳之音传来，冲出啤酒棚外，发现原来是海盗船上年轻的男男女女被倒扣在空中，头朝下、脚朝上，悬停不动。

如果是在平时清醒状态，应该是恐惧至极。可是，今晚在啤酒城堡之中，却找不到一个清醒之人，这对于一帮被倒扣在船中，头朝下、脚朝上的酒后朋友们，是何等地刺激和放浪形骸。

一浪一浪的哀号冲击着仰望的人群，随之而来的是从天而降的肠胃中翻江倒海的污秽之物。这下，轮到围观的人群回以礼尚往来的惊叫，四下散开，拼命逃窜。

城堡之内，各路枭雄豪气冲天、一展绝技：快速吹瓶，9秒49喝掉1瓶；啤酒速饮，2230毫升；搬啤酒桶，英国绅士紧抱1米多高的笨重啤酒桶，往返跑上20米开外；1分钟狂灌7瓶啤酒……各种节目精彩绝伦。

青岛啤酒厂百年庆典暨第十三届青岛国际啤酒节开幕首日，啤酒城纳客突破12万人，豪饮46吨。

登州路56号，各地人等络绎不绝。有小孩有老者，有东方人有欧美人，有看酿酒制作工艺的，有玩醉酒屋的，有前来品尝国内唯一德国配方、口感纯正的青岛啤酒的，等等。虽然，五花八门，重点不同，但是，有一样东西吸引了前来人群的共同目光。

这是一台100年前生产的西门子发电机。建厂初期，由德国直接引进而来，体积不大，漆黑如墨。这样一台普通的发电机，如何会吸引大众的目光？原来，这台发电机给它接上电源，竟然旋转如飞，可以正常工作。这台神奇的机器也惊动了生产厂家，西门子花费巨额准备回购，却被青岛啤酒厂予以婉拒了，现在已经作为镇厂之宝。

现在，走在八大关或是黄金海岸线，随处可见百年前德国人修建的古堡，这些建筑已然随着岁月的流逝、变迁而越发古朴、雄健。在德国，老式的城堡有很多，而且与现代建筑相比，非但丝毫不逊色，反而更加令年轻人向往和着迷。

在离开岛城返程的途中，我一直在思索着、憧憬着、相信着一个直觉或是梦想：国产机器百年之后，一样可以正常运转的日子，不远了。

（2003年，青岛啤酒厂100年庆典暨第十三届青岛国际啤酒节）

游弋在八仙的世外桃源

一　进岛

　　15日，车还未驶进蓬莱码头，空气中开始弥漫着淡淡的咸咸的海腥味，这个中国古老传说"八仙过海"的发祥地，日暖风和，碧空如洗，波光粼粼。眺望大海深处几座隐隐的岛屿，如世外桃源般沉寂而宁静，透露出强劲的诱惑。大海表层附着淡淡的乳白色的平流雾，如梦如幻，如诗如歌，随着波涌的节奏在眼前轻轻地流淌。我们彼此内心有着一个强烈的期盼，此时此刻如能出现传说中的海市蜃楼，本次滨海之旅就完满了。

　　古文中曾记载：东海有仙山，蓬莱、方丈、瀛洲。陪同我们的空军地空导弹某团政治部副主任刁剑青介绍，蓬莱以北大海深处确有三座大岛，但不是古人所指，乃是长岛、砣矶岛、大钦岛。

　　我和陕西省消协宣传部部长刘浏，乘上专门为岛上部队送兵器的渡轮破浪前行，径直开往此行的目的地——大钦岛。听船上负责押运兵器的空军地空导弹某团某营教导员李庄讲，大约需要三个半小时到达。

　　一路上碧波逐流，海鸥健翔，渔船穿梭，倚栏细观近海、远海、深海水色的嬗变，海平面旭日东升的晕红，满目尽收渔家风光，沉醉在水天一色茫茫无际的大海中了。

二　上岛

　　咣当，渡轮靠岸了，刚才那艘飞快的有着两门小炮的军舰已然驶入军港。

　　迎面一条标语映入眼帘：军民团结好，共建和谐岛。正在驻足观望之际，耳畔传来阵阵噼啪的爆竹声。奇怪的是，放炮的人是海岛上的居民。一个疑问悬浮在脑际，为什么部队回岛，地方老百姓如此隆重地迎接呢？组织迎接的是大钦岛乡副乡长和各村书记。团参谋长亲自指挥卸装，但是也遇到了不小的麻烦，从装备的外观上看，载车的型号已经很老旧了，竟然有一辆下船后趴窝了。

从对面的军舰上鱼贯而出近十辆高级轿车，在宪兵的护卫下飞驰而去。

小岛的气温刚开始接近初春，内陆的季节性花朵大部分已经开完，这里大片的槐树花还在含苞待放。走在碎石铺成的小路上，心情如岛上清香的空气格外舒畅。

剑青带我们环视了岛屿局部和部分阵地，介绍了大钦岛的情况。全岛644平方公里，沿海13平方公里，有3 400人口，属长岛县管辖；岛上有4个自然村，分别是东村、南村、西村和小浩；岛上渔民主要养殖海产；多喜鹊，有野猫，无蛇，无鼠。该岛不对外开放，主要考虑属军事要地，驻扎部队较多。

上岛后，怀着兴奋无比的心情，给朋友发出了第一条短信："我在黄海之中的大钦岛了，要走三个多小时的海路，东临韩国和日本，这里空气清新，海产丰富。"

岛上的运载工具大部分是个体出租车，而且速度极快，遇坡或是拐弯从不减速。下午，我们搭乘"飞的"进入东村。下车走路百米，深切感受到这里民风的纯朴，我们去的渔家大门敞开，晾晒的海物铺在院中，找遍整个院落不见人影，无奈只能拿个小板凳坐下来等候。听说岛上没有一家歌厅，只有两家网吧。

听剑青讲，东村的海滩石头非常精美，我们一致要求去一饱眼福。

此时正是海带丰收的季节，渔民吃力地拖着沉沉的长长的形似烟叶的大片海带，用力地扔在鹅卵石铺成的地面上，再费劲地把海带拉直铺展。我们小心翼翼地穿过曝晒海带的空地，已经听到海浪打在海滩上哗啦啦的声音，好生纳闷怎么会发出此种声响呢？

带着疑惑登上滩头。哇，深绿色的海水由远而近形成如象牙般洁白的浪花缓缓扑来，敲打在岸滩大小不均、个头圆润的鹅卵石上，浪花轻拂之处鹅卵石从内透发出玉质般的光洁，石头表面瞬时五彩斑斓，色彩缤纷，在阳光的照耀下各种图案栩栩如生，仿若绘成一幅重彩的水墨丹青，美不胜收！

此刻，才解开"哗啦啦"的谜团，原来是海滩上布满了鹅卵石，冲上岸的浪花在下滑时，将个头较小的鹅卵石带入水中，所以会发出"哗啦啦"如古典曲牌般美妙的声响。

一个独臂老汉突然闪现在我们身边，操着深重的胶东话问我们来干吗。剑青急忙迎上前，与他攀谈起来。在此之前，我们已经知道他是守滩人，肩负东村全体渔民的重托，不能让外人采捡石头。对于大钦岛的渔民来讲，守卫石头就是守卫他们的命根，就是财富，就是希望。

据当地老乡讲，以前大钦岛人不知道石头还能买卖，甚至卖出天价。自从韩国人开船来用两千元买走一吨石头后，纯朴的渔民才悟到其中的奥秘。虽然有损失，但是亡羊补牢为时不晚。听说全国的奇石精品店中展出的很多都是长岛的球石，现在在产地已然很难捡到一块有品位的石头了。

剑青对独臂老汉讲，我们是北京来的客人，没有见过大海，说得我们像"大笨鹅"。我们惊诧于大自然的杰作，深深陶醉在鬼斧神工的灵异中。独臂老汉戒备之心不减，仍然盯得甚紧，吓得我们都不敢低头正眼看一下脚下的彩石，只是利用照相的间隙蹲下来摸了一两块小得不能再小的石头。

不到20分钟，估计是一支烟已经抽完了，独臂老汉有些不耐烦了，又催促起来。这时我们的衣兜已经鼓胀起来，再装也不像了，顺水推舟全线退出。告别流连忘返的东村海滩，穿过晾晒海带的场地，刘浏忽然起了购买海带的欲望，于是我们手上又多出厚厚一摞宽宽的厚实的干海带来。

回到营区，正在与管理员小王裁剪海带，有消息传来，后山有一块带有海藻的化石被采石人发现，问我们要不要。真是千载难逢的好机会啊！剑青立刻与村里面联系，正好有艘快艇可以用，于是我们乘坐着快艇，开足马力驶向后山。

在开阔的水面上耕犁，朵朵洁白的浪花迸溅进船舱，引起阵阵惊呼。因为浪大，我们的船只能远远地停在浅滩上，我、剑青与一名小战士深入开石现场寻找化石。果不其然，一块有着脸盆大小的石头上深深地画满海藻一类的图案，如墨一般漆黑，真是难得之石。我们三个人费了九牛二虎之力，中途歇息了有四五次，磕磕绊绊地把"宝石"搬上了船，像是渔民捕鱼般满载收获而归。下船时，连当地渔民都围过来用羡慕的眼神看着这块来之不易的石头。

晚上，大钦岛乡于副书记为空某团某营参加演习归来接风。于参谋长一定要拽上我们一起参加，因为我俩都是山东人，深知乡亲们饮酒豪爽，我们酒量实在是勉为其难，但是经不住官兵的鼓动，盛情难却之下，只好硬着头皮前往。

席间，军民鱼水之情潆潆，共建和谐岛之意绵绵，欢迎某营归岛的爆竹就是乡政府组织各村的渔民放的，听说已经成为惯例。于副书记讲，今天同时进军港那边停泊的军舰，原来是济南军区司令员来要塞区海防某团当兵锻炼的。此时，外面忽然响起了轰隆隆的雷声，树枝随风急急地摆动。明天有10级以上大风和大雨，有人说。糟糕！我们返程的机票和火车票都已经买好，如耽误后果不堪设想。

在我们表达了心里的想法后，于副书记再三挽留，说明天没有出海的渡轮，看到未起效果，最后竟然略带气意地说："这是人不留人天留人，我说走不了就走不了。"参谋长和教导员也跟着起哄，场面上我们好似被掳来岛的人质。望着窗外风扫星斗阴霾的天空，热闹欢快的酒席上不免留下一丝担忧。

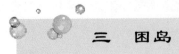

三　困岛

岛上的天气真可谓是娃娃脸，阴晴无常，头一天还是阳光明媚，风平浪静，第二天就可能是雷电交加，狂风暴雨。从早上六点半开始，我们就不停地咨询码头是否有船出港，回答始终是没有。

无奈之下，只能给海军航运大队的熟人打电话，询问有没有军舰出港，回答使我们彻底绝望了。以下是发给朋友的第二条短信："在不到短短的 24 小时里，我们已经经历了风雨雷电，终于被困在这远离大陆的孤岛上了，现在我们在耐心地等待日出云散。"

说起来也许好笑，此时此刻的心情复杂异常，客观上有想留下来多待两天的愿望，毕竟上岛才不过一天时间。可主观上又着急想走人，时间不等人，返程票还在青岛的朋友手里，还有单位没完没了的工作。接下来，如何打发寂寞的时光呢？

剑青讲，后山的守滩人与他比较熟，何不到后山的海滩转转呢？可是比起东村的海滩，后山的海滩就有些相形见绌了。说干就干，说走就走，我们踩着泥泞的小路艰难地向后山开进，好不容易翻过山头，看见拍打岸堤的海浪了，突然有个苍老的声音在我们身边炸响，你们干什么去啊？天啊！有个老大爷近在咫尺我们都没有发觉。剑青毕竟在岛上驻守多日，与当地老乡也混个脸熟，打了个招呼就放行了。老大爷还非常热情地一个劲儿地高声喊着："就说是老蒲让你们来的啊！"这位老大爷十分可爱，我们一致给他打了十分。

走到了岔路口，有一只公山羊在游荡，脖颈上拴了一根长长的绳子，看见我们走过来，立时兴奋开来，高高地竖起两个前蹄，从地势高处向我们俯冲而来。妈呀，做梦也没想过山羊还会袭人，吓得我们立马散开。怎么办，拴山羊的绳索长度正好与通往两条路口的距离相等，这就不能不让我们对刚才那位热情过分的大爷产生疑问，这只羊犹如看门狗，想从它身边过去绝非易事。

好在刘浏还有些儿时农村的经验，扯了几把青草缓缓地走近山羊，山羊疑惑地盯着他，一改此前的狂怒暴躁，并伸过嘴来吃了几口。一看有门儿，我们轻轻地绕过它的身后，在即将过去的时候，山羊发现情况不对头，一仰头挺直身子猛冲过来。我们发出一声狂叫，使足吃奶的力气拼命跑了过去。三个大男人惊魂未定，都纳闷长这么大还是头一次碰见顶人的山羊。

没有人看管的海滩才真正显现出它强劲的活力，我们也如释重负，感到自由的珍贵。后山的海滩石头大小不一，没有东村的匀称华丽，但也不乏杰品佳作。刘浏从远处晃悠悠地搬来一块不小的石头，绿色底红色图案，我们一眼就看出来形似一只坐雕，非常明显，是块好石头。可惜我们没有赶上退潮，很多好石头被海水覆盖着，只能干着急。捡了几块小彩石，雷声再次由远而近传来，我们开始撤退了。

冤家路窄，又一次与山羊狭路相逢，我们各出解招，我舍近求远，费力绕行。刘浏还是青草引诱，以求通行。剑青半推半就，连喂带跑。通过后我们气得不行，找了几块硬石使劲砸向山羊，吓得山羊连蹦带跳，嗷嗷直叫。

上山容易下山难，我们是翻山容易返回难，为了不受雨淋，大家都加快了步伐，居然身段较胖的刘浏提着比西瓜沉的大石头走在了最前头，甚至有时就看不见他了，真是令人难以置信。为了赶在雨前回到住地，我算是拼了老命了，东西是别人帮忙拿着，手中攥紧了一块中不溜的石头，呼哧呼哧直喘，汗如泉涌殷湿了整个衬衫。雨更大了，我们不得不在半山腰的仓库屋檐下暂避，凝望着丝丝透亮的雨滴，仔细地比较着与北京的雨有什么不同……

总算回到了住地，大老远就看见管理员小王和小黄狗站在洗车台上等我们，此情此景令我们忍俊不禁。

下午，带着没有希望的希望再次拨通电话，结果不说自明。剑青解嘲道："大海是无风三尺浪，有风高万丈。"无奈之下给朋友发了第三条短信："消息传来，如同正在头顶狂响的炸雷，使我们一丝游荡的希望，彻底绝灭了。今天，不会有一只船离开海岛，所有的机票火车票都要退光。"

晚上，大钦岛乡乡长李文敬宴请于参谋长和我们一行，前一天刘浏耍大头，别人已经认准他了，所以他借故拒绝今晚这顿饭，但是柔弱的挣扎都被军人的强势压倒。不出所料，告别大钦岛的最后一顿饭，于参谋长、剑青和刘浏都翻江倒海、摇摇晃晃了。兴起之时，刘浏还吊着嗓子大声吼起了西北信天游《兰花花》，惹得教导员李庄恨不能上前狠劲咬上他两口，因为李庄是陕西渭南人。

四　出　岛

第四条短信："今天终于日出云破，风平浪止，我们雀跃出岛了。"也许是因为我们不是大钦岛人，感到能脱离岛屿的束缚是多么自由啊，自由的天、自由的海、自由的人。说真话，虽然上岛时间很短，但是否还有一丝留恋留在了岛上，说不太清楚。同船的人很多，部队把我们安排在了船长室（当然船票是买过的了），不一会儿挤进来不少乡里的头头脑脑，立时将最多只能容纳五人（连船长的卧榻算上了）的小房间挤得像是沙丁鱼罐头。我们干脆上了甲板，欣赏海上风光了。

"快进来！"一名船员冲我们叫道。原来在船中央有一像是雅间的房间，能坐二十多人。这名船员刚才在船长室里见到了我们，所以才如此客气。咣当，大铁门从外面被紧紧地锁上了，我们如同金丝雀般老老实实了。

坐在行驶于茫茫大海深处的渡轮，最好的休闲方式就是睡觉，像是极度困乏的战士。其次，是无休止的海聊，天南地北，古今中外，地球宇宙。再次，是静静地感受，恬恬地欣赏。我初始选择了后者，中途被刘浏搅局，他很快认识了我的一名同乡，是要塞区海防某团装备处迟处长。因被反锁在舱室里面，便发了一条短信给剑青，很快复信就到了："我晕船了，不敢动，你们怎么样？"我们张大了嘴，除了吃惊还是吃惊，怎么常驻海岛的人还会晕船呢？想不通，太想不通了。

船即将在砣矶岛靠岸，码头上候船的人群开始骚动起来，其中有一个人高声叫着"船长，船长"。其热烈程度怎么猜测也该是船长的亲戚。船缓缓靠稳了岸，我从窗口一跃而出，走下船站在了砣矶岛的地面上，这样从蓬莱往北，胶州湾中的三座大岛长岛、砣矶岛、大钦岛我便全部登过了。

"接着！"那个手舞足蹈向船长送上最狂烈笑容的人正在接受船上人的施舍，有人向他投掷糖块、矿泉水空瓶等。仔细看看原来此人是个智能低下的人，他正因躲闪掷物，快而重复地表演着扭曲的动作，看得出船上很多人认识他，都乐此不疲地向他扔东西。

岸上的高音喇叭响起雄壮的革命歌曲，他竟然每首歌都会唱，很有节奏感，就是不知歌词。在人群的欢笑声中船启动了，他腋下的蛇皮口袋也渐渐鼓了起来，不停地向船上的人群摇着手。船调头了，他急步往远处走去，我们以为他又去下一场所了，没有想到他竟然走到了码头的最远处，只有这个角度船上的人才能看得见他，而且还在喊着革命歌曲挥动着手。

有人嘲笑起来，我和刘浏没有笑出来，若有所思，感慨此人心地的忠厚善良，虽然成为别人的讥讽对象，依然中肯地对待给予他施舍的人。其实，生活中有许多实例表明，个体在展现它的小聪明的同时，只是利益驱动的一个方面，必然存在某些令人反感的东西。此人的身残智低，粗陋的表演，换来的是他人的愉悦和个人的所获，在他的内心世界，这些做法是极为真诚的。所以推演出的结果是，聪明人耍小聪明不聪明，低智人不聪明不耍小聪明，低智人不耍小聪明比聪明人耍小聪明受人欢迎，不耍小聪明的低智人比耍小聪明的聪明人聪明。

从蓬莱码头出来迟处长始终陪同身边，我们在华侨饭店午餐，因刘浏要去青岛赶飞机，一个劲儿地催促快点结束，饭也没有吃好，两台车就直奔长途车站而去。在入口我们将一辆开往青岛的大巴拦住，人还没有坐满，司机很乐意帮助我们，但是车站有严格的规定，不能上车买票必须是要在车站买才行，经过交涉没有办法，司机只好开车走了。

车票买好后，问题紧接着又来了，下趟车要半个小时后才开。情急之下，我们又直追第一辆车，在下一接站处将它截住，这次司机亲自下来操办，但是还是与工作人员发生了口角。这里要说明一下，烦是真的挺烦人，但是从两次上车可以看出，蓬莱长途客运站原则性真的很强，司机和工作人员都是熟得不能再熟的人了，可是涉及规章制度的事真不马虎。

送走了刘浏，我们来到蓬莱市文化市场，直奔长岛球石馆，主要是学习讨教如何处理海原石。店主是个小伙子，非常热情，侃侃而谈，就是奇石价格偏高，也算是交了个朋友。

晚上，迟处长设宴为我送行，与剑青两家人一起，在小天鹅吃火锅，十分热闹。

坐在回京的火车上，回想起此次短暂而充实的海岛之旅，新结交认识的朋友及发生的各种有趣的事情，在脑海中层层浮现。

（2007年春，长山岛群岛—大钦岛之行）

尴尬事里的素年锦时

对于我们在京城的上班族来说,每天坐班车上班就跟和尚念经一样是天经地义、循规蹈矩、往复不断的"必修课",风刮不动、雷打不动。这已经成为生活中不可缺少的一部分,其中也有很多趣事。

清晨,坐在待发的班车上心情格外舒畅,悠然地听着枝头上欢快的鸟鸣,明媚的阳光晒在身上暖洋洋的,耳塞里播放着早新闻。

班车在公路上疯狂地驰骋,不知何故车流突然慢了下来,彼此间缓慢前行。一辆公交车由后赶了上来,与我们班车一起,如蠕动的蚯蚓交错而行。车厢里人头攒动,有一位临窗而坐皮肤白皙穿白衣的少女格外耀眼。也许是近在咫尺的缘故,两人漫不经心地对视了一眼,很快目光又移向了别处。

班车终于咆哮起来,如喘息的老牛寻找着进攻的对象。但是也不过只前行了30多米,又被塞满路面的车辆严严实实地堵住……正在无可奈何之际,一团白光忽然在眼前晃动,"我的天!"这辆公交车是否与我们的班车是双胞胎,又粘在一起了。

也许是有了上一次的缘故,这次再也不能装傻充愣了,出于礼貌向对方轻微地点了一下头并致以微笑,也算是"文化人"的礼仪,心里巴不得班车赶快开走……令我惊讶的是,对方也做出了相同的回应。

车里人把目光投向窗外,窗外的景致被车流结结实实地塞满,能看到的只有对面车窗里的人。这算怎么回事,只隔着一道玻璃窗,紧挨着两个素不相识的年轻男女,又是"第二次握手",感觉异常别扭……

只可惜我不是色情狂,白白丧失捕获猎物的战机。如此之近不免渐露窘意,可巧手头上又没有报纸杂志之类敷衍物,眼光游若不定,茫然四顾了……

盛夏的朝阳在这节骨眼上也显露出了英雄本色,炙热的光芒穿透车窗在车厢内散播开来,北京特有的燥热已让我鼻尖布满一层细细的汗珠……

凭直觉我也感到了对方的躁动与不安,显然她也感受到了这份严重的"尴尬"……

此时,空气仿佛凝结,时间仿佛停止不前,人流的嘈杂声戛然而止,耳廓间只有与汽车发动机同步的心跳声。

"真该死，车怎么还不开！"正在埋怨着，对面的车窗缓缓拉开了，大概是在乘客的强烈要求下打开了，这给拥挤不堪的公交车上的乘客带来一些舒适。

同时，我们也倍感到盛夏朝阳的煎熬，同样也非常渴望摇下车窗沐浴晨风的清凉。这个想法刚一冒头，便对此举产生怀疑，这样会不会给对方造成有主动结识之嫌；会不会班车上的人和公交车上的人会说：你看这个男人多会找机会，一看就是个情场大擂、顶尖高手；会不会班车上坐着我的顶头上司和钩心斗角的同事，如果这样我将会给领导留下一个什么样的印象，给口是心非的同事抓住桃色丑闻的把柄；会不会班车上还有我爱人家的亲戚和邻居，如果他（她）们发现我这样的一个举动之后，会怎样在我丈母娘家添油加醋、翻三倒四地谴责我的不忠和虚伪……

这时车窗对面女孩的白衣在徐徐的和风下荡漾开来，如荷池秋水碧波，撩拨心弦，我也就真的有了"马路奇缘，班车艳遇"的惬意……

可能是"有贼心、无贼胆"之故，始终无法逾越这道心灵的隔断，不敢拉开车窗。

车流又蠕动起来，公交车抢先走在了班车前面，心中倏然升起一种莫名的失落和惆怅。

收音机里播放的什么已全然不知，"该死的车，怎么还不走"，心里怪怪地惦记着那辆越开越远的公交车。

窗外的景色在流动，浓重的汽车尾气浪潮般破坏着车厢内恬静的晨曦，烦乱的心情使我关掉了随身听，整理了一下因久坐而变形的外套，抖擞精神，努力排除脑中杂念准备迎接崭新的一天。

前方红灯亮起，车流又停了下来，但是我们的班车如一匹脱缰的野马勇往直前。这倒不禁让我好奇起来，是什么原因使我们的班车长驱直入呢？正当我直挺上身观察前方的状况时，一张熟悉的面庞在眼角处停顿下来。

这时班车又像是一头负荷过重的老牛，突然停住撒欢的四蹄，一头扎入通幽的深潭长饮不止。随着车的惯性，我一头撞在前排座椅上，紧接着身体又反弹回来，一屁股坐回原来的位置。正当我惊魂未定时，奇迹出现了，白衣少女正在往这边窥视，并且掩嘴而笑。

掩嘴而笑是怎么回事？她会不会想我刚才的行为是为了看她坐的车走远了没有？"我的天啊！"如果她真是这样想的话……

"狼狈之极，尴尬之极，窝囊之极"，一副正人君子的包装从头到脚被剥得精光，我的无情被她的纯情彻底粉碎了。此时的我简直就是一个道貌岸然的伪君子，一个十足的情场顽劣分子，一个见异思迁、重色轻友的小人……

一缕头发从高傲的分头上斜滑下来，遮挡在眼前，细细的汗珠布满鼻尖，此时此刻，此情此景，与反特片中的反角一号惟妙惟肖……

修四环路的重金属的撞击声由远而近传来，平添许多烦躁。我犹如麦芒刺背、铁蒺拂面，脑海中飞速旋转着各种逃避的画面：找个话题与身边人聊聊，歪头一瞧，一个五十来岁花白头发的小老头早已倾斜身体双眼紧闭酣然入睡，涎液沿着嘴角流到胸襟上，被浸湿的图案像是个成熟的大桃子，在耀眼的阳光下鲜活地成长……

　　无可奈何的我突然想翻弄一下报纸杂志什么的，才发现两手空空，还想……还想什么？不知何故，自己突然恼火起来！我成什么人了，好像自己已经干了什么见不得人的事，被人抓住了把柄，甚至怀疑自己还是不是个男人，还有没有点绅士风度，平时的潇洒、干练、儒雅怎么会顷刻间荡然无存。

　　我还是个男人！是个高智商的雄性动物！我要以我先天的优越本性和后天的良好素养来酿造一个完美的"过程"或"结局"……

　　我酝酿好情绪猛然拉开车窗，正想送过去一个酷毙了的礼节性手势和一朵制作精美的微笑，但是，眼前的场景着实把我吓得不轻……

　　一张黝黑枯瘦纹络纵横的极具美学价值的老太婆的脸倏然映入眼帘，七八十年后我也许可以接受这样一张"熟透"的面孔。

　　急忙四下寻找，终于看到了那辆颇感异样的车身，已经向前开出去了二十多米远，白衣少女正探出半个身子不知是有意还是无意回头看了一眼，好像还做了个什么动作……

　　不知道是公交车改道走了，还是我们的班车不争气，反正是再没有追上公交车，没有再给我创造这种让我已逐渐适应甚至祈盼再次出现的"尴尬"机会。

　　生活是个大舞台，每个人都在这个舞台上努力地扮演着各自不同的角色，演绎着假面人生……

　　在这个大千世界上，在茫茫人海中，能相遇、相知、相爱、相伴何尝不是一件幸事，这也是人们常说的"缘分"吧！"相逢何必曾相识"。每个人的一生中，都会或多或少地摩擦出几许激情火花，你可千万不要对此视而不见，它可以燃烧起你对美好生活的向往，对未知世界的幻想，对另类事物的探究。

　　这种积极昂扬向上的生活状态会改变你对生活的厌倦，对工作的乏味，对人生的敌视。这无疑是人生中最为宝贵、最为珍惜的，它会使你的灵魂得以升华。

　　次日清晨，在川流不息的公路上，我和白衣少女再次不期而遇了……

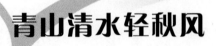

青山清水轻秋风

"天凉好个秋"。

置身于北京西郊燕山山脉,金子般的阳光如细雨铺洒开来,蒸熟了茫茫山野中每一片迎风作响的植物茎叶。

沐浴在柔和的秋风中,聆听秋蝉那最后的绝唱,心底不免多出几分无名的惆怅。

三两只叫不出名的飞虫从身边疾驰而过,奔向密草深处,健硕的长腿、舞动的花翅,发出啪啪的、力度非凡的空响,从而将我们的好奇心撩拨起来。

觅迹前行十余分钟,一块粗壮而又几经风雨侵蚀、锈痕斑驳的大石柱横亘面前,急忙上前仔细辨认,"响泉宛"三个形龙似凤的狂草令我们百思不得其解。

正在茫然之时,绰绰间望见远处大片的向日葵下,一个老汉席地而坐,悠然地吸着焊烟。

走到田垄前才看清楚是个老婆婆,她用稀奇的眼神上下打量着我们。经不住软磨硬泡,她给我们讲了一段至今记忆犹新的故事。

听上辈的人讲,响泉宛以前不叫这个名字,叫月芽寨,住着四十多户人家,其中有二十几户还是南方迁徙来的苗族人。

清朝末年,皇宫选秀女,活生生拆散了寨里的一对恋人。男人旺山是苗族人,女人草叶是汉族人。全寨乡亲非常同情他们,哀求官府不要带走草叶,可是没有办法,当时被选中的人不入宫是要砍头的,还要祸及家人。

草叶被带走后,旺山天天背着柴刀,坐在山岩上呼唤着草叶的名字,像是一只被抛弃的孤狼,喊着哭着,哭着喊着,渐渐声音嘶哑了,从口腔中流出了殷红的鲜血,混合着伤心的眼泪流进了岩石缝隙中。

老婆婆显然是动情了,不再开口讲话。后来呢,我们焦急地想知道故事的结果。旺山死了,他背着柴刀去了北京皇宫,被看门的官兵乱枪扎死了。死前有人问他拿刀来干啥,他嘴里反复说着一句话:"草叶妹,哥来接你回家。"

沉默,长时间的沉默,老婆婆的烟锅里已经没有了烟叶,她毅然倔强地吸着。我们准备起身走了,刚抬动屁股,老婆婆又开始讲。

消息还是被宫中的草叶知道了，当天晚上，她用自己绣织的一条鸳鸯戏水的缎带上梁自缢了，她是接着旺山的那句话去的，"旺山哥，等等我，妹和你一起回家。"

沉默，更长时间的沉默。我们正为伤触老婆婆心情而懊悔，准备致谢离开了。

"旺山和草叶死后的第二天清晨……"老婆婆又开始讲了，有人在旺山坐过的山岩上，发现冒出一股清澈的泉水，向山脚下的山寨流去。令人神奇的是，在泉水中夹杂着细细的红色溪流，发出"草叶草叶"一样的声音，像是旺山用滴着血的嘴喊叫草叶的名字。

从此，就没有人再叫月芽寨了，为了记住这两个年轻人，人们都改叫响泉宛了。

"你们可以走了。"我们正听得出神，感动得要命，突然被老婆婆下了逐客令，猛然间还是回不过神来。看着历经沧桑、青瓦木屋的山寨，我们的心灵被震撼了，眼睛湿润了。

难以置信，一段感天动地的爱情故事，就发生在我们脚下的土地上。

我们的再三哀求没有起到任何效果，老婆婆还是坐在原地，没有陪我们去看响泉，只是颤巍巍地指了指山寨后的高岩。

她自言自语道：年轻时喝过那泉水，味道是咸苦的，因为里面流着血。这一辈子就喝过这么一次。我们爬上高处的石岩，围散在杂草丛生的响泉四周，当真看见了红色的溪流，在血色夕阳照射下，如同五彩的锦缎。也听见了泉水流淌时，发出的一声声"草叶"的声音，却没有一个人敢喝响泉的水。

坐在返城的车上，顿失出城时的欢歌笑语，彼此间互相揣摩着心理感受。山寨中老婆婆的出现，使我们这些所谓的城里人再一次受到灵魂的炙烤与洗礼。

想到我们为上班而要起大早挤车怨声载道，为加班熬夜而牢骚满腹，为不被领导所理解而苦闷，为家庭琐事分心走神影响工作感到羞愧。

宁静悠然的山寨与喧嚣繁杂的闹市、青瓦木屋与钢筋水泥，好似千百年的错差，叠嶂而清晰，古朴而邃远。记得有位哲人说过："人的欲望是一种潜在的本能，而且是随着不断变化而变化的。"

人生固然要有崇高的理想，远大的目标，不懈的追求，更应该有一颗仁善之心，一片博爱之情，一种感恩之责。人，万物之灵。人最大的误区是高智商、低行为。所谓人无完人，就是指没有十全十美的人。曾有人笑言，若有完人，肯定不是人。所以，我们要学会宽容错误、善解他人、扶助贫弱、感恩社会。

前些时候，北京街头出现的抱抱团，拥抱了一名知名大学女学生，当时这个学生情绪低落，黯然神伤。她没有男朋友，也是她第一次被人拥抱，但是她确实感觉到了神奇的力量。这种支撑源于强大的外力，透入肌肤骨髓深处，一除往昔的阴霾，坚强了她蓬勃自信的人生。

人在这个社会上,不可能独立地生活,社会是人的社会,人的自然属性也服从于社会,每个人分属于相应的人群,用自己的学识和勤奋为整个社会服务。

也许是响泉宛的碧水青山、茅栅香草的缘故,大家又回归到人之初的本善,也许是清甜的空气、纯朴的民风,涤荡净了心灵的浮尘。

回到机关大院,走在草场边缘,耳畔依然萦绕着老婆婆苍凉的声音,那个凄婉美丽的故事,在我眼中,看似残缺,实则盈满。虽然旺山和草叶在世上没有完美的爱情结局,但是他们两颗相爱的心永远拴在了一起,被后人所称颂。

疲惫地蜷缩在沙发中释放快乐

如果你有了新房子,你的烦心事也就会随之而来,会有许多自认为亲近的人,扳起指头抢着告诉你,买房子是天大的事吧,买房子以后装修就是女娲补天的大事啦!小子,可别成天价吊儿郎当,不信试试看,累不死你!只知其一唾沫星子溅得足以将你淹没。

说句实话,本人也正是秉承百年大计的指导思想,对此绝不敢掉以轻心!

装修的日子是幸福而疲惫的。

因为面对崭新宽敞的住房,心如春风甜如蜜,可是要将新房装出品味、特色、亮点,也绝非易事。好在有一朋友就在房地产公司工作,其公司又是北京城四大房地产公司之一,便大包大揽了下来,装修设计费全免,工程部首席设计师亲自设计。

设计师姓吴,湖北人,几经接触感觉还真不错,接下来便进入了漫长的装修马拉松。

春节过后,先是对设计样图的修修改改。因为是女设计师的缘故,设计风格较细腻婉约。我还是比较喜欢粗狂古典,可是这个小吴又是个坚持己见的人,就如同在装修她们家的房子,业主只是个局外汉,意见照听,感想尽管发表,要想改动图纸,如红军长征两万五困难重重。

对电源、电线、天然气管道、冷热水管道的移移挪挪,工程队只是征求你的意见,电线分布位置及需要多长,水管改道到何处,用铁管还是铜管你自己拿意见。你肯定会说,当然用最好的啦,满脸油灰的小工立马凑过来告诉你,哥们,价位不一样啊!还是想清楚了再定吧。看着你疑惑而发呆的表情,这帮人心里还不知道怎么偷着乐呢。

紧接着麻烦事又接踵而至,工程队的人不管改道,要有专门的改管道的人来现场才行,于是乎重新与管道专业人员笑脸相陪、唾沫横飞,又开始了以上程序的循环往复。

后是对地板、墙面、壁柜、厨具、卫具的选认订购。已经进入仲夏时节,我那台老旧的"桑塔纳"几经暴晒,车内温度相当高,尽管开着空调也是汗流浃背。汗水从额头流向眉梢、脸颊，最后在脖颈里面"会聚一堂"了。

为了免受二茬罪，我专门准备了一块手帕，一天下来汗水都可以拧出一条线，我就把手帕铺展在方向盘上晾干。有意思的是，车上有盘CD盒，放在了靠窗口的位置，结果让太阳公公暴晒变了形，万分痛苦的扭曲状不像个样子，愣是摇身一变，成为一件时尚的艺术品了。

曾经好多人表情严肃、语言郑重地告诫我，购买厨房、卫生间用具绝不敢马虎，选就选贵的，用就用最好的，如科勒、TOTO等名牌中的精品，纯进口的也行。我本意也是这个意思，不就是个瓷器铁柜吗，有什么大不了的，可是在忍受了美女销售员天花乱坠的狂誉之后，在参加优惠活动打了六七折之后，终于知道了所谓名牌的真实价格，口里像是塞进了八个大肉包，怎么也闭不拢了。

再是对门板、灯具、壁纸、家具、电器等的挑挑拣拣。当时，我每天如夸父逐日般疲奔于家、工地、装修建材市场的三点一线上，一天吃一顿是家常便饭。神奇的是，早饭一个小小的鸡蛋竟然能令我抵御饥饿10多个小时。

而最令我惊讶的是设计师的敬业与忍耐。敬业精神主要体现在几经崩溃的砍价大战上，我总结她有以下几种表现，诱导、商妥，如不成功即变为强权、霸气，真像是维护祖国领土完整、为自家作贡献般卖大劲、出大力。虽然小吴不算是个纤弱女子，可是经常是早不吃、午不吃、晚少吃。记得有一次她老公过生日，已经是下午4点多了，将两个双层汉堡送到了灯具市场，小吴真是如同饿狼见到了绵羊，饥鼠遇到了大米，那一通狂吃，不光淑女形象荡然无存，在外人看来还以为她是丐帮里混得最惨的呢。

灯具的选购忒麻烦了，既要顾及家装的整体风格，又要考虑每室主人的个性喜好。还有单子上密密麻麻排列的，如同天上星数不清的射灯、地灯、壁灯、牛眼灯等几十上百种灯。走进金碧辉煌的灯具市场，才知道灯具分为欧式与中式，在此基础上再分古典与现代，当然还要区分材质的不同，反正是五花八门、说道颇多，我们也稀里糊涂地按方抓药。光在选择灯具上，我与爱人足足花费了近一个月的宝贵时间。

在那段苦难而漫长的时光里，作为业主简直已经没有人的模式可言，本不算太笨的大脑陡然间又增重了几两，惊恐地盘算着衣袋中还有几个铜板。四肢如雨后春笋般明显强壮起来，归功于装修材料的打压，可体重却在无意间悄然下滑，周身时时刻刻充斥在令人神经发作的极点上。

那时，真是生活在定式理论里，永远的问句：多少钱？永远的眼神：挑剔！永远的姿势：钉子。永远的心思：千万别出问题。永远的交通工具：汽车、单车、两条几尽残废的人腿。曾一不小心闻听有女业主由衷感言，装修房子比生个孩子还麻烦，真讨厌！

令人头疼的问题还不只是在购买原材料上，当你风尘仆仆、一脸灰土地回到家中，洗了个热水澡，坐在舒适的沙发上，手中拿着久违的大红苹果，张开血盆大口正要咬下去的时候，电话也追到了家里面，在美女销售员吴侬细语、颇为肉麻的问候完后，告诉你订购的材料厂家已经短缺这型号那型号，麻烦你再过来一趟好重新选定。

摊上这种事情的主，幸运的跑个一两趟，倒霉的跑个十趟八趟的也有。还有就是厂家来送货，成品材料与实际安装相差太远，如下水管短了，那你就要跑建材市场买一根够长的。如欢天喜地地将吊顶边沿的灯管买了回来，工人告诉你这灯不能用，或是不够长，还缺两三个灯等，诸如此类的小事情多如牛毛。

当时，我的那辆桑塔纳可是立下了汗马功劳，虽然无法与宝马、奔驰相比，但在我眼里可是汗血宝马，虽然老旧了一些，可是很皮实，拉人载货很是顺手。就是离合器发紧，踩下去发硬，每天下来脚丫子生疼，甚至有两次小腿如铁棍一般，疼得不敢着地。

有一次十分危险，车中装满了货物，右倒车镜、反光镜均被遮挡住，只能通过左倒车镜观察车后方情况，像这种情况一般司机是不敢上路的，况且还要走很长一段主环路。因为无法看到车右后方情况，我每到一个路口或右拐时，都会减慢车速，早早打亮右拐方向指示灯，一点一点地靠右蹭。那种感觉极难描绘，不像是盲人用根棍捅来捅去，捅到谁的屁股上谁自认倒霉。让你能看到前方、左侧，看不到后方、右侧，如猫爪挠心一般，干着急没用，现在想起来还冷不丁地打几个哆嗦呢。

我那双可怜的凉皮鞋，跟部经受不起反复挤压摩擦，也开小差脱离了鞋帮底，走起路来像是趿拉板儿，更为可笑的是竟然修鞋师傅对此也毫无办法。所幸的是碰到了三个臭皮匠中一个有点头脑的，拿起四根工程用的大钉，挥舞起沉重的大锤，毫不留情地将每只鞋底钉穿，再用钢钳挽个大回钩，这才算是彻底解决了问题。

家人对新家的装修，始终是抱着注重质量、不求进度的思想。本来与公司签订的合同日期是两个半月装修完毕，眼看着日子一天天无情地飞驰而过，3个月、4个月，直接奔向了五一国际劳动节、六一儿童节、七一党的生日、八一建军节、十一国庆节，多次准备向节日隆重献礼，都没有最终收尾成。

静下心来，认真地总结了一下，之所以进度缓慢，大致有这么几个原因。误区之一：设计师是工程队的指路明灯，但是又不驻守在工地上，隔三岔五地来一回，指手画脚地喳喳半天，搞得工人也是晕头转向，理解不透，还经常遭到设计师的白眼。误区之二：业主依靠设计师的心理过重，总想让设计师指挥工程队，生怕自己掉入装修的陷阱，有意无意地躲避工长的视线。误区之三：工程队遇到装修问题必须要得到业主的许可，不然宁可耽误工期也不赔本白干。这样说来工程队是最可怜的主，既难以经常看见设计师那张熟悉的面庞，又不被业主所理解，还要担当工期延后的责任，真像是后娘养的娃儿，明明没奶吃还屡屡遭骂，又没处申诉去，所以经常是停工没有活干。

新房延续了近一年的装修,结果是拖得公司没了脾气,拖得工程队即将土崩瓦解,闹得工人与工长之间极度缺乏信任。最为洒脱的还要属设计师,依然衣着时尚,依然和风细雨,依然光彩照人,要知道她经常是在同一时间,兼管7～10家的总设计师,脑细胞异常活跃敏捷,从没有短路糊涂过。

相比较之下,结算工程尾款是很有学问的,因为是最后一次清款,不管是公司还是工程队都会死盯着你口袋里所剩无几的带着体温的"大板"。

为此,家人专门邀请了一名部队主管工程30多年的专业人员,对合同及合同以外的面积、用料、增减项等进行了详细核对,真是不查不知道,一查吓十跳,竟然公司预算中漏洞百出,宋工长对过道、每间房屋面积说不清楚,用料也没有按合同注明的次数办,简直是一塌糊涂、一团糟。但是别看局势挺乱,可是主线稳如泰山,万变不离其宗,所有的款项都超出了预算,都在一刀一刀割你身上的肉。对付狂风暴雨的最好办法就是等雨过天晴,彩虹高挂。

新房原配的防火门实在是太对不住观众了,索性拆掉换个实用漂亮的,这样一来也将工程队扫地出门了。宋工长在第一次交锋中便败下阵来,又煎熬不住长时间的持久战,接下来战术转变为细雨润物以情感化了。他如韩剧大长今般每天会按时来电问候,一而再再而三地向我们诉苦,说现在北京房屋装修业遍地是黄金,每次工程结束赚不了几个钱,有时还会倒赔钱,主要是工人难养啊,光瓦工一天就要开140块钱,不然人家就不来干活。

工长的长吁短叹确实在日后得到了验证。在最后装修的两三个月里,差不多就是工长一人来家里干活。看着宋工长为难的苦瓜脸,切实感到他的不容易,甚至在他最艰难的时候,搬出了孩子上大学费用艰难的理由。

现在回想起来,是有一天我和司机在搬一块超大木板,工地上有一个年轻人来帮忙,小伙子身体单薄使出了吃奶的劲,仨人被木板压得快吐血了。那就是工长放假在家的儿子,当时感觉真不像是个农民工。我们这些坐机关的,深知人情世故,做人不仅要讲感情,更要讲原则,但这两者必须要分清,如一味没有原则地讲感情,不仅会好事变坏事,而且害人害己。

在这一点上,关键之处是钱在谁的手上,如果你耳软心慈过早将款额交于对方,那么做"孙子"的肯定不是别人。当然我们这类人绝对是君子作风,成人之美,不会有意拖欠装修款项。

宋工长咬牙熬了几个通宵,眼丝血红地把核算结果摆在我们面前,声音沉重而含混地吐出几个字来,"要早知道是这样,我说什么也不接你家的活。"苍天有眼,谢天谢地,这是我最想听到的话啊,一颗悬着的心扑通一下落进肚里,踏实!我兴高采烈地交了工程尾款,顺利地拿到维修合同。

一只大手和一只小手伸到了我面前,别看是近一年的相处时间,我还真不习惯与他们握手,虽然说朋友是暂时的,利益是永恒的,但是感情可是利益的催化剂,没有精心育苗哪来收成金黄呀。

说实在话，我是非常能够体谅他们的做法，这也不是他们的发明创造，社会大气候就是这样，如果你是另类，你将来怎么在这行混呢。从开始装修到结束，我们坚持以人为本，与公司、工程队的合作是愉快的，相处是融洽的。

我们把他们当成朋友对待，经常甩几盒高档香烟给他们抽，有事没事下馆子撮一顿，购货、下班搭我们顺脚车，中层以上骨干都收到了家里人赠送的小礼物。这在他们的装修工程上创造了时间最长、配合默契、质量上乘、品质完美的多项历史性的第一次。

我们面对事实不得不承认，装修绝对是个伤脑筋的事情，因为它不给你反悔的机会，失去、错过就不会再回来，犹如隔着硕大玻璃板后，狂风中摇曳的大树，闻不到花香，感测不到温度，没有季节征象，所以你猜不准是冬风还是春风，所以你未知结果是枯木苍垂，还是繁茂似锦。

装修是一种心态的历练，一种领域的拓展，一种生活的创新。装修虽苦，但何尝不是苦中有甜。装修虽累，但何尝不是累中有乐。装修虽烦，但何尝不是烦中有爽呢。世上无难事，只怕有心人。

现在回想起来，当时表现出的那份强烈的责任感、那种敬业的态度、那种对自我极限的挑战，还时常莫名地感动着自己。

疲惫地蜷缩在沙发中释放快乐

绝不弯折的男儿尊严

军校大一学期结束,正赶上春运高峰,因办了点芝麻大小的事耽误了行程,只得咬牙托朋友买了张软卧票。

第一次坐软卧车厢既兴奋又不安,正不知将一大堆土特产放在哪里时,突然一阵阵尖细的声音迎面撞来,"就是这,同胞们快点呀!"

咚,门被一股强大的力量开到了极限。

"你谁呀?住这吗?叫什么?"一个卷毛头女孩风风火火地闯了进来劈头就问,"你好,我叫……"还没做完自我介绍,"卷毛头"风风火火地又冲了出去。

少顷,她又带着两个女孩子疯狂地挤了回来。"傻站着干啥,快点帮忙啊。""好,好,好!"我像是欠她二百吊钱似的连忙摆放好她仨人的行李。

"这个小兄弟不错啊,怎么称呼?"圆脸的"绿毛衣"发问,"我叫……"话还没出口,"不说也罢,你是个军校小红牌,我们就管你叫小学弟,你叫我们学姐吧。""卷毛头"边大口喝着可乐边大声地说。

我心里真有点不高兴了,暗自寻思着这几个人怎么都一个德行啊,是不愿听还是根本不想听我讲话啊。

"送人的、没票的赶快下车了,逮着加倍罚款。"列车在列车员刺耳的狂喊声中缓慢地启动了。

"你们都住在这里吗?"我小心地探问。

"不住这里住哪里,难道睡外面吗?"怎么跟呛了火药似的,我又没有惹着她们,"哼,更年期到了。"我自寻开心地解嘲道。

那年我才18岁,还是个小兵,从来没有和陌生女子打过正脸说过话,而且还会有莫名的害羞脸红,现在和三个大女孩住在一个车厢里面,心里真还有些惶惶的。心想,千万不能让她们小看了我。

"你们是放假回家吧?""不对,再猜!"她们饶有兴趣。我懒得搭理她们了。"我们今年大四毕业,一起去西藏旅游。呵呵!"白白的瓜子脸的"蝴蝶结"说。

"多冷呀!"我突然想打击一下她们的自信心。"我们就是要看祖国西藏冬季最壮美的景色,挑战自我的极限,为适应将来新的工作岗位作准备。"

"别跟他讲了，反正他也不懂。""卷毛头"又问："会削苹果皮吗？过来给我们削苹果吃。"我刚拿起水果刀，"会打牌吗？过来打牌玩。""绿毛衣"起身要来拉我，"我只会玩双扣。""那有什么意思呀！""在军校我们就玩这个，别的不会玩。""咱们玩比大小吧，好热闹了，你和我一家。"嘿，我差点乐喷了，这算咋回事啊，还以为会说玩乔牌呢，原来是比大小，真有意思。

玩牌的过程艰辛而不堪回首，她们又是打又是叫，又是闹又是跳，我是百般赔着小心，脸上贴满了本应是属于她们的纸条。俗话讲："好日子易过，苦日子难挨。"好不容易到了吃晚饭的时间，她们仍然玩性不退，我就自告奋勇地做起了后勤部长。

正要泡自己带来的方便面时，"你刚才玩输了，罚你不许吃饭。""蝴蝶结"发难了，她继而又用天津话说，"逗你玩，我减肥呢，你吃我的吧。"当我才吃到三分之一时，"卷毛头""绿毛衣"狼吞虎咽风卷残云般地吃光了桌面所有的食品，我的娘呀，这哪里是大学女生，简直就是丐帮女侠啊！

晚九点刚过，三位学姐就开始七手八脚地脱衣服睡觉，令我好生惊讶的是她们居然带着睡衣，上面画的卡通动物如同她们夸张的动作，哪里有一丝把车厢当公共场所啊，简直就像是在自己的家里面。太过分了！分明没有把我这个男子汉放在眼里嘛！

我涨红了脸刚要夺门而逃，"不许开门，你想让全地球的人都看见我们在换衣服啊，居心何在嘛！你，快脱衣服睡觉，要不然我关灯了。"听得出来是"绿毛衣"的声音，我这个憋气呀，哼！你们这样肆无忌惮，居然还敢威胁我，于是一声不吭，躺在铺上脸朝里使劲地看书。

"快看看，我们的小学弟在看什么书啊？""还用问吗，闭着眼都知道《年轻时不懂爱情呗》。""不对，应该是《学会长大啦》。""嘻……嘻……""绿毛衣"挤了过来，她弯腰抢书时丰满的胸脯压到我身上，整个人快把我环抱起来，我"唰"的一下脸变得通红通红的，大声地喊："不是不是的，是《世界军事》，你们不喜欢看。"我极力争辩，拼命地躲闪着，"绿毛衣"似乎也察觉到了自己的行为有点不太妥，就使劲掐了我一下。

"不许穿军装睡觉，不许打呼噜，不然我们就把你抬到外面去睡。""卷毛头"躺在上铺悠闲自得地说。我心想，不打呼噜可以做到，要脱衣服着实让我犯难了，早已感觉到三双坏坏的目光像探照灯一般在我背后悠来荡去。

"那先把灯关了，我再脱衣服。"我鼓足了勇气。嘣，灯灭了，黑暗中我利索地解下了外衣，正在脱裤子时，嘣，不知是谁又将灯打开了，一片雪亮，"哈哈哈……"一阵恶作剧的笑声如同四面楚歌般袭来。"谁啊？谁干的？"我血脉偾张，脸红脖子粗，双手扯着过膝的裤腰带认真地辨认着。

"咯咯咯……"她们笑得脸严重变了形，上铺的两个用力过度差点摇晃得掉下来。仨人的狂笑彻底激怒了我："你们说话到底算不算数，难道是污染气体吗?"她们反而变本加厉笑得更加厉害了。"卷毛头"擦了把眼泪,"小学弟,你认我做姐吧,实在太可爱了……""蝴蝶结"笑着按住肚子,"快关灯吧,还让人活不……""绿毛衣"用被角盖住了脸,乐得直哆嗦。我低头一看自己的窘相,也忍不住笑出了声。

清晨六点,我们被车厢播放的早新闻吵醒了,"卷毛头"坚决地用伸出被窝的脚丫子关掉了广播,继续蒙头大睡。

稍过了一会儿,"蝴蝶结"起身穿衣出去了,不到五分钟,跌跌撞撞地跑了回来,匆忙将我们全部摇醒,惊恐地说道:"不好了,刚才我在洗脸的时候,有个黑脸的男人直往我身上蹭,我就瞪了他一眼,他就进厕所了。可是我回来的时候,发现钱包没有了,准是这人偷的,怎么办啊?"拖着可怜的哭腔。"卷毛头""绿毛衣"听完也傻了。

"怎么办?抓住他。"我沉着地说。"你行吗?他们这行大多都带着刀。""怕什么,车上这么多人,我们大嚷大叫他肯定会心虚,然后再让乘警抓他。"于是,我带着三个发呆的学姐直扑车厢的厕所。

门开了,一个瘦黑的汉子戳在我的面前,竟高出我半个头来。"就是他!""蝴蝶结"指认着。我把军校学员证在他面前一晃:"我是解放军,你自己做的事,你知道该怎么办。"黑大个猛然一怔:"你们认错人了。"手指着我,"劝你少管闲事。"说完就向腰里摸去。"哎呀!"三个学姐同时发出一声惊叫,我第一反应就是他想溜。不行!我马上脱下上衣,往后一抛,心想只要他硬闯出门,就先给他下身来一脚,使其彻底瘫痪无法抵抗。

也许是这种气势震慑了黑大个,立在原地没有动,眼睛转个不停地在想办法。这种气势同样也震撼了我自己,头发根都竖了起来,心想搏斗起来他真扎我一刀,也要血染白衬,英勇壮烈。

"我说是怎么回事啊,你们男男女女怎么一起上厕所啊!嗨!现在的年轻人啊……"正在短兵相持阶段,列车员手拎着个铁皮大茶壶从老远走了过来。

"小心点,别再让我见着你。"黑大个把钱包扔在地下,恶狠狠地撂下一句话,一挤身走了。

真是好憋屈,这句话本该由我来说的。"啪!"我还没有反应过来,"蝴蝶结"已经使劲地在我脸上亲了一口,"卷毛头"和"绿毛衣"也为我披上了军衣:"看不出人小志气大呀!"我这个气呀,这可是我贞守了18年的初吻啊,人生的第一次怎么就让她占了便宜呢,搞得我真是哭笑不得。因为我确实是太不喜欢她们了,所以这样做,只是想维护自己那可怜的最后一丁点儿男儿的尊严。

终于到站了,在下火车前,"蝴蝶结""卷毛头"和"绿毛衣"每人与我拥抱了一下,说了许多婆婆妈妈的话,还给我留下了她们宿舍的电话,一再嘱咐要给她们打电话问候,竟然威胁如果不打,她们就来军校找我算账。

站在冰冷的站台上,望着继续西行的列车,心里面七上八下地揣摩开来,我这是遇见了一帮什么样的人啊！与她们朝夕相处了整整一天，对她们印象也很混乱。如果说可爱呢，却经常是一肚子坏水。如果说可恨呢，又总表现出一些拙笨的优点来。如果说可怜呢，她们总一致认为我是最可怜的人。之所以会产生这样的想法，我觉得与她们的率真随性、狂放不羁、游戏人生不无关系，这正是我们军校大学生所缺失的、倍感新鲜的，也是令我们这些受正统教育的人难以接受的。

对着铁道迎面光秃秃的山峦，我暴喷出一口长长的冒烟的热气，仰面朝天发誓，将来宁可打一辈子光棍，也坚决不找这样的女孩做老婆。

新兵，我们的好兄弟

秋水似锦，秋风如歌。

"心连着心呀……我们是亲兄弟！"伴随着铿锵有力的锣鼓，欢快喜悦的旋律，上下翻飞的绸缎，新兵，一张张稚气未脱、踌躇满志的脸蛋上写满了无限的感慨。从迈入军营大门的那一刻起，他们内心深处蕴藏着跳跃的火苗便再一次升腾，涌动的浪潮再一次澎湃。这群导弹部队的新生力量，浑身充满了蓬勃朝气，散发出势不可挡的锐气，他们将在仲秋的寒风中，接受一次神圣而庄严的洗礼，实现人生远大的理想。

新兵，初如一页白纸，如何开启军旅生涯的轨迹，尤为重要。作为一名新入伍的战士，要十分珍惜来到部队这个革命大熔炉中学习的机会，认真学习人民军队的光荣历史和优良传统；了解第二炮兵成长、壮大的发展史，以及在维护世界和平中的重要地位；懂得保卫祖国是中华人民共和国每一个公民义不容辞的责任和义务，是法律赋予每个适龄青年的神圣使命的道理；明白从普通青年到合格军人转变后所肩负的历史重任。从而更加自觉培养爱党、爱国、爱军的深厚感情，夯实从军报国、献身导弹事业的思想根基，激发高昂的爱国主义精神和干好本职工作的内在动力。

诚然，新战士的起步十分重要，但是我们这些带兵人的思想意识和行为准则更为关键。现在工作岗位上的老兵们，提及当年入伍的那一幕，至今还是津津乐道；可是谈到各自受训经历时，反应却又大相径庭。胡锦涛同志明确指出，干部骨干对战士要有深厚的感情，要文明带兵。部队是革命的大家庭，构建官兵和谐友爱的关系，是军营发展的永恒主题。多年来，经验告诫我们，教兵育人是一门学问，是一种本领，是一种境界。育人者，要善于研究作为施训对象的特点规律，从细微环节入手，了解他们个人的成长、爱好特长、性格特点、人际交往、思想变化及家庭状况，紧紧把握新战士的思想脉搏，随时校正他们前行的人生坐标。同时，还要注重发挥好自身带头模范作用，为新战士树起立身做人的学习标杆。近年来，随着国家兵役制度的改革，部队历年接收新兵的成分也较为复杂，其中在校大学生入伍就足以证明军队整体学历层次质的飞跃。各级尤为注意的是，在制订新训计划时，一定要紧贴实际，区分侧重点，科学施教，只有这样才能做到各尽其才，效果明显。

当前，部队组织管理工作突出以人为本的理念，新训中主要采用传统与现代相结合的教育模式，将专题教育、随机教育和个别教育分别注入新时代内涵，如女兵的管理、少数民族新兵的管理、单亲家庭新兵的管理、大学生士兵的管理等，从正确引导、心理疏导的角度，帮助特殊群体提高自我认知，应对困难挫折，处理好人际关系，培养健康良好的心态，使新战士感到更加富有创造性和人情味。有的领导干部在不断增强自身素质及人格魅力的同时，还针对新兵的特点，修身养性地创造了"爱"字教育法，使新战士充分沐浴革命大家庭情与爱的洗礼，情真意切，温暖如春，我们不妨予以借鉴：用爱融化心头的坚冰，用爱消除彼此的隔阂，用爱唤醒沉睡的心灵，用爱换回失去的信任，用爱激励人生的追求，用爱筑起事业的长城。

我们有理由相信，成长起来的新一代共和国士兵，会以他们丰硕的学识、独特的视角、坚毅的品格、果敢的斗志，作为回馈报答部队的厚礼，为二炮现代化建设，保卫祖国安全，维护世界和平，贡献智慧和力量。

再品一杯军旅情深

这是个红色的七月,革命的七月,使人欢欣鼓舞、斗志昂扬的七月。在绿荫环绕、云蒸霞蔚的季节,《军旅生活》栏目终于迎来了她一周岁的生日。这个去年还在襁褓中牙牙学语的婴儿,出落得亭亭玉立、讨人喜爱。

最初了解军旅生活是从基层部队的官兵口中闻听的,本没放在心上的事却被官兵津津乐道。静坐细研,发现内中个因,有骨、有血、有经络,一件件官兵成长的心路历程,一段段启迪心灵的陈年往事,一桩桩感人至深的哲理故事,如光,沐浴温暖;如风,清新拂面;如雨,滋润心田。

兵事,自古至今永恒的话题。

兵者,创造军旅文化的活跃细胞,推动军队历史进程的创造者。一个个鲜活的事例,一张张朴实的笑脸,让我们在烟雾缭绕的深思中,逐渐析出一条条通往官兵内心的道路,就是真诚、亲和、扶助。这正是军旅生活的核心实质,是《军旅生活》栏目的灵魂,这也是《军旅生活》深受广大官兵喜爱的真正原因所在。

第1870期《军旅生活》栏目《新兵连,军旅生活的起点》,11篇精美的短文贯穿了4个步入军营的第一次,其中洋溢着"以人为本""以兵为本"浓浓的人情味,谈经验、谈体会、谈目标,主题鲜明,事例突出,生动活泼,同时,也引发了我对当前军旅人生的再思考。

从一则很耐人寻味的小事说起。有个女兵在体能训练中磨破了作训服,于是在破口处打了个布丁。消息传开一片哗然,形成鲜明的正反两派,支持方立论我军艰苦朴素的光荣传统,反对方强调市场经济的优胜劣汰,各执一词,互不相让。连队借此机会干脆将小事做大,为正反双方代表设立擂台,公说公理,婆讲婆道,党支部成员组成评委下最终定论。以上事例表明,当代年轻军人思维多元活跃,不受定式理论的束缚,敢于公开亮出自己的观点,认识思考问题有深度、上层次。

网络对话中经常出现"活人难,做成功人士比蜀道难""怎么活都是一辈子,既然错过名垂千古,更不可放过遗臭万年"的言语,从中反映出相当部分当代年轻人对伦理、道德、操守、品行的肤浅认知及曲解。著名作家贾平凹曾出版一本取名为《浮躁》的书，通过故事主线，暗喻了社会上人们浮躁的生活心态，浮躁的人生定位，浮躁的价值取向。正是界定的混乱，导致他们缺少勇于担责的魄力、大刀阔斧的霸气、深钻细研的精神、坦诚相待的态度，没有定性成为时尚名词。

西方哲学家将人生境界的追求方式归纳为三大类：第一类是事业人生，第二类是安逸人生，第三类是怨愤人生。第一类属楷模坐标型，斗志旺盛，志向宏远；第二类属小富即安型，务求实际，知足常乐；第三类属郁闷泄愤型，牢骚满腹，怨天尤人。相比较而言，这三种类型的人代表了进取、求稳和失落。军人非同于一般的老百姓，毋庸置疑必须选择第一种类型。尤其是当代军人，一定要做时代的领跑者，集中体现在精神状态、工作热忱、修身养性、思维层次、技能水平等方面。魏征曾曰："骄不可久，欲不可纵，乐不可极，志不可满。"军旅生活是大课堂、大熔炉、大家庭，它可以通过传授先进理念，超强的体能锻炼，紧贴实战的标准要求，锻造全新一代革命军人。

战友情深话军旅。军旅情深，经常是建立在一桩两桩小事上的，从陌生到熟识到至交，是兵与兵心灵的交融，是兵与官情感的升华。军旅情深，通常还表现为行为举止的感召力，对事待人的真诚、宽容和理解。军旅情深，不是表象浮躁的你好我好大家好，虚情假意一团和气。也许往往令你最难忘却的，是普通的不能再普通的第一次被剃光头，第一次套被套，第一次帮厨，第一次打靶，还有睡眼惺忪的紧急集合，雨中泥泞的匍匐前进，迎战洪峰的抢险救灾，扑灭山火的惊惧喘息，披红戴彩的立功受奖，军校教室的人生转折，掌声雷动的表彰大会等。

战友们，让我们珍惜军旅生活，珍惜军旅友情，珍惜军旅的每一精彩瞬间，珍惜军旅的每一抹不退的记忆，正如歌中所唱："绿色的梦想在军营实现，年轻的心坚定理想信念，军旅生活锻造钢铁长城，祖国统一正是我们热血男儿。"

出租房里的快乐时光

坐在北京的出租车上,司机会滔滔不绝的炫耀,花园小区星罗棋布吧,高楼大厦看着眼晕吧,按理说北京人多房多,住房不应该成为问题啦,可是问题偏就出在住房上,房子一天一个价,绝对基金火爆畸形。现在北京为房打拼的房奴多了去了,咱老百姓没钱也不敢烧包。怎么着,你说北漂一族霸占了租房的专利,不是那么回事,有北京户口租房的人也不少呢!

"安得广厦千万间",在北京绝对是个遥远的梦幻,当然躺在钱上还累的主儿排除在外。北京盛产剩女,剩女是近几年的新兴名词,意思就是年龄大的待嫁女青年。时光倒退到20世纪90年代初期,北京有许多大龄未婚女青年,并没有将目光投向军人作为择偶对象,但是在她们了解到部队有着优越的物质条件后,便被牢牢地吸引住了。是何种神秘的力量释放出如此巨大的能量呢?那就是部队的干部住房。部队作为干部福利性质的分配住房,曾经一度呈现出它强劲的引力优势,为大龄单身干部和已婚干部创造了必要的物质条件和生活环境。但是,90年代后期仅有的一条优势也随之荡然无存了。社会的经济发展快步向前,同时也对"存在的就是合理的"这句话进行了验证。"忽如一夜春风来",在部队营区附近如雨后春笋般冒出了许多家房介公司,而且大都生意兴隆,他们的主攻对象就是部队中的无房族。出租房价位高,环境条件差,有诸多不安全因素。部队干部任务重、工作量大,经常加班熬夜不说,已经随军的家属还待业在家,孩子入学困难,又没有住房,对此干部是焦头烂额,牵扯耗费了大量精力。现今,部队奇缺的住房对干部们来讲是瑰丽的梦想和昂贵的奢侈品,透过院墙面对鳞次栉比、异常火爆的商品房,只能望洋兴叹。2007年3月份,我有幸加入了广大租房干部的行列,体会到租房族的酸甜苦辣。

因为孩子上学的缘故,我们一家选定在朝阳区某小学附近租房。为了减少走弯路打外围战,我特意拉上军校时的同学王。说起我的这位同学,我还是很欣赏他的,为人朴素、坚忍不拔。军校刚毕业那会儿,他分配到了工程部队,吃了很多常人不曾闻听的苦,其中他有一句令我记忆犹新,说是在那种恶劣环境下,军官必须率先垂范,肩扛着沉重的石头也能边走边睡着。王能来北京工作,功劳全归他一个人，不仅他来了，还把他老婆的工作安排了，现在也是租私人的房子住。王告诉我，租房子最忌讳找中介，一倒手白收一个月的租金。最好的办法，一是贴条子，人家看到了会主动与你联系。二是找上门，看哪家窗户玻璃上有小广告，保不准儿就撞上一个有闲房的。什么上网、短信啊都不保险，王现在住的房子就是贴条子租到的。按着王找房的真理，我们启动了第一方案，于是附近许多小区的环境被我们白色的小条子污染了。等待的心情同样是焦急而惊恐的，焦急是期盼着好消息的到来，惊恐是担心等来城管队的电话，每次铃声大都会不由自主地打几个哆嗦，小心试探地问一声你是谁，再确定是否告诉他我的真实身份。一周时间悄然滑过，看样子被动等待是靠不住了，我们断然决定主动出击。找房子是件艰辛而又要厚黑的事情，在环境较好的小区里，真感觉自己像是个便衣警察，不管是老太太还是小保姆都要凑上前去套近乎。在口干舌燥赞美了 N 遍不知是外孙儿还是内孙儿之后，突然话锋一转直奔出租房的事。不管你能否接受，反正我们的原则是宁肯错问一千，绝不放过一个机会。当然，也没少遭到胳膊上戴着联防队员字样红箍的老头大妈们的盯梢。在我们铺天盖地地围追堵截下，还是小有斩获的，可是几经考证不是房子结构问题，就是租金问题，还有就是看房东不顺眼，最终没有定租下来。

  几经折腾已感相当疲惫，寻思着往外送钱的事怎么也这么难啊！同学王此时又生一计，干脆有困难还是依靠组织吧。咱们就去找中介，他们手头房源多，喝的都是房东的血。那不是明摆着让他们宰吗？我还有点不甘心。"没事的，看我的。"王似乎很有信心。房屋中介确实大不一样，他们掌握着太多想借租房发财的人的梦想，会察言观色地为你提供各类租房的信息，不辞辛劳地陪你现场勘察，及时打消你所表现出来的各种顾虑。房子倒是看好了，接下来就要谈价格了，这是所有租房人所关心的，也是租房的重头戏。这个时候，如果你与中介公司签协议，就要向公司多付一个月的房租，这种事也是天经地义的，人家也不能白向你笑脸相陪，既然有所付出就该有所回报嘛。北京租房的价格从内环到三、四、五环价位差别很大，以五环外两室一厅为例，基本可以达到一名普通职员的月薪水平。

  我们第一次租房子的地点是在亚运村附近，大屯路慧忠北里小区的二层楼。接下来是给房屋洗个澡，意思就是大扫除，彻底使它干干净净。常听说新房子装修累死人，可这旧房子也能要人命。具体可分为几大战役：第一阶段，清扫杂物；第二阶段，清洁厨房、卫生间；第三阶段，修整窗扣，清洗窗帘；第四阶段，对所有物品消毒；第五阶段，防盗门换锁。要是有条件的话，最好再粉刷几遍墙面。在一次又一次汗流满面，被折腾得半死后，工程完毕，封闭好门窗。三天后开始从家中向出租房里面倒腾吃喝拉撒睡的大大小小的东西，当打开房门时，差点被扑面而来的强烈的 84 消毒液的气味熏个大跟头。

  第一次与中介来看房子的时候，我就发现了一件怪事情，这个小区住在一层的人都在房前堆些破烂，我楼下的邻居老头也是如此。有一次带着孩子散步，与小区的一位老人聊天才解开了这个迷。这是位典型的老北京，满口的京腔略带着怨气，"这帮人就这素质，他们都是搬迁户，哪家不衬个上百万啊？真是旧习难改！"这是第一次与老北京近距离神聊，明显感觉到较大的差距。这老爷子六七十岁，上知天文下知地理，近知家长里短，远知国际风云变幻，从中央班子到地方政要，从经济繁荣到文化糟粕，无所不知，无所不晓，还一个劲儿地埋怨我在部队什么都不知道。感觉我们不是在平等交流，而是我被霸王开弓硬给上了一课。事后心想古语"孟母择邻"确有几分道理，不知那时如她也遇上了这样的主儿，是否还要不停地换下去。我家楼下的老头和老太生活得休闲安逸，养了一只像是一年也不洗回澡的小白狗。老头的喜好偏多，但又不甚高雅，花草、树根、藤椅什么都堆在单元门口，他家老太经常催他把破烂扔掉。他非但置之不理，还经常捡回别人扔掉的旧东西，老太也就不再浪费口舌。想想也是，人活着不就图个乐呵嘛。

　　我们家租房不像别人家，别人是全天候入住，以此为家，而我们是从周日晚进住。屋中黑灯瞎火，孩子都会被老婆一把从门口拖开，将我推到最前面，把危险毫不留情留给本人，他们退到安全地带观望。回想起来有一次还真有险情，那次回到出租房时已有些晚，我打开大门将楼道的灯旋开，慢慢地拉开厨房的门，坏了！只见在厨房的案台上有一盒开着口的方便面的空碗躺倒着，地上乱七八糟地布满了葱、姜、蒜和一些杂物。我立马提高了警惕，指挥老婆孩子后退，手握扫帚打开了所有的房间门和电灯，经过仔细观察，确信屋中是没有人了，才把老婆叫过来问周五走时是否这样。老婆一时也发蒙，回忆半天才告诉我不是的，空方便面是正立的，葱、姜、蒜是靠墙根摆放的。怎么会是这样呢？莫非有外人进来了，立时感到四周空气紧张起来。经过分析判断，首先可以肯定，除了厨房有异样情况外，其他房间都没有动过的迹象。如果照这样推断，明显不符合逻辑，如果丐帮兄弟，完全可以理解。难道当前社会，还有这等侠义之士？再仔细观察，发现损失的都是粮食，会不会是老鼠作怪？如果房间里闹鼠害，这麻烦可就大了。在与楼下邻居的闲聊中得到确认，这栋楼确实有老鼠，而且还是水耗子，就是那种可以顺着水管爬上爬下的，组织灭过几次却都春风吹又生了，简直是太可怕了。从此以后，家人在打开橱柜门、使用卫生间，甚至连穿鞋时都是小心翼翼、胆战心惊的，生怕遭遇到水耗子。

　　随着孩子学前班学习的结束，我们也考虑结束这提心吊胆的生活。因为小学部在奥运村附近，那个地方不但房源少，而且租房价格高。在租房过程中，碰到了以前所没有的场面。在我们做好中介工作的第二天，现场看房的就有三波人，最富有戏剧场面的是竟然有孩子的同学全家前来，真是可怜天下父母心啊！孩子走到哪里，父母跟随到哪里，但是长大后的孩子们有几个能报得三春晖呢？房东一看生意忒好，大脑立马跟着升温，索要全年的租金。一看局势开始混乱，我们马上让中介稳定好房东,并做其思想工作,房东两口子胖脸粗腰,第二年8月份开奥运会,他就只给你租到7月份。为什么?听附近住户讲,到时候有许多老外要来京,他们喜欢住在老百姓家,比住星级酒店省钱多了,光是8月份一个月出租房子的收入,就可以抵得上平时全年的总收入。中介此时真是起到了关键作用。谈好可以分两次付款,如果同意,现在就可以签合同。面对狼多肉少的局面,我们又能说什么呢。

科学园的住房紧邻奥运中心区,奥运工程正在紧锣密鼓的建设中,各路公共汽车全部改道而行。这下可苦了老婆,每天基本上是走着上下班。在又一次汗流满面,被折腾得半死后,终于搬进了出租房。我们的房子在12层楼。相比较之下,这个小区的环境还算是优雅,安保也比较严。特别值得一提的是,停车方便了许多,沿大街两侧随便停,而且不收停车费。当时在慧忠北里时,还以为是不收停车费的,可是有一天内弟告诉我,收了他五块钱停车费,这才真正感受到军车的优越性。为防止意外发生,每天停好车后我都要将车牌摘下,放在专用袋中拿回家里,虽然这样挺麻烦,但是心里面踏实。入冬后交警队发来了通知,让住户将自家车按规定摆放,从开始的车辆竖着停变成了横着停,一下子停车位紧张起来,下班稍晚会儿就要排出百十米以外。我就属于经常晚到的主儿,黑灯瞎火地转上几个圈,停在百米开外没商量。

"按下葫芦又起了瓢"。刚安顿好科学院这边,慧忠北里那边又出了问题。原来是老房东嫌我们没有按照合同要求租一年,仅三个月就退租了,非要扣一个月的租金。我们及时向中介反映情况,不是租不租的问题,实在是他家鼠灾太猖獗,大有人鼠大战的趋势。一天后,中介来电说房东也知道房子有老鼠的事,但还是坚持要留一个月的租金。我们彻底被房东蛮横的无理要求惹恼了,马上回应道:既然知道还要出租,既然知道又不事先在合同中声明,这是属于违法欺骗行为。住房环境遭受严重污染,大人且可以忍受,孩子怎么办?如果食品安全、人身安全等出了问题,他们能负责吗?他们能负得起责任吗?此时中介一看两头都十分强硬,立刻做起调节工作来,最后答应我们由他们想办法解决。故事的结尾皆大欢喜,听说倒霉的是新来租房的人,说不定他们哪天醒悟过来后,也会变成手握利刃的勇士。

老婆表弟的对象要来北京了,没地方住就投奔我们而来。这下小小的出租房里热闹了许多,我也从单间睡床的待遇改为睡客厅沙发了。因为屋里住的人多,加上要洗漱、做早饭、叠被子等,我早起的时间也就提前到了5点钟。出租房里的生活是简单而程序化的。从周日至周四,孩子是根本不可能看电视的,在他小脑瓜中除了学习就还是学习。要是大人管教严了,他也会发个小脾气,在我看来男孩子就应该有脾气,就应该具备反抗精神。常言道:脾气有多大,才能有多大。但是,我也认同"棍棒底下出孝子"的古训,男孩子应该有脾气,可以发脾气,可是一定要分清对与错。如果对了可以发,大人还要及时认错。错了就不能发,大人就可以手拿杀威大棒,严格执行古训。

我们租房时间前后加起来,大概也就一年多的时间。虽然住出租房时间不算长,还有这样那样的不称心、不如意,但是现实摆在面前,让我们再做一次选择,我们肯定还会选择住出租房。我感到出租房最大的优势在于,首先是方便了孩子上学,这也正是我们租房的目的所在。其次是与北京老百姓生活面对面。常住在部队大院,基本生活自给自足,没有事不出大院门,很难与当地老百姓沟通交流。再次加强了父母与孩子的感情培养,提高了孩子独立生活能力。孩子脱离了老人的视线,给了年轻父母与子女培养感情和教育子女的机会。第四是强化了对家庭的责任感和认同感,真正认识到三口之家的意义所在,树立起为人父母的表率作用。第五是"养儿才知父母恩"。远离双方家里老人的帮助,才更加懂得做父母操持家庭的不易,反过来就会越发珍爱家庭,关心照顾老人,尽忠尽孝。

在此,我们还是要诚恳地感谢出租房屋的人们,不管他们的房屋来源怎样,不管他们是出于什么目的,他们确实是为需求的人提供了便利,为来到这个城市打拼的异乡人提供了遮风避雨的港湾,他们是时代的双赢获益者。

驾驶窗外看青春飞扬

记得第一次放单飞的时候，是北京初冬的一个傍晚，由于心中没底，过于紧张，真是出尽了洋相。

有个南方的战友来北京住在友谊宾馆，一天发来三四条短信要见一面。当时，我们一家正在从徐州驾车赶回北京的路上，900多公里的路程已着实不算近了。在高速路上丰田4500时速表经常是保持在140迈左右。因为我们车上不光坐着老人、孩子，还有几块从灵璧渔沟买来的石头，加重了"牛头"车的负担，要不速度会更闪。回到北京的时候，已经是华灯初上了，我不无担心地试探着问司机小孙：我自己开车出去能行吗？在这之前，我每次开车身边都有司机"保驾护航"，小孙倒是毫不含糊："没有问题，开慢点就行了。"当时，如果小孙说天太晚了，还是明天去吧。那我绝对不会一个人开车去找朋友了。可是小孙的话音有多半是在鼓励，更多些是在鼓动。我二话没说，发动着没开大灯的车准备出发了。其实，我的这种担心不无道理，因为我所练就的车技都来自野路子，没有到部队司训队培训过，更没有上地方驾校系统学习考证。

在北京繁华闹市的街道上，我一路上提心吊胆、小心翼翼，见到来势汹汹的车辆，唯恐躲避不及，能让就让，能躲就躲，好不容易开到了宾馆将车停好。等我和朋友一起走出宾馆的大门，准备去吃夜宵的时候才发现，由于来时精神高度紧张，大车灯没有关闭，车窗玻璃也没有摇紧，CD机里依然飘出优美的旋律……值得庆幸的是，车门是锁好的，不然我们只能打"面的"了。

吃着饭我心里还是不踏实，出门看了好几次车，生怕再犯什么错误。饭馆门前看车的保安显得很是好奇，一个劲儿地安慰我："哥，您甭担心，这有俺看着呢，您放开了可劲儿吃。"为了掩饰唐突，我搜寻了全部可以用来遮羞的借口：手机忘在车上，钱包还在车上呢……如此三番五次，小保安肯定认为这人有健忘症，怎么没有把车钥匙锁在车里呢。这顿饭吃得我魂不守舍，朋友倒是没有表示过多怀疑，坐在车上还一个劲儿地赞叹我车开得稳呢。他哪里知道，我想快，可敢吗？

怪不得常言道，"第一次最难忘却"。有了第一次，便有了第二、第三次……

在以后的日子里,我尽量避开北京塞车的高峰,尤其是下班时间的晚高峰。但是,有一次我还是被硬生生地拉进了填满路面的车流。那一次是朋友打来电话约吃晚饭,由于多次无故未参加这样的聚会,真是没有丁点儿勇气拒绝。地点在丰台区,而我们单位在海淀区,掐指算了一下,正是塞车的高峰时段,最快也要一个半小时才能赶到,只有硬着头皮上路了。记得郭德纲曾在德云社说过一个相声,里面说到有几个外地来京打劫的贼,抱着刚抢来的金银首饰上了出租车,一下子就冲上了西二环。这时北京的听众就笑了起来,可是很多外地的朋友没有笑,到底是怎么回事呢?郭德纲说的这个时间正是北京塞车的高峰,西二环是塞车高峰的重灾区,所以北京人就知道结果了,他们也就笑了出来。不幸的是,西二环是我今后常走的主干线。驾车一上西二环,立马如同被绑架一般,四周车辆展开了车技大比拼,经常是走走停停,一挡换二挡地起步停车。我发现有的司机竟然在车中看起报纸来,抽烟、打电话、发短信的更不在少数。人家那叫资本,不服不行,等有天你把车练得能将别人的车挤出车道,你边吃肯德基边开车,也会有人羡慕死你。

糟糕,前面的车辆逐渐在大桥的斜坡上停了下来,抬头仰望前面有无数的车屁股,回头俯视后面有无数的车头攒动,左边右边都有无数的车腰身不断地扭动。坡起,这个在驾校令人生畏的操作动作,此刻被反复地用来折磨你。那种感觉,真如同置身在噩梦中一般。经常是脚踩麻了,手发酸了,就努力挣脱层层叠叠金属的包围圈,将车强行开到辅路边停稳,夺门而出抓紧时间舒展一下僵硬的腰身。等赶到约定的饭店,已经过了北京时间二十点。

几天后,老婆不知从哪里搞来一张"实习"的标签,非让我贴在车后窗上,被我断然拒绝了。我也知道老婆是好意,原因是在北京开车,如果贴上"实习""新手""手潮"等字样,路上的老江湖们就会无比兴奋,仿佛又看到了他们刚上路那会儿任人宰割的苦难,这种内心深藏的愤懑耻辱,今天终于如火山爆发般喷薄而出,可怜的新手们如同洗涮干净待宰的羔羊。如你的车刚熄火,后面的车流喇叭齐鸣,恨不得将你淹死在这悲壮的交响乐中。如你的车刚要变道,后面的车发现你转向灯刚一亮,就会反应神速,立马加速迎头赶上,不会让你占到一分便宜。在这种情况下,你如果反其道而行之,做出一些生硬的举动,但是路上的同行不知道啊,还以为你在开霸王车呢,惹不起你还躲不起你吗?从一斑既可以反馈出我们首都司机的素质来。

近几年来,奥运工程带动了北京环路的发展,现在六环路的东北线已经开通,可是还难以抵挡如蝗的车流。塞车高峰时段,二、三、四环就不用说了,连以前还不明显的五环路上车都多了起来,竟然还时有堵塞的情况发生。交通台的主持人把北京的环路形象地比喻为巨大的流动停车场,真是再恰当不过了。但是,说千道万,北京城市交通的建设还是日新月异的,从地上到地下,从市区到郊区,变化翻天覆地。每当有外地朋友来京,我肯定要陪同他们去看正在建设中的鸟巢、水立方工程，给他们讲一讲老北京、青年北京，展望一下未来更加美好的小北京。当然，也会带他们亲自感受一下北京塞车的特色，体会塞车的喜怒哀乐。

当你找到开车的感觉时，摸车的时间也就多了起来。说句实话，我还真不是那种见车手就痒的人，有时候会几天甚至十几天不碰车。在车的仪表盘下方，我经常会放些硬币，用来施舍红灯亮时来要钱的丐帮兄弟，但你绝不能说他们就是穷人。在这些人中有孩子，有青年，有老人，以老年人居多。当前社会，已经远远超出365个行业，乞丐这个古老而传统的行业，现今也是摇身一变成为职业性的了，还听说分工明确，各自都有地盘。道听途说的多了，心肠也就渐渐硬了起来，可是当一个头发灰白的老人，在酷夏严冬中来到你的车窗前，举着个破缸子在你面前直晃悠，你还能忍心大声叱责他们吗？当你把为数不多的硬币"哐啷"投入破茶杯时，他们也没有丝毫的欣喜，依然是麻木不仁，只是说声含混不清的"谢谢"，转身离去走向另外一辆车。此时，车上有人会愤愤地说声骗子，有人会不耐烦地打发他们快些走开，还有人会嘲笑你上当受骗了，我都会自嘲一笑，告诉他们在车的后备厢里，我还为这些人准备了许多矿泉水的空瓶子……

我喜欢在车前窗挂上一个小巧的漂流瓶，里面装有花花绿绿的小纸卷，像是一个个等待实现的愿望。车前台上摆着一只耀武扬威的大螃蟹，车子一启动八只蟹脚不停地抖动。这是我们一家三口去海上仙山长岛旅游时买来玩的，那段细沙逐浪、远影碧帆的欢乐时光至今犹在眼前。开车如同打球，一般球员都讲个球感。开车也是一样的道理，要有车感，如感觉不到位，就不会得心应手。培养车感不是简单说说而已，而是要将车视如兄弟，除正常培养感情外，还要经常地与爱车脾气禀性相磨合。可以这样说，你为车付出了多少，他就会对你回报多少。本人开车有五个不鸣笛原则：就是对老人不鸣笛，对小孩不鸣笛，对孕妇不鸣笛，对残疾人不鸣笛，对恋人不鸣笛。哟，有人说了，你还是个善主啊？干脆把喇叭卸掉得了。

常言道：常在河边走，哪能不湿鞋。开车确有风险，也有几次意外。第一次意外是在长安街的五棵松路上，我看后面车还差着半头就强行变道，哪知这位车主也毫不含糊马上加速，我立时急踩制动，此时双方的车头已经紧贴在一起了。对方的车窗摇了下来，原来是个老把式，怪不得显摆车技，听口音不是北京人。经过仔细查看，两车保险杠之间的间隙已经容不下一根头发丝。既然没有损伤，双方也就握手言和了。有一次，在复兴门百盛地下停车场，这是我所经历过最高仰角的地点，坡度应该在45度左右，而且是笔直的一条直线道。面对如高级滑雪道般的大坡，只能望见亮光根本看不见出口，我忽然间有了一丝不祥之感，后来这种感觉果真应验了。当车行驶到一半时车速明显放缓，如老牛般喘息，已经感到非常吃力。猛然间车自动熄火，强烈抖动急剧下滑，我急忙紧拉手刹，但是根本停不住。我立刻感到危险的来临，甚至意识到有车毁人亡的可能。我当时还

驾驶窗外看青春飞扬

算是反应迅捷，右脚猛踩制动器，车总算是勉强停住不再下滑了。但是，此时并没有挣脱出恐惧的包围，我回头看了一眼，天啊！距离坡底还有一大截，非常幸运的是后面没有跟车，否则后果不堪设想。可是悬在半空也很危险，如果此时有车跟进又不明情况，麻烦就大了。我将挡位调整到最低速，右手紧握住手刹，右脚做好最快速度的转换，全力以赴最后一搏了。点火、松离合器、放手刹、大轰油门，一系列动作在瞬间完成，车如同拼了老命的黄牛，奋力挣扎着向坡上蹿去。真是老天保佑！在令人窒息般的隆隆声中，车终于驶出了洞口，面前一片明媚的阳光。还有几次是为了显摆车技，或是有可能赌气，反光镜与对面而来的车的反光镜碰撞在一起，中间车距可想而知，双方仇视的目光紧紧地啮合住。

　　我的体会是不能为开车而开，重要的是学会享受那份驾驶的乐趣。在一个阳光明媚的清晨，我驾车行驶在宽阔的北青路上，打开车窗任凭风吹来，远看绿篱中百花争艳，使劲嗅着空气里飘过阵阵花香，此时再将嘴唇微微噘起，吹出类似名曲般的声响来。一两只小雀闻声而至，不知何故吸引了它，竟然追逐起车来。初春的气息是浪漫而令人陶醉的，空气中始终弥漫着嫩草根部淡淡的苦味，早已经有小女孩急不可待地穿上了花裙子，如同花丛中翩跹的只只彩蝶。一支长长的队伍从眼前呼啸而过，速度之快如同百步穿杨的利箭，好奇心驱使我迎头追赶上去。二十多名自行车运动员正在汗流浃背地"敢问路在何方"，穿着紧身衣戴着头盔飒是潇洒，居然其中还夹杂有女运动员。我很奇怪他们为何能将车骑得如此之快。他们腿部块状肌肉十分耀眼。我追上最后一个垫底的人，"你们这是去哪里呀？""上六环路去怀柔。"竟然是一位美女，有着两个甜甜的酒窝。"去那里干吗？你们疯了吧，太远了！""我们是骑单车爱好者，自发组织郊游的，告诉你也不懂。"末了竟然呛了我一句，外带又白了一眼，好看的酒窝也随之消失了。跟着他们跑了一段之后我才明白，这群肌肉男女骑得如此之快的秘诀，这种神奇的力量不是来自发达的肌肉，而是他们对待生活的态度，这群年轻人充满朝气，富有激情，憧憬美好未来。他们在我羡慕的视野中，如离弦之箭弹射而去，带走了一路欢歌，在单车碾过的辙印里，给我留下了健硕的身姿、青春飞扬的气息和一往无前的动力。

有一片祥云飞过蓝天

每当与人提及姥姥,别有一种惆怅在心头萦绕,很难说清楚是哪种滋味,因为她是我生来辈分最长的人,像是一尊大佛高大威严,也像是观音菩萨慈善仁爱,还像是故土家园的一棵茂盛的大树,更像是擦肩而过的阡陌路人。因为在我的脑海中,对姥姥的印象犹如蓝天上飘过的祥云,绚丽多彩而时光短暂,似荧荧烛火,片段性地闪烁着……

姥姥有着中国传统妇女的一双小脚,深受儒家思想的熏陶。时光回转到1947年,当时姥爷已经是解放军,但是按当地人的习惯还是叫八路军。在有名的灵山阻击战中,打光了所有的子弹,为了掩护部队主力与群众转移,这群血性汉子没有选择撤退,而是跳出战壕光着膀子,眼睛喷射出火焰一般,与国民党军展开了白刃战。

听老辈的人讲,那场厮杀天昏地暗,已然分不清是夕阳的光芒,还是残肢断颈汩汩流出的血浆,刺刀扎弯了,就用枪托,枪托打断了,就用拳头,拳头被砍掉了,就用牙齿咬。阵地上遍布着双方的尸体,裸露着白花花的骨碴,随处可见的脑浆大肠冒着热气,死尸多的地方叠有三层高。

姥爷是有些功夫的,这在水泊梁山的故乡算是家常便饭,提着刺刀一气撂到了好几个敌人,自己身上也多处挂了花。战争的残酷不在于流血多少,而在于信仰真理是否得到认可。仗打到此时,人已经不称为人了,还原了大自然动物原始的本态,几近变形的脸庞张开血盆大口,向对方发出雄性威吓的狂吼,以此来震碎对手孱弱的肝胆。

不知是什么原因,在最后的危急关头,姥爷扎在敌人身上的刺刀竟然拔不出来了,不幸被冲上来的敌人刺中,屹然战死在胶东的灵山。令人非常遗憾的是,因为那场战争死的人太多了,又正值部队和老百姓转移,没有人去收尸,最终也没有找到姥爷的尸骨。他丢下三个幼小的女儿和当时30岁出头的姥姥,一个人去了天国。

这段情节在影片《车轮滚滚》中得以充分体现,反映了淮海战役敌我态势复杂、双方厮杀惨烈、我军气势如虹的战争场面。山东老区人民,用肩扛手推支撑起万辆独轮小推车，有力地支援了我强大的人民解放军，奠定了淮海战役胜利的坚实基础。

曾经听我父亲讲过，全国刚解放那会儿，据统计，当时山东境内的男女性别比例为1∶5，1个男性比5个女性。造成男女比例悬殊的主要原因，就是在战争年代连年战事，山东青壮年参战数量太多，战斗之残酷，牺牲之壮烈。

我与表哥相差前后不到一周出生，也可能是我们开了个头的缘故，从此以后我们家族一发而不可收，同辈人中接二连三地净生男孩。在儒家思想浓重的山东，家添男丁可是件不得了的大事。吃过红皮鸡蛋的疯狂过后，随之而来的就是痛并快乐着了。

当时，我父亲在北京的部队工作，母亲和大姨都在家乡的学校任教。那时的人思想正、觉悟高，根本就没有把产假当回事儿，母亲和大姨将我和表哥全交给了姥姥，全由她一个人带着，可把她老人家累得够呛。

说来也巧，或许是某种天意，在我出生后的第十八天，胶东地区发生了一次罕见的大地震。我母亲描述当时的情景，她抱着我已经跑到了大门口，房顶上的瓦块噼里啪啦地往下掉，大地隆隆的颤抖令她的双腿硬是迈不出门槛。

2岁时我随母亲来到了北京，上了部队的幼儿园。在北京生活了几年后，对姥姥基本上没有了什么印象。但是每次回老家时，姥姥最关心的是我，十分亲切地直呼我"风雷"的小名。

我小时候发现一件非常有意思的事，我们每次大包小包地回老家时，当地人都管我们叫北京人，可在北京时我们又是外地人。虽然远离老家，但是对家乡潜在的敬仰及对家乡产生的神秘感与日俱增。了解家乡，唯一的途径就是父母的言传。

可是，有的时候也十分惧悚，犹如黑白色的战争片一样，发生在自己身上。记得母亲给我讲过两件事，至今记忆犹新。当时，战争的烽火已经烧到了山东胶东，老区人民对中国解放事业做出了巨大贡献，绝大部分儿女参加了解放军。怕受到国民党的残酷迫害，每次战事全村人都要全部转移，所走的方向永远是茫茫无际的大海边，当时许多人认为转移的人不可能再回来，就把这些人叫喝海水去了。

现在提起转移，绝大部分年轻人感到很陌生，甚至无法理解，但是上了点年纪的人，经历过战争的人大部分都知道。说起转移谈何容易，男人当兵去了，家中没有壮劳力，没有大牲口，绝大部分是女眷和孩子，拖家带口根本走不了几里路。

那个时候，我大姨7岁，我母亲5岁，小姨1岁，好在几家合用一头毛驴驮包袱，可是姥姥上面要抱着小姨，底下还要拉着母亲和大姨，转移的队伍拖拖拉拉地延续了一里地。这还不算什么，更要命的是国民党的飞机经常过来光顾几圈，飞得比树还要低，打上几个排枪或扔下炸弹。

转移的老百姓队伍走得慢，还要以防被敌人追上来，游击队专门断后埋地雷。我们村的李振公就是在埋地雷的时候，被敌人捉住砍了头，新中国成立后连个烈士都不是，这种情况当时在我们家乡比比皆是。

1岁的小姨是转移中的一个大包袱，有同村的人劝姥姥把小姨送人，还有的说干脆扔了吧。听母亲讲，在那种特殊情况下，尤其是在夜深人静的晚上，小孩子不敢哭出声。曾经有过小孩子饿得实在受不了，哭声招引来了敌人，将整个村子的人都杀光的事。

再后来，就有过为了群众不被杀戮，用被子捂死自己孩子的事。同行队伍中有人暗示过姥姥，不如痛下决心，对小姨一了百了，大人孩子也不用再遭罪。别看姥姥是个小脚女人，没有什么文化知识，可她是个心中有数的人，非迫不得已绝不可能做出那种事来。

姥姥带着三个年幼的女孩子实属不易，她自己是小脚根本走不快的，走走停停就落在转移队伍的最后面了。看看实在没有办法了，四个人掉头就开始往回走。转移的人追上来告诉她，你老头子是当八路的，国民党还乡团在家门口等着呢，大坑都挖好了，回去就被活埋。可是有什么办法呢？往回走是个死，继续往前走也是个死，不走还是个死。怎么老百姓的命比纸还要薄呢？

姥姥带着母亲她们回了村，有未走的乡亲跑来告诉，国民党还乡团刚走了，从你家的院子里挖出了姥爷的八路军入伍证，你们再早一点回来就没有命了。这是意料之中的事，姥姥在转移前将姥爷的"八路证"埋在了院子里，又怕日后回来不好找到，特意堆了个小鼓包，母亲她们都看见了。

第二件事，还是转移时发生的事，这次可没有了第一次的好运气。姥姥四人刚回到村里，就被还乡团抓个正着，五花大绑地等着活埋。姥姥一再嘱咐母亲三人，一定要把鞋带系紧了，一会儿往坑里面拖的时候不要掉了。还乡团气焰十分嚣张，指着姥姥的头咆哮，共产党就是他们的死对头，八路的家属绝对没有好下场。听母亲说，还乡团大部分是本村的地主、土豪、恶霸、无赖，有国民党反动派撑腰，专门杀害革命人士和革命家属，比土匪老财还要坏。

即将被活埋的人绝大部分是革命家属，有老人、妇女和孩子。还乡团开始埋人了，大坑周围站满了背着砍刀举着火把的黑衣人，有人手拿一张皱巴巴的纸开始高声地叫人名字，被叫到的人还乡团就过去使劲地拖拽到大坑里。

还乡团杀人心黑是很有名气的，即使是面对自己家的亲戚也不会眨一下眼睛。因为姥姥全家被抓到时比较晚，所以名字排到了最后边。

有的人被还乡团扔下坑的时候摔断了胳膊腿，疼得全身直打抽搐，脸上写满了愤怒。轮到姥姥娘儿四个了，因为姥姥体格本来就比较弱小，还乡团没费什么劲就把她和母亲四人扔下了坑，大土坑中已经铺满了人，她们四人重重地砸在下面人的身上，没有受伤。

"给我埋，看谁以后再敢跟着八路。"还乡团用足了力气，使出各种工具，唰唰唰尘土飞扬地埋起人来。泥土劈头盖脸地落下来,有小孩子哭了起来,孩子的母亲使劲地侧转过来,用自己身子接住落下的黄土。

此时,也许是还乡团丧尽天良的行径将老天爷震怒了,开始刮风打雷下雨了,风雨浇灭了还乡团手中的火把,顿时大坑周边处在一片漆黑之中。因为雨水渗入泥土的原因,埋人的人铲土十分费劲,速度明显慢了下来。黑暗中的大坑像是欲望强烈的怪兽吃人的大嘴,伴随着坑中活人痛苦的呻吟声,场景阴森可怕。

雨水在大坑里面渐渐涨了起来,四周的水流也向大坑汇集,已经淹到了小孩的大腿根,坑里的人可能还没有被活埋,就会先被水淹死。

这时有人听到一个团丁在喊:"他妈的都是泥巴坨子,铲不动了,下到坑里用刀砍吧。"大土坑中的人全听见了,姥姥想,一家人到了这个节骨眼上,怎么都是个死,如果活埋还能求个全尸,要是刀砍不仅要流血,这三个小妮子就会破相。横七竖八躺在大坑里的人,犹如案板上的羔羊,旁边放着刽子手的屠刀,任人宰割,对于死的方式这些人是没有权力选择的。

团丁们抽出背后泛着寒气的大砍刀,向大土坑中的人群泼了几碗酒,号叫着寻找着下坑的路。"砰、砰"两声清脆的枪声伴随沉闷的雷声传来,谁打的枪?怎么回事?还乡团异常紧张起来,大坑中的人们也听到了从远处传来的枪声,求生的本能使绝大多数人想站起来,可是身上覆盖的泥土十分沉重,双手又绑得像个肉粽子,根本不可能站起来。

因为眼睛看不见坑外的情况,他们心中飞地速揣测着,有人小声地说是八路军来了,话音未落马上有人提醒八路军转移了,不可能这么快就打回来,有可能是国民党的军队,追到这里耀武扬威。骚动一时的人群很快又恢复了平静,人们确实感到没有了任何希望,又慢慢倒在水坑里闭紧了双眼。

"咚,咚!"从大坑的边缘掉下两个人来,血肉模糊,人们睁开眼睛仔细辨认,黑褂黑裤,是还乡团的人。此时,大坑上面又传来排枪的声音,站在坑边上酒气未消,手中握着大砍刀的几个团丁,大头朝下栽到大土坑中。坑里的人群沸腾了,互相大喊着有救了,可是到底救星是谁都不得而知。

被拖入大坑时摔断了胳膊腿的人,使足吃奶的劲把头露出水面。人们在用牙齿解开彼此被紧绑的麻绳。"老乡,快上来!"土坑边上有人的手臂伸了过来,人们疑惑地仰望着救他们的人。"我们是游击队,听侦察员报告你们村出事了,走了一天的路才赶到,让你们吃苦了!"

被救出大坑的乡亲们,站在风雨之中如石塑般刚强,眼望着亲人没有说一句感谢的话,他们确实是说不出来,也许是激动的,也许是冻僵了,反正他们是死过一次的人了,世上还有什么比死更可怕的事呢?从此以后,凡是下过大土坑与八路有瓜葛的人,不再东躲西藏地隐瞒真实身份,大大方方为共产党做事,还乡团气得直咬牙。

新中国成立以后,姥姥将我母亲姊妹仨人全部送进了学校,这在当时庄户人家是根本不可能办到的事。因为县中学在30多里外，母亲她们每月才回家一次，每次姊妹仨人离家返校时，姥姥都会分外辛苦地备足口粮，迈着小脚送到村口的大路上，直到望不见她们人影为止。

在三年自然灾害那会儿，因为姥姥家是烈军属，县上每月按时送来粮食，虽然吃不饱，但庆幸的是也没有饿着，我母亲还将干粮带到学校分给同学吃。

旧时的山东规矩比较多，家里来客人只有当家男人陪喝酒，女眷要在厨房里面吃，是不能抛头露面上桌吃饭的。听母亲讲，姥姥一生不沾荤腥，每当县里来了办事的干部，她作为家里唯一的长辈，会翻箱倒柜地拿出家里平时舍不得吃的所谓好东西来招待，所以县里面的干部都喜欢来家里吃公派饭，她的名气也愈来愈大。

印象中最深的是，有一次从幼儿园回家，看见母亲伏在桌子上哭泣，有好多邻居来家里面劝慰她，从那次开始我才知道我有个姥姥在山东老家，生了很重的病，医生当时报的是病危。

那是1979年的盛夏，我当时在中国人民大学附属小学读二年级，利用学校放暑假的机会，第一次回到了青岛老家。我小姨在县城工作，姥姥就随她的小女儿住，但是生活条件还是比较差，全家住在平房里面。因为房子小住不下，我们一家三口就住在了附近的邻居家里。

聊天时听大姨、小姨说，姥姥知道母亲要回家的消息后，好几天睡不着觉，每天大清早拄着拐杖到路口张望，以后我几次回老家时都是如此。

2003年的五一黄金周，姥姥时已91岁高龄，听我表弟说我要带媳妇儿子回去特别高兴，天天念叨哪天到家呀，每天都要拄着拐杖到楼梯口迎候。别看姥姥已在耄耋之年，可是头脑还很清楚，聊天拉呱儿一点不费劲，不需要别人搀扶，可以干任何自己想干的事情。

我这一辈的兄弟姐妹真是阳气鼎盛，为姥姥贡献的全部是男重孙，这帮小家伙见面准抱在一起打滚，虽然很顽皮却个个挺聪明，看着这群小屁孩儿嬉闹，姥姥的心中如开了花一般。

她最高兴的事情是晚辈围绕在身边，听她陶醉在往昔的峥嵘岁月里：小时候的受苦受穷，国民党统治时期的担惊受怕，姥爷的壮烈牺牲，抚养母亲姊妹仨人的含辛茹苦，还有我和表哥儿时的淘气等，经常是眼角飞花，我们全家都喜欢听姥姥略带沙哑的开心的笑声。

我母亲讲，姥姥是不能生气的，因为她能够看见姥爷回家来。那时我才刚上学，既害怕听又想听这个故事，每次都要先做好准备，深深地躲进被窝里。

记得有一次母亲说，姥姥有一天做了个梦，早晨起床她说你爹昨晚来找过我了，告诉我他刚搬进了新房，不让我们惦记着他。当时，母亲她们只是一听，全没有当回事。可是中午大队书记来到家里，说道："咱们县的革命烈士陵园建好了，所有莱西县籍的革命烈士昨天刚迁移过来，孩子他爹的灵位供在了灵堂，你们有时间去看看吧。"书记刚一说完，全家人都愣在了原地，不禁想起清早姥姥的话来，感到异常地离奇。再回想起常年来姥爷托梦的话语与现实的变化的吻合，不得不让人心中猜测，难道阴阳界之间确实存在着某种神秘的信息交流？来自冥冥之中的默默关切，突破空间与时间的天界，显示出生命与灵魂之间无法割舍的精神与意念，穷尽出男人与女人之间无尽的思念与爱恋。从古至今，中国民间关于这方面神奇的故事有大量的记载，真是令人匪夷所思……

　　姥姥95岁的这一年，我小姨也已经是老年人了，拿我父亲的话说："真是老年人伺候老年人。"拿我母亲的话说，小姨这一生基本上是没有享过福。她是我母亲姊妹仨人中身板最壮实的一个，生有两个男孩，都已娶妻生子，给她又生了两个大胖孙子，既要养老的又要照顾小的，长期的劳累使她结实的身板也渐渐下驼。因为膝下子女较多，屋里的房间又少，加上烦心事不断，导致血压直线拔高，这个富贵病可真是救了她，不能再像以往一样玩命地干家务活了。

　　为了减轻小姨的压力，家人商量以后，姥姥每家轮流住三个月。姥姥知道后很是生气，其实老人的心与顽童一样。为什么说家有老人是个宝呢？她以为小姨是在找借口。虽然姥姥住在城市，但是她还保留了睡炕的习惯，对她小屋里的土炕无限留恋。

　　姥姥很爱干净，炕上除了叠得十分整齐的被褥外没有多余的东西。大姨家也住在城里面，可是没有土炕。姥姥一直以来是小女儿在照顾她，突然间换了环境换了人，感到极其不适应，第一次调换身体已经明显不舒服，可是也没有其他好的办法。几次折腾下来，姥姥的身体吃不消了，虽然嘴上不再说什么，可是她心中有了自己的想法，事后我们才知道这种潜意识的可怕。原来姥姥是在考虑更长远的事情了，看着儿女们已经渐为老人，儿孙们也都长大成人，生活也像是泡在甜罐蜜汁里，作为家中最老的长者，她已经是相当满足了。

　　在此以后，姥姥的饮食越来越少，也不再做活动，与家人很少交流，最多的是坐在自己的小土坑上想着什么，眼里时常流露出见到姥爷回家时的光芒。在那段时间里，她似一尊佛像般地动也不动，没有人知道她到底看见了什么，但是能够肯定的是她确实看见了什么，正在通过某种渠道与未知相沟通，甚至家人闻到了她身上散发出淡淡的香气。

　　姥姥有时一两天不进食，三四天喝一点水，她非但不饥饿还不生病，全家人非常揪心，不知道这个高寿的老太太到底是怎么了，只隐约感觉到会有什么事情即将发生。

　　一天，当我下班回家时，看见母亲在用手绢抹眼泪，才得知姥姥去世了。听电话那头讲，她老人家走得很安详，还是平时的装扮，干干净净、黑衣银发。奇怪的是她没有任何疾症，没有先兆，没有交代，甚至没有说一句话，清清爽爽没有带走一丝牵挂。

　　回想起老家人说的话，我现在才真正悟透，姥姥的心事是万分复杂的。作为宗辈长者看着儿孙满堂，家业兴旺心里高兴。再是作为宗辈长者，年高体衰给儿孙带来众多麻烦，心里不落忍。

姥姥的一生极其平凡，典型的山东式家庭妇女，养儿育女，操持家务。姥姥的一生极其不平凡，虽然她是深受传统礼教熏陶的农家妇女，可是她有着一般农家妇女没有的长远眼光，将三个女儿全部送入学堂，培养成为国家干部。

这与她的弟弟有直接关系。她的小弟弟出门当兵时才12岁，是八路军中的"枪杆"小兵，也就是与枪杆一般高。新中国成立后，又扛枪北上参加了抗美援朝，负了重伤在东北后方战地医院治疗。偏偏就有个女护士对他爱得死去活来的，他没有办法就答应了人家，先回家一趟，回去后俩人结婚。

听我妈讲，她的这个舅舅真是个孝子，他娘说了外地人咱不能娶，就给他找了个本村的女子做媳妇，他居然就给带回部队去了。这下子捅了大娄子，小护士可不干了。结果事情闹到了领导那里，我的这个小舅姥爷就转业回了老家。他对我姥姥说，不管是男是女都要读书，只有识文认字在外面才能有出息。

姥姥有着刚强的个性，姥爷牺牲时她才32岁，正值青春年华，为了三个女儿长大成人，她孤身一人吃苦受累63年，这是一般人很难做到的。她有着一颗仁善的心，不仅是对家人，对外人如县里来村办事的干部，会拿出舍不得给儿女吃的东西招待他们。她会请外乡要饭的人进屋亲自做饭给他们吃。她有着浓厚的亲情，对儿孙十分爱抚，牵挂备至。她有着农家人少有的大气魄，为了整个家庭的幸福，为了不给家人添更多麻烦，她毅然放弃远行人生，选择了远离她爱的人们……

消息传来，我心痛不已。

在我的内心里面，已然再看不清姥姥的轮廓，想不起她滔滔不绝的话语。最令我感到欣慰的是，姥姥已经走近了姥爷，在他们分别63年后，终于可以相聚了。

为爱,穿行在大后方

记得有社会学家讲过,每个家庭都是社会的细胞,细胞成活的质量,关系着国家机体的健康。军人家庭是社会细胞的重要组成部分。随着时代发展与人们思维观念的更新变化,军人家庭也在改革的大潮中劈波斩浪、与时俱进。我们欣喜万分地看到这股锐意昂扬的力量,充分体现在二炮干部谋发展、干事业、有作为上,为绿色军营增添了勃勃生机。

为庆祝"八一"建军节,政治部准备表彰一批优秀干部妻子,我们身负重任奔赴千里之外的后方大本营,对5个军人家庭进行贴身采访。

一

5月12日11点38分,飞机降落在楚汉大地。迎面走过来一位略显敦实、皮肤黝黑、脚步稳健的大校军官,经介绍我们才知道他就是传说中的胡亚忠总代表,也是本次采访的重点对象之一。

车子行驶在通往市区的高速公路上,我们的问题也由此展开了。几个回合下来,可以看得出,胡总代表是个外粗内细、外刚内柔的汉子。提着简便的行囊步入房间,继续着未完的话题。

这时,坐在床上的张宏强和黄海燕代表几乎同时脱口而出:"怎么床在摇晃呀?"我不经意地向窗外看了一眼,天呐!窗外的景致在摇摆,幅度约有十厘米左右,预感告诉我地震了。

好在我经历过几次地震,最大的一次是唐山大地震,当时我7岁住在北京,是被父母从窗户抱出去的,也就是那一次我才知道"地震"一词的可怕。

"不要慌,保持冷静,原地别动,过一会儿就好了。"说真的,因为经历几次地震已经有了些粗浅的经验,心中还是有数的,看得出胡总坐得很稳,也没有丝毫慌乱。

这次地震真是有别于一般的地震,持续时间较长,整座楼像被强风吹动的大树抖动不停。"咱们还是往楼下跑吧?"张建明干事为我们的安全担心。这时住在楼里面的人已经反应过来,人声嘈杂,纷纷涌向安全通道。

我们住在12层楼,楼摇晃得依然厉害,没有停的迹象,我们也就不再坚持,立即起身奔向安全通道,凭经验是绝对不能乘电梯的。

说实在话,一马当先的胡亚忠四平八稳的脚步此时比平时快不了多少,如同一座铜墙铁壁将我们无情地挡在了他身后,当时我真想大声对他喊:"大哥,咱们这是逃生啊!"

终于跑到了一楼大厅,这里已经聚集了许多腿脚麻利的人,厅堂高高悬挂的水晶灯,如同时钟一般摇摆不停,对面大街上的人们在忙碌地拨打着手机,相互询问着什么。尤其使我十分惊喜的是,在人头攒动的人群中,发现了陈皖军和徐莉劫后余生的面容,悬着的心才踏实下来。

这时人们发现所有的手机已经不能对外联系了,四面八方传来不同的声音,听说陕西震了、河南震了、湖北震了、四川震了,胡亚忠搓着手很是着急的样子,他是在为我们的安全担心。20分钟后,准确消息传来,四川地震了。但是当时还不知道震中在汶川。

采访的第一天,老天爷着实给我们来了个下马威,这也是对我们此行完成任务的严峻考验。在领受干部部领导"按原计划执行,确保采访小组成员人身安全"的明确指示后,还在惊魂未定的老百姓围在街头七嘴八舌时,我们一行依然走进了武汉军代表室三层的办公室,在这里见到了胡亚忠的妻子王晓红。

在出行之前,王晓红的事迹材料给我留下了深刻的印象。王晓红父母是航天系统的干部和技术人员,她从小生长在北京,有着令人羡慕的北京市户口。可她却偏偏相中了在秦岭深山工作的胡亚忠,并自愿放弃北京市户口,落户到陕西省凤县黄牛铺镇,与胡亚忠工作生活在一起,令许多人百思不得其解。

面对我们的造访,王晓红略显拘谨,尤其是话题刚刚触及她与胡亚忠的婚恋生活,眼圈中便噙满泪水。几个心肠柔弱的女同志急忙四处寻找面巾纸,见此情景我们几个大男人便知趣退出了。

说实话,当时我对报社派陈皖军这个女记者与我一路同行,多少还是有点顾虑的,因为此次表彰活动不同于以往,这是进入新世纪以来,二炮在全军率先进行表彰活动,二炮首长、机关对此项工作非常重视。采访对象家庭有的住在山沟,有的住在农村,还要翻山越岭长途跋涉进工区,条件实在艰苦,交通也不便,而且历时较长,一个文弱的女同志能顶下来吗?

仅仅是个开场白,我对她的印象便渐渐好了起来,女性特有的柔情与亲和,以及张口闭口叫着嫂子,顿时就像是俩姐妹相遇他乡,有聊不完的家长里短。这在后来采访轮椅女强人刘金燕时得到论证,她说:"我还以为是两个大男人来采访呢,不好意思不说,还不知道说点啥好。没想到来了个女记者,你们怎么不早点告诉我呢!"一个劲地埋怨她的丈夫刘明波,我们站在原地臊得够呛。

也许是汶川大地震的余波使陈皖军过分敏感,在我们以后采访中每一次余震的发生,她都能准确地捕捉到,才有了与干部妻子们在田间地头、院落、坑道口、学校操场等室外空间的亲身接触,才有了宛如汩汩清泉的亲密交流,才有了随处可见预防余震的倒立着的矿泉水瓶子。

真是无巧不成书,我们是在王晓红生日的祝福歌声中离开武汉的,至今难以忘记的是胡亚忠为爱妻献上的大捧粉红色玫瑰和深情的拥抱,使我们重新认知了当代二炮干部的家庭理念与儿女情长,固然有太多的眷恋和不舍,可暗含更多的是亏欠与自责。有条件的可以通过某种简单的形式表露展现,没有条件的只能是将负疚的情感埋藏在心灵最深处。

陈翠真,生活在一个不通火车的鲁西南成武县凸凹村,饱经风霜的脸膛上印满了忠孝仁厚,这个普通的农家妇女用平凡的行动感动着十里八乡的村民。

在得知相距200多公里的成武县不通火车后,郑州军代表室吴晓毛总代表毅然将他的爱车调拨我们采访组使用,王新副总代表带着司机小孙为大家准备了充足的食品和饮用水。他们"二炮一家亲"的暖心举动,着实令我们这些不易动情的人所为之深深感动。

陈翠真原本可以过着另外一种生活,有着都市户口,身着时髦的服饰,步行在霓虹喧嚣的街头。可是她宁愿选择面对家徒四壁,承担起赡养有病公婆,抚养儿女的生活。

今年38岁的陈翠真看起来有50多岁的模样,陈皖军曾一度嫂子嫂子地叫了一天多,在知道她真实年龄后嘴角直乐得咧到了后脑勺,怎么也不敢相信眼前的这个普通的农家妇女竟然还是个70后。庆幸的是我没有叫出口,原因是我知道她丈夫刘保存比我小一岁。

陈翠真的公公、婆婆都已经80多岁了,公公多次患脑血栓,行走时双手要靠一只高腿的板凳支撑,走一步挪动一下板凳,十分吃力。相比较之下,婆婆身体略显硬朗,走起路来脚步轻盈了许多。

杨宗辉干事推开了灶房门,除一口生锈的大铁锅和一张低矮的瘸了一条腿的小饭桌外,干净得没有一件过日子的物件。韦存韧干事在温暖的阳光下为老婆婆梳理着花白的头发。

村支书因为我们的到来穿起了西装,村主任特意从田间地头洗了把脸也赶了过来,蹲在院门槛上嗞嗞地抽着旱烟闲聊。凸凹村的经济收入依赖种植大蒜,主要出口日本、韩国,可是从去年开始飞速跌价,现在一亩地每年要投入600多元,来地头收购大蒜的贩子将价钱压得极低,每斤按一角五分收,每亩地最多卖

400多元钱，连成本都收不回来。对此，村支书也只能是长吁短叹，我们十分理解他的困惑，因为村委会根本就不懂如何经营运作。

晚间，我们和部队机关来的同志请刘保存两口子吃饭，陈翠真可谓是孔孟之乡礼义孝贤妇女的杰出典型，除了站在你身边执意地一杯接一杯地斟酒，再一杯一杯地端酒外，没有一句多余的话，最后的结果是我们这些请客的，都被逼无奈地跑到了门外面躲清静。

在采访即将结束的时候，他们的宝贝女儿璐璐从学校回来了。俗话说："穷人的孩子早当家。"真是总结得十分精辟，璐璐的学习成绩一直是全校第一，这一点也是刘家引以为豪的。我们几人自发地为两位老人和孩子买了几床蚕丝被和食品，留下了一些生活费用作为补贴。

我们乘车在出村口的路上，仿佛又一次看见陈翠真拉起那辆沉重的平板车，上面躺着病重的公公，吃力地走在泥泞的土路上单薄的背影。她的身影在敬佩的目光中逐渐变得高大起来！

记得在离开凸凹村的那一天是5月19日全国哀悼日。我们飞速行驶在259省道上，收听着中央人民广播电台的直播，车上一行五人心情无比沉痛。

14点26分，车离开主路缓缓地在辅路上停稳，28分整按响长鸣笛。此刻，我内心中涌动着莫名的悲壮，写下了一首短诗："三分钟的长笛/悼不尽的哀思/离我们渐渐远去的/是那熟悉的体温。"默然地发给了远在外地的一些朋友。

三

从河南灵宝驱车起程，徘徊在深山腹地，走了一个多小时，才赶到了卢氏县文峪乡。乡党委书记戴江琴额头上的疤痕，深深地吸引住了我。

戴江琴是副团长张培亮的妻子，坚实果敢，有极强的凝聚力、号召力。2007年"7·30"特大洪灾，瞬间房舍人畜没有了踪影，农田严重损坏。这些没有摧垮她坚强的意志，她亲自带领救援人员出人意料地出现在重灾区。

坐在戴书记的办公室里，浏览着光洁的墙面上的几幅彩照，其中有一幅是戴书记高挽裤角脚踩泥泞，陪同省委书记视察灾情的，从她焦急的表情、镇定的眼神、有力的谈吐，已然看出是个风风火火，有胆识、有魄力的女强人。

秘书小刘端来鲜红的樱桃，告知我们是在樱桃沟采摘的，昔日的"樱桃沟"穷山恶水，现今的"樱桃沟"绿树成荫，硕果垂枝，是文峪乡的支柱产业基地，也是自然生态公园。

驱车来到水库大坝、难民迁移房舍、福利养老院等，沿途坐在小板凳上的村民频频向戴书记打着招呼，如同一家人般随意亲切。路过一片桑田时，因为有紫色的桑葚诱惑而引起同行中人惊呼，戴书记像孩子样兴奋地为我们采摘起来。

在亭间小憩时,大家嘴角挂着紫色的桑葚汁,开玩笑地问小刘秘书:"你们戴书记都嫁给我们部队的军官了,你想不想成为部队的家属呀?"清秀的小刘性格爽朗,"当然想找个军官做朋友了,可是没有人给介绍呀。""团里面想找刘秘书做朋友的人都排大队,可是戴书记不发话谁敢啊。"张良平主任说。"这么多年,我是知道嫁给军人的甜酸苦辣的,主意还是要靠她们自己拿。"戴书记关爱地看着刘秘书。这时门外面来了一个农家妇女模样的人,像是受了天大的委屈哭哭啼啼,戴书记起身迎了出去,现场办起公来。

在回团里的路上,郝建辉政委揭开了我心中深藏的疑惑,原来戴书记头上的疤痕,是一次重大车祸的"杰作",司机当场没了性命,可想而知当时戴书记的危险状况。在医院洁白的病房里,她狠下心肠催张培亮归队执行任务,因为"气若游丝"没有说服力,她硬是躺在担架上将张培亮送回了部队。

在实地采访现场,张培亮这个军事过硬、作风顽强的汉子情到深处时,竟然也哽咽难语,我们紧攥采访本将头深埋怀中,尽量避免与其"心灵的窗口"相对视。

在采访戴书记的领导和同事时,县委宣传部副部长祝晓荣是位美女诗人,她悄悄地告诉我们一个小秘密:"你们千万别被戴书记女强人的'外相'所迷惑,其实在她的情感世界里也有柔情似水的一面,关起家门也是会对老公撒娇的媳妇啊。"

在此次采访对象中,轮椅上的刘金燕给大家留下了较深的印象。在外人看来他们属于弱势家庭,关注的目光中总是充满了爱怜和同情的味道。

部队机关的首长非常欢迎我们的到来,牛炳祥主任、林水明部长反复要求我们要宣传好刘金燕这个典型事例。采访之前,我曾一度过分担心语言使用的尺度,提醒自己千万不要无意中有所冒犯。

第一次敏感的接触是在刘金燕的家里,通过狭窄的楼梯发现大门早已经开出了一条缝,"这就是你们要采访的对象,刘金燕同志。"薛保国副主任抢先一步跨入门厅为我们介绍道。皮肤白净的刘金燕显然对我们的到来是做好了心理准备的,她性格开朗,快人快语,爽朗的笑声经常感染着她周边的人们,我们持有的顾虑便荡然无存了。

在采访间隙,我有意识地到卧室、厨房溜达了一圈,发现真是窗明几净,井然有序,平常人难以想象这对一个以轮椅为腿的人,是怎样地不易啊。特别引人注意的是一间锻炼室,有一个小型的类似双杠的器具,每天刘金燕要坚持在上面做几小时的恢复性锻炼。刚开始练习时剧痛袭遍全身,她的情绪也随之一落千丈,万分茫然苦恼,刘明波陪伴在她身边,不断给她鼓劲打气。她看见以前住院时病友的进步,健康乐观的人生态度,对她震动很大,硬是咬紧牙关挺了下来。说到当时的状态,刘金燕像孩子般笑了起来:"我们就在地面上爬,在地面上打滚,所有人都一样,没有人会笑话的。"

刘金燕所坐的轮椅引起了大家的兴趣,规格要比普通的轮椅小一号,"这样行动起来较为方便。"刘明波解释说,她每天都要上班走大马路,风里来雨里去,时间久了在灵宝也算是数得上的知名人士了。"你为去军营过年成为残疾后悔过吗?""如果后悔,我今天就不会坐在这儿回答你的问题了。"刘金燕口气斩钉截铁。

为了配合宣传,我们要求她们提供一些生活照片,在临时拍摄合影时刘明波有些放不开,听王琦干事讲,刘明波对采访的事一直很低调,也可能是身份的原因,也许是性格的原因。我琢磨着,更有可能是幸福的味道自己知道。洛阳的天空风和日丽、晴空万里,金色的阳光洒满军营大地,坐在轮椅上的刘金燕迎风含笑、落落大方,如同一只南归的大雁。

按照出发时制订的行程计划,马上要进入陕西省省界了,韦剑峰干事来电告知西安市民为防地震余震而露宿街头。

为证实消息的可靠性,我与陕西省消协宣传部部长刘浏通了电话,电话那头的声音既兴奋又疲惫,"省地震局确实通知近期会接连发生震级较大的余震,让市民做好防震准备。我已经连续三天睡在车里面了,今天腿还没有伸直。汶川大震后陕南有些房子也倒了,经历了几场震感较强的余震,现在空场地上和小区操场到处睡满了人。"言下之意坚决阻止我们一行入城采访。

面对不安全因素的威胁,我们与部队机关来的同志对现况进行了分析,最后决定采取"靠边住低"的办法入城采访,具体说来就是避开人群密集区域,靠近城边居住平房或最低楼层,利用无障碍空场地来进行采访,确保记者和被采访对象人身安全。

坑道中的帅小伙姚新平的妻子陈玲侠,正在长安大学攻读博士研究生学位。她长着斯文的面孔,戴着一副深度近视镜,似乎还未脱离学生的气质。我发现她最大的特点就是保持沉默,淑女般矜持,在陈皖军多次如同挤牙膏般的引导下,也没有露出笑容。更有意思的是,不论是在她的学校还是家里,陈玲侠本色不改,同样羞涩腼腆,从来没有主动对同行的男性讲一句话,使我明白了什么是金口玉言。从只言片语的叙述中,大概略知她与姚新平是在地方大学时相识相恋的,毕业后结婚了,再后来如牛郎织女天各一方。"在工程部队干部恋爱难、结婚难、生子难，是老大难问题，像他们这样的结合真是非常少。"蒋友燕干事感慨万分。

"猎豹"车行驶两个多小时终于在深山腹地停了下来，在一排排简易板房前面，我们见到了正在向军车敬礼的姚新平。"这些折断的毛竹就是今年初春冰雪灾害的杰作。"邰巍巍副政委用手指着远处的山梁，随声望去山野上成片的竹子被压折压弯，可想而知当时大雪坚冰作祟的可怕场景。

"夫妻性格互补"这句老话果然自有它的道理。丈夫姚新平相比较之下外向了许多。牙膏盖还没有打开，已然是满嘴泡沫了。这个比喻到位、形象、生动。空气里弥漫着他从坑道中还未来得及拂去的尘土气味，陈记者频频点头，露出了少有的欣赏目光。

赵胜熙主任为我们介绍道："他现在已经是代营长了，马上就要转正了。"小伙子黝黑健壮，两只闪亮的大眼使我不禁联想起一个叫不出名字的港台男演员来。

几年前，为了满足基层部队急需补充干部的要求，二炮招收了大量地方高校毕业生，有的分配到了作战部队，有的分配到工程部队，有的分配到院校。部队驻地与大学校园形成了巨大反差，莘莘学子高于天的理想也在深山老林中扎下了根，恶劣的自然环境和高强度的艰苦训练，如沙河中淘金人手中的箩盆，一遍一遍地不停地反复地筛洗，随水流冲走的是碎土和泥石，留在盆底的是闪闪发光的金子。姚新平的阳光和耿直，具备了金子质地的完美，他不仅人留在了工程团，更重要的是心也留在了工地。

我们戴好安全头盔，穿好了高筒雨靴，沿着泥泞的山路向上攀登。可能是因为许久没有来过女性的原因吧，突然间从天而降两个大美女，众战士的目光纷纷逾越过我落在她们的身上。我立时觉得带队班长的报告词变得索然无味，只是象征性地过去握了握手，顾不上排炮刚刚放过的刺鼻硝烟便一头扎进洞中，身后传来阵阵士兵少有的兴奋和爽朗的欢笑。

下午4点30分左右，在乘车返回的中途，青川县发生了6.4级强余震，西安市震感强烈。我们车上几人心中暗自庆幸，因为离开西安还不到一天时间。

孔子曰："知者乐水，仁者乐山。"我们在采访途中，听到干部妻子们说得最多的一句话是，"我没做什么，都是些很平常的事。"但是每当问及她们丈夫的事，可谓如数家珍、倒背如流：何时执行任务，去了几天；哪年回家探亲，住了几天；孩子几岁时过生日，丈夫赶了回来。看着她们个个笑如灿花，陶醉在幸福的回忆里，我们心里真说不出是何滋味。

此次采访，明显令大家感同身受的是，采访对象作为一名军人、作为一个丈夫，他们比妻子还高兴。这种喜悦发自肺腑、无以言表，可能是因为亏欠了爱妻、孩子太多的情感，也算是对她们最好的一点精神的补偿吧。

参与此行采访的工作人员经常会在吃盒饭时，在乘车途中，或在夜深人静整理采访稿时，突发奇想，一个接一个的问题在我们脑海中盘旋。也许是我们的视野对军人家庭关注得还很狭窄，也许是我们的思维理念还远没有跟上时代节拍，对二炮干部家庭进入新世纪以来日新月异的发展变化，既感到新鲜，又感到兴奋。一是当前二炮部队干部妻子群体结构发生了明显变化，凸现了以当代新知识女性为代表的干部妻子分布在社会的各行各业，用勤劳和智慧展现她们非凡的人生价值。二是准确地说干部妻子们更像是一支战略导弹部队的编外队员或预备队，她们为二炮打得赢提供了强有力的物质保障和精神支撑。三是综观干部家属工作全貌，还有诸多不尽如人意的短板，让我们如鲠在喉，寝食不安，急需我们从事这项工作的干部深入探讨研究，切实使干部福利工作有效机制形成良性循环，带给广大干部父母、妻子和孩子最殷实的满足。

在历时大半个月的采访中，我们冒着余震频发的危险，向震中附近省市区域掘进，前后辗转5个省10多个城市乡村，其中公路行程3 000多公里，多次感受到强烈的余震。

在我们一行即将撤离后方大本营时，遥望远山深处的青翠竹海，眼前忽然飘过王安石的那首《梅花》来："墙角数枝梅，凌寒独自开。遥知不是雪，为有暗香来。"此情此景不由联想起我们贯通祖国南北之行的所见所闻，莫不为之震撼和动容。干部妻子们正如隆冬积雪下迎风绽放的朵朵红梅，傲骨铮铮、幽香飘远，展露出不畏严寒、坚贞不屈的坚强本性和崇高品格。在她们的身上，你能够感受到一股潜在的超能量，从每一家每一户中释放出来。这股热流准确地汇结在军营上空，俯瞰军人丈夫"倚天擎长剑，壮志在我胸"的宏伟事业，每一点每一滴记入心的扉页，娓娓动听地讲述给父母、孩子和乡邻。

面对大后方二炮亲人们滔滔而至的钟爱、滚滚奔流的亲情，我们分明感受到她们的纯朴、善良，感受到和谐家庭的温馨、幸福，灵魂再一次得以洗礼，思想又一次得以升华。扪心自问，我们还有什么理由不投入身心精力，扬其聪明才智，用优异的业绩回馈这些深爱着我们的善良的人们？

"什么"是什么

一天，儿子忽然笑眯眯地仰起可爱的小脸，心血来潮地发问："老爸，什么是什么？"我不由地一阵发懵，心想这些"00后"脑瓜瓢子是怎么长的，提出来的问题越来越精灵古怪了。

这是许久以前的事了。在闲暇之余，经常会被莫名的愁绪萦绕心头，在淡淡的茗香过后，如剥茧抽丝般清理出头绪来，再将其鸣奏出韵律的音符，放歌山野传来阵阵空谷的喝彩。于是乎"什么"在疑虑重重的眼前逐渐清晰并放大，带我回到部队朴素的生活中，寻找几近遗失的答案。

记得军校毕业的第二年，部队改选团委书记，黑板上赫然写着我的名字，是候选人之一，竞争对手有我顶头上司政治处主任王建国。

台下乌怏怏坐满了干部战士，那阵势不亚于战前誓师动员大会，选票在人们手中如"圣火"般传递着，政治处的干事绕场而行作巡视状。终于挨到了唱票的环节，这也是选举过程中最出彩的一幕，几个候选人名字后面的"正"字笔画交错上升。在所有人期待的目光中，最终定格在团委书记王主任，我团委副书记上。

那天晴空万里，阳光灿烂，战士们在阳光下正确行使手中的民主权利，这里的"什么"不言而喻，是指在群众舆论的监督下，公开平等的运行民主机制。

排长吴天谣经人介绍相识了女友许菲。小许是南方人，小学教师，天生丽质，小巧玲珑。可是吴天谣心中不踏实，除了对自己缺乏自信外，还有一个重要的原因就是许菲身后有众多的追求者，况且条件俱佳的大有人在。

吴天谣平时任务繁重，所以与许菲联系相对较少，部队领导也是看在眼里，急在心上，尽量多为他们创造见面独处的机会。一次下课后，许菲重重地摔倒在送学生回家的暴雨中，造成下肢重度骨折。

在奔赴医院的途中，吴天谣的自行车刹车失灵，整个人被甩了出去，撞到广告牌上反弹了回来，口鼻流血不止。当站在医院急诊室门前时，眼前的一幕令他目瞪口呆，只见许菲在一个男青年的簇拥下走进了病房，留给他一个生冷的背影。

爱情的魔力可以激励一个人，同样也可以毁掉一个人。无情的打击使吴天谣一蹶不振。指导员闻听此事后没有说什么，而是三天后在办公室告诉小吴，这两天许菲非常伤心，不是骨折的病痛，而是吴天谣不近情理，消失得无影无踪。

吴天谣的顾虑被指导员一语道破，原来那个男青年是许菲同校的教师，没有任何超越一般的关系。吴天谣发了疯一样向医院狂奔而去。这里的"什么"是指坚守爱的底线，是对爱的庄重承诺，是对呵护"爱情花蕾"忠贞不渝的具体表现。

没有什么比火箭兵对大山的情感更深厚，没有什么比导弹人对大山更富有激情豪迈，因为他们是大山的儿子，是从群山环抱中走出来的时代骄子。

魏景风这个老兵看起来没有一丁半点军人气质，如果混在扛柴挑担的山民堆里一准难以被发现。其实老魏心中揣着天大的委屈，背地里也淌过几把辛酸的眼泪，面对领导严厉的批评，战友无情的指责，在几经崩溃的心底留下道道滴血的伤痕。

原因是这样的。首长即将来阵地视察，而在他负责的装备上突然出现了一条长长的泥痕，没有任何人能够解释清楚泥痕从何而来。老魏这个窝火啊，蹦着脚地直骂娘。

崭新的军装被山风掀起了衣角，山雨淅淅沥沥笼罩了整个山际，已然分不清这个三级士官的脸上是雨水还是泪水，显然最终还是雨水浇灭了他心中愤怒的火焰。他默然地转身回到了阵地，细心地将装备擦了又擦。

战友们吃惊地看见魏景风拎着被褥走进了阵地，再也没有出来，直到首长视察完毕满意地离去。这里的"什么"是指一名士兵对共和国的忠诚，对工作高度负责的态度，对战友无私的包容和真诚，以及荣辱不惊的释然的良好心态。

"什么"是军营一道道亮丽的风景线，是一桩桩动人肺腑的鲜活故事。在这里战士们经受了太多的未来憧憬和极限挑战，沐浴了青春阳光和人生洗礼，学会了和谐天下世界大同，倾注了浪漫情怀和励志心血。我们十分欣喜地看到，这一代年轻的二炮士兵以祖国荣誉为己任，高擎起和平天盾守卫着祖国蔚蓝的天空，在他们坚如磐石的内心深处，一枚迷彩的导弹腾空而起直刺苍穹。

雨季,拒绝打伞

江南,阳春三月,烟雨飘渺。

一滴、两滴……略带凉意的雨滴顺着脸颊流进已经麻木的脖颈,两只牛铃般大眼紧紧盯着湍急的江面上起伏不定的漩涡,似要夺眶而出弹射而去。

陶巧燕一屁股坐在被大雨浇透的泥地上,垂下了湿漉漉的头,不难看出她已然绝望了,用她自己的话讲就是,在这个该死天气,执行该死任务,只有等着该死。

其实,这"该死任务"是陶巧燕自己跑到连部抢来的。架杆拉线是重体力活,本来应该是由通信团男兵完成的,可是老兵复退,新兵还未补充到位,连里现在正是壮劳力短缺,连长一筹莫展,指导员直搓手心。

陶巧燕来连部的时候,他们还真没有把她当回事,可是陶巧燕拍着胸口保证,将任务完成时限提前三天,他们犹豫了。在陶巧燕立下军令状后,他们果断地将300米野战保障通信线路的任务交给了女兵班。陶巧燕欢天喜地地领受任务回来后,便开始琢磨着实施方案了。

拖着长尾巴的熄灯号刚刚响过,陶巧燕的脑袋如炉火上沸腾的开水,这正是个展现自我的大好机会,本该是男兵完成的任务,我们女兵班偏要把它干好、做漂亮,到时候连首长一定会对女兵班刮目相看,一个接着一个微笑在她的嘴角荡漾开来。

这个班一共有8个女兵,条件也是大相径庭,城市兵占了绝大多数,只有刘蓝莓和王彩雀的家是在农村。现在的女兵可不是以前意义上的女兵了,传统的东西能丢掉的基本上都丢光了,八成半以上的女兵不会女红。可是她们思想活跃,感情细腻,特别容易冲动走极端,尤其"90后"的城市独生子女,够聪明、点子多、反应快,就是吃苦精神差了些。

可是，陶巧燕不怕，混到一级士官的人了，手里总有些带兵的法宝。她仰面朝天继续盘算着，300米野战保障通信线路，只要是科学编组，按量分配任务，一周时间拿下应该不成问题。方案逐渐在她脑海中清晰了。

第二天早饭后，陶巧燕与班副何薇蕊打了个招呼，组织召开了班务会，略带得意地告诉大家她已经抢先一步拿下了300米野战保障通信线路的任务，并将原本10天的时限提前了3天。

这个事何薇蕊是知道的，事前她们曾经商量过。其他的6个人睁大了12只眼睛，大张着嘴，除了吃惊，还有点发蒙。她们心里面寻思着300米的野战保障通信线路，可不是个短距离啊，男兵完成起来都很是费劲，我们这些弱女子行吗？张子璇、来径溪、申小诗、高佳婷流露出对班长的不满。

"班长大人，咱们分配的300米的野战保障通信线路的地段可是山地，不仅要架杆还要拉线，又要保障通信信号畅通，我看10天都完成不了，更别说7天时间了。"来径溪噘着小嘴不无担心。

"是啊，男兵都干什么吃的，碰到这活就想起我们女兵来了。""连长、指导员也真是的，这么放心让我们女兵班干，是不是等着看我们笑话呀。"大家七嘴八舌地议论开了。

"姐妹们，我粗略地算了一下，也许能行。"寻声扭头望去，原来是坐在最后一排的王彩雀，她正在掰着指头算。王彩雀是广西壮族人，有着麦粒般的肤色，精神头很是旺盛，性格犹如她的名字雀一般活跃。

"我看不可能行，就那电线杆有这么粗，5个男兵扛起来都很吃力。"申小诗边说边用手做出环抱状。高佳婷逗趣地用河南口音说："咦，我怎么看你像是拥抱男朋友呀，嘎嘎嘎……"大家笑得前仰后合、体力不支。

"安静、严肃，这是在开班务会，请大家自觉遵守纪律。"何薇蕊使劲地撕扯着嗓门，如同高亢嘹亮的秦腔，以便盖过阵阵声浪。

陶巧燕开始分配任务了，按照规定每60米要立1根"油炸杆"，一共要架5根杆，这项工作由集体完成。接线任务分段安排，陶巧燕带张子璇、来径溪、刘蓝莓一路人，由北往南方向完成120米接线。何薇蕊带申小诗、高佳婷、王彩雀由南往北方向完成120米接线。中间部分的60米由陶巧燕、何薇蕊两组人员共同来完成。临了，陶巧燕不再征求意见，只是提出了三点要求：一是各人明确自己的分工职责，二是发扬团队协作精神，三是给两天准备时间。

陶巧燕这一夜可是睡了个香甜觉，什么梦也没有做，甚至可以听到由她鼻孔中散发出的轻微鼾声。其他几个女兵可没有这份好心情，真是如百爪挠心般放不下，各自掂量着自己的分量，盘算着组里队员的突击能力。

"真把咱们青春美少女当海军陆战队的野小子了！"张子璇开始打头炮了。申小诗马上插话："我打小有恐高症，站在楼上就发晕，更别说是爬电线杆了。""我们是什么人，我们是部队中的弱势群体，还有比我们更弱的人吗？"来径溪从上铺探出头来,身穿睡衣使劲扩胸摆出一个健美运动员的造型,睡衣应声滑落,裸露出雪白的肌肤。顿时,宿舍里荡漾开一片解恨的笑声。

王彩雀接茬说:"我们这个组肯定不行的,电缆、电线杆什么的就够重的了,再加上小诗、佳婷两个千金小姐,非把我们压趴下不可。""我们压根儿就没有打算干,只有指望着你这头大骡马了。"申小诗、高佳婷不怀好意地大笑起来。陶巧燕像是被吵醒了翻了个身,顿时宿舍里鸦雀无声一片宁静。

出早操回来,来径溪边叠被子边发着牢骚,"昨晚俺一夜没睡踏实,净梦见咱们开始干活了,地皮像是生铁浇铸的,根本挖不动。电线杆比金箍棒还高,根本看不见头。电线老长老长,怎么拉也拉不完。急得俺差点跳崖自杀,醒来才发现一条腿已经跨过了床沿,简直是太可怕了。"来径溪睡的是上铺。

申小诗边乐边说:"我也做梦了,真是个美梦。咱们执行任务的地方青山绿水、百花争妍,吃饭就像是踏青野炊一样,冒着热气白白的大米饭,有红烧茄子、西红柿炒鸡蛋、熘肝尖、宫保鸡丁、糖醋排骨、蚂蚁上树……反正是太多太多了,俺的娘唉,馋得我流了一夜口水,枕巾都湿透了。""等着瞧吧,有你吃的。"何薇蕊边擦脸边扔过来一句话。"真的有好吃的吗?"申小诗天真地追问道。"有啊,吃苦!"何薇蕊说完一转身出门了。

两天准备时间很快就过去了,临出发前连长、指导员、排长都来到班里,再三叮嘱注意安全,遇到困难及时汇报。陶巧燕信心十足,拍着胸口保证完成任务。敬完军礼后,8个女兵拉开嗓门,高声唱着《我们的队伍向太阳》,雄赳赳气昂昂地走出了营区大门。

前一天,陶巧燕和何薇蕊已经来过工地,察看过附近的地形,所以她们很快进入了"战斗"岗位。5根6米长的被沥青涂刷过的黑黑木头电线杆横躺在地上,如同5根粗大的如来佛的手指。一辆架子车斜放在旁边,想必是用来拉电线杆的。

陶巧燕开始"战前动员"了:"同志们,咱们已经向连首长保证过了,任务再艰巨,条件再困难,我们也要咬牙完成,绝不给女兵班丢脸!"说完头也不回地搬电线杆去了。

王彩雀猛地伸出右臂,做出一个向前冲的动作,高呼一声"耶",其他几人也一同响应。倾时,"一二、一二"的口号在山谷中回荡开来,全班一起抬电线杆,真是何等费劲啊!南方来的来径溪、申小诗、高佳婷本来身形就瘦小,被肥大的迷彩服套像是个孩子,还多亏了陶巧燕、何薇蕊、刘蓝莓、王彩雀这样的人物,折腾一番好不容易将电线杆搬上了架子车,还要在缓坡地段走上几十米,先是由远而近，将一根电线杆送到最远的点位。就这样，一天下来只运送了两根电线杆，不过陶巧燕已经相当满意了，工作进程还是在她计算之中的。

晚上洗澡的时候，高佳婷满头洗发液泡沫，指着肩膀、小腹和胳膊肘对何薇蕊喊道："何副官，快来看，劳动人民光荣负伤了啊！""我也是伤着了呀！"来径溪抚摸着大腿上一大片红红的擦痕，于是大家七嘴八舌地寻找起自己的伤处，澡堂里顿时混乱起来。

"停！"陶巧燕肩上搭着毛巾端着搪瓷洗脸盆走了进来，"你们哪像是洗澡，倒像是群魔乱舞。""班长，我刚才可是用毛巾捂着脸跑进澡堂的，一路上男兵不怀好意地瞎起哄，脏成这样一点自尊都没有了。"张子璇自我解嘲道。"我的迷彩服算是完蛋了，不仅汗碱破土而出，还磨出个大窟窿眼。"申小诗感叹着。

"谁帮我搓搓背，快痒死了。"刘蓝莓的目光搜寻着最佳人选。"转身趴在墙上，别动。"王彩雀如同巡警捕获嫌疑犯一般，手攥一条粗大的毛巾，抡开来像大刷子一般使劲地为刘蓝莓搓起背来。

"你们就是娇生惯养，我们农家孩儿，皮糙肉厚经得起折腾。给男兵八个胆也不敢取笑我，否则他是骨质疏松——自找残废。"何薇蕊满身雪白的沐浴液如同雪人般凑了过来。

"彩雀今天表现尚佳，像是金刚龙骨的铁娘子。""是女大力士，保管以后老公不敢欺负她，不然就将他像小鸡一样拎起来，举过头顶。"来径溪边说边双手托向空中，可能是地板水滑没有站稳，挣扎地摇晃了两下手也抓空了，"啪！"非常响亮地摔在了地上，引得全澡堂的人使劲伸长脖子往这边瞧，继而发出"哄"的带着嗡嗡回音的笑声。

艰辛的一天又开始了。山路的坡度也明显上升，推架子车的申小诗和高佳婷汗流浃背，无奈地望着山野上盛开的野花，申小诗流露出不无羡慕的神情："我们女人也是花，差距咋就这么大呢？""要是现在有瓶冰镇的可口可乐就幸福死了！"高佳婷茫然地随声附和。"你们有完没完，动摇军心，再说我们也坚持不住了。"看样子何薇蕊劳累的肌体此时也急需一瓶冰镇的什么来解渴。

忽然，"哇！"申小诗蹦着脚大叫起来，架子车急速下滑，好在王彩雀使出吃奶的劲拼命抵住，何薇蕊急忙找了两块石头垫在车轮下面。"你不要命了，别人还想活呢。"何薇蕊大声训斥起来。

此时申小诗已经瘫坐在地下，吓得脸色煞白。这时王彩雀看见一只巨大的黄绿相间的癞蛤蟆，因为肥硕，不是跳着而是用四条腿蹭着横穿马路。"癞蛤蟆上公路愣装大吉普。"她随手捡起一块大石头愤愤地砸了过去。

陶巧燕这一路干得也不轻松。刘蓝莓今天穿的迷彩解放鞋像是大了些，没有脚踏实地的感觉，用不上力气。走到半路，架子车轮胎明显的瘪了，推起来很是费力气。"真想把迷彩服脱掉，像男兵一样光着膀子干。"来径溪仰望着火红的日头。

"想脱就脱呗,这深山荒野的找只狼都难,你顺便可以拍几张写真。"张子璇继续挑逗,"要是不巧哪个山民看见了,把你抢了去做个压寨夫人也说不定哦。""压寨夫人不用计划生育,生他个十个八个孩子也没关系。"刘蓝莓也与张子璇一唱一和地挤对着来径溪。

"我要是做了压寨夫人,就把你俩许配给匪兵甲匪兵乙,让你们求生不得求死不能,还得给我当丫头使唤。"来径溪不服软地回敬道。"能不能说点人话呀,真是嘴里吐不出象牙来。"陶巧燕不太爱开玩笑。"班长,你说嘴里能吐出象牙的人,是叫象人吗?"来径溪目不转睛特别认真地看着陶巧燕,持续了数秒后,大家发出了一阵爆笑。

后两天是挖坑立杆,6米长的"油炸杆"要挖80×80厘米深的坑。申小诗从来没有用过镐头,有几次差点砸到自己的脚,王彩雀在她背后直接指导,两人像是演木偶戏,动作整齐划一、一模一样,看得何薇蕊和高佳婷笑痛了肚子。

也有几次十分危险,来径溪用铁锹将坑里面的土铲上来,正值申小诗换休没事前来参观,站在坑沿上指指点点炫耀着她自己刚学到的经验,突然坑中的铁锹直奔向她脑袋瓜飞来,扬起的尘土霎时遮迷了双眼。"妈呀!"申小诗顿时魂飞魄散,一跤跌进了土坑里。

足足用了两瓶半的矿泉水,才勉强睁开了眼睛,如同从泥水中拔出的莲藕。"臭溪子,你想谋财害命啊!"来径溪此时才缓过神来。"诗小妹,实在对不住啊,怪姐学艺不精反伤了小妹,要是妹不解气就照着我刚才的动作,给我也来上一下子,让姐也变成一只带泥的大白萝卜吧。"陶巧燕意识到了事态严重,找到何薇蕊强调不能只重进度而不顾安全。

三

早饭的时候,陶巧燕端着满满的一碗稀饭抬头望了望天,灰里发暗阴沉沉的,这是下雨前的征兆。她使劲地咽下最后一口馒头,通知大家带上雨衣。

江北的风,江南的雨,说来就来,说走就走。就在大家齐心协力地将最后一根电线杆抬上架子车时,雨便不请自到了。何薇蕊手推车轮低头咕哝了一句:"真是屋漏偏遭连阴雨,天旱又遇干热风。"

刚开始时下的是小雨,渐渐就大了起来,加上山风也跟着助威,直吹得女兵们睁不开眼睛,脚下也不断地打滑,费了很大的力也没有走出多远。"我们这叫进一步退两步。""错了,应该叫举步维艰。"来径溪与高佳婷调侃道,"不对,应该叫身陷泥潭不能自拔。"申小诗追随而来。"准确来讲,应该是天将降大任于斯人也,必将……"张子璇正在摇头晃脑,"玩够了没有,如果你们能将电线杆忽悠到山上去,咱们就地坐,比赛吹牛。"陶巧燕瞧瞧这个,瞪瞪那个,像是憋了一肚子的气。

"哎哟！"王彩雀一不留神脚下踩空，重重地摔到了泥泞里。"哈……哈……"女兵们像是炸了窝的黄蜂，笑得直不起腰来。王彩雀如同京剧中的大花脸一般，吃力地从泥泞中爬起来，扑向笑得最开心的如同花枝乱颤的申小诗，用足了劲将脸上的黄泥汤蹭向申小诗白皙的面庞，从她嘴角中挤出隐隐约约"让你变成我，变成恶魔"的声音。此时女兵们有吊着嗓门高喊"反击"的，有拉扯对方试图制止"战争"升级的，顿时乱成了一锅粥。

"你快阻止她们啊！"何薇蕊冲着陶巧燕表情十分焦急地喊道，"看她们有多大本事，让她们闹个够！"这句话令何薇蕊非常诧异，简直不敢相信是从班长嘴里说出来的。

班长的沉默和间接放纵，导致了女兵变本加厉地"疯闹"，王彩雀已然将申小诗放倒在"黄泥汤"里，俩人像是两只戏水的鸭子上下翻滚，泥潭边上"拉拉队员"们忘情地煽动的嗓门一浪赛过一浪。

也许是"闹腾"够了，两只鸭子筋疲力尽地斜躺在烂泥中，"玩过瘾了吧？赶紧起来推车！"陶巧燕十分平静地说道。"哥们，来支烟抽，现在我真是痛并快乐着啊！"申小诗头也不抬高昂起流淌泥浆的手。"姐们，行行好，来口二锅头，快冻死俺了。"王彩雀大口大口地喘息着。

来径溪蹲在泥潭边，上前拍拍申小诗的已然看不出模样的脸，又敲敲王彩雀裹满泥浆如兵马俑般的头。这时谁都没有料到的事发生了，申小诗和王彩雀如同事先约好一般，同时大喝一声，紧紧抓住了来径溪的双手，如同渔民撒网一样将她奋力地扔进了烂泥潭。似乎事情的发展又将进入高潮，但是却因陶巧燕的一声断喝戛然而止了，"你们是不是感觉这样特别好玩，特别带劲，特别刺激啊？"女兵们你看我我看你，不知所措。

"稍息，立正，向右看齐！"陶巧燕开始整理队伍了，"匍匐前进，目标烂泥潭。"语音刚罢，自己迅速脱下雨衣爬了过去。这下女兵们可真是傻了眼了，唯有几个刚掉进烂泥潭的人，用不怀好意的眼光打量着手足无措即将掉进烂泥潭的人，嘴角流露出难以言表的沾沾自喜来。

等最后一个人匍匐前进穿越过泥潭，8个人的样子实在是令人忍俊不禁，整个队伍狂笑起来。陶巧燕一言不发，只是用眼神狠狠地盯着每一个人，似乎要以此窥视出这些女兵此时此刻内心的真实世界来。

"班长，我想哭！"高佳婷从队伍中走了出来，斗胆放言，"我心里难受，憋不住，哭出来就会舒服些的。"还没等班长答复，只听"哇"的一声长嚎，高佳婷已经自顾自地哀号了。可能是在深山，又有风雨相伴的关系，伤感的情绪迅速传染到另外几个女兵身上，山谷中回响着尖尖的凄楚的哀鸣……

女人的内心是嘈杂而凌乱的，就像是这笑，不需要任何理由，无所谓高兴；就像是这哭，不需要受到任何伤害，无所谓伤心。想笑就笑了，想哭就哭了，管你有什么感受,说多了反会遭其连环白眼与一顿恶喷,倒是自己与自己过不去。

雨越发下得大了起来,视线也似乎被拦腰切断,雨衣根本遮挡不住雨水猛烈的冲击,干脆扔弃在架子车上。

要在平时短短的60米真不算什么,可是现在车轮沉陷在泥泞中,向前走一步往后滑两步,胶鞋踩在地面上根本使不上劲,加上路面不平还有个小鼓坡,凭这几个势单力薄的小女兵根本无法逾越过去。

眼看过了中饭时间,进展十分缓慢,有几个人还受了轻伤,手指上在向外冒着血。

"停,快停下来。"何薇蕊筋疲力尽地说:"效率太低下了,不能像大跃进一样蛮干,还要学会动动脑筋想想办法。"陶巧燕默然地一屁股坐在了地下,望着眼前翠绿的群山,已然有些绝望了,心想满打满算加上今天就只有明天一天了。如果今天的活干不完,明天会延误工期,就不可能像自己当初向连首长保证的那样,风光地带队凯旋。眼泪不停地在她眼眶中旋转,便出现了本文刚开始的一幕⋯⋯

刘蓝莓摇晃着班长麻木的肩头,自告奋勇道:"班长,你可是我们的主心骨,千万别放弃。我在家下地拉车时也遭遇过雨天,车上东西重时上坡时容易溜坡。"边说边跑到了路坑边,顺手捡了两块山石头,垫在车轮下面,果然效果不错。

"架子车太小了,大家都挤在两边,根本就使不上劲。"张子璇说着就将迷彩外衣脱了下来,拧成一条粗粗的绳,一边绑在架子车前头,一边挂在自己肩膀上。陶巧燕似乎也被这种举动震撼了,站起身毫不犹豫地解开外衣拴在了架子车头的另一边,大家很是默契地相互看了一眼,一双双冰凉的小手交叉重叠在一起,混合着血水、汗水和雨水,忽然爆发出震耳欲聋的声音:"加油!加油!拼了!"

8个人确切地说是8个兵,车前有两个拉车的,车后有两个推车垫石的,车两边各有两个助推的,站位均匀了,自然也就使上了劲。一路上不断有人被滑倒,有人在摔跤,经常可以听见哎哟的惊叫声,申小诗的脚崴了,高佳婷的膝盖磕出了血,来径溪的腰扭岔了气⋯⋯总的来说还算是很顺利,她们将电线杆掀翻在地上时,这群女孩子动情地搂抱在一起痛哭了起来。显然,这一次的哭与"匍匐前进黄泥汤"截然不同,哭声中充满了自信,柔弱中闪现出坚强,山谷沟壑和油绿的丛林间四处弥漫着胜利的喜悦。

这时,大家才恍然发现班长陶巧燕和张子璇只穿着文胸,迷彩外衣还挂在架子车把两边。申小诗毫不犹豫地将迷彩服三下五除二从身上退了下来,欢快地沐浴着清凉的痒痒的雨滴,大声唱了起来:"刘大哥说话理太偏,谁说女子不如男……"其他女兵也将污浊不堪的迷彩服扔在地上,随声附和起来,"谁说女子不如男……"风雨中她们疯狂地舞蹈,最大幅度地摇摆不算太长但还算是秀丽的头发,头发里带着黄泥汤的水迅疾旋转如碎小的黄花向四周绽放。

歌声从豫剧变成了摇滚,从摇滚变成了爵士,从爵士变成了通俗,然后舞姿严重地变形,再然后她们互相之间打闹起来,追逐起来,撕扯下对方仅剩的丁点儿装饰物,高高地抛向空中,抛向雨中,抛向山中。在一片杂乱无章、近乎歇斯底里的"生命万岁!自由万岁!胜利万岁!"的嘻哈欢笑中,女兵们远离了一次尘世的浮躁,闹市的喧嚣,依附在山野胸襟,聆听幽谷谧歌,如浣纱妙女,闭花佳人,完全回归了人性的自然,回归了人性的原始属态。

一道彩虹腾空挂起,整个山谷笼罩在七色霓虹之中。茂密的竹林在春雨中节节挺拔,女兵们同样随着季节和雨露茁壮成长,如春笋破壳般清嫩无畏而富有生机活力,也许她们的内心深处依然还很娇嫩,需要依赖坚实的外壳罩护。

我们应该更加有心地发现,在她们稚嫩表象的背后,更像是一枚隆冬而孕的种子,有待土壤与雪水的渗透孵化,膨胀她们内敛而优越的潜质,催生信仰与荣耀,焕发果敢与刚强。翘盼来年,春回大地,万物复苏,种子在那一刻激发冬储的所有能量,破土而出,迎风而上,成长为一株株枝繁叶茂、根深蒂固的参天大树,对于这种无须多言的结实而健康的成长轨迹,我们心领神会、信心百倍。

年终,通信连女兵班荣立集体三等功,班长陶巧燕因工作出色被提拔为军官,保送入军事院校学习深造。

春风那个吹

"春涨一篙添水面，芳草鹅儿，绿满微风岸。"

又是一年春江水暖，草长莺飞。望着满树绽放的花朵，心情也渐渐油绿起来。近期，各地方电视台争相播放一部电视剧，名叫《北风那个吹》，说的是知识青年上山下乡的事，不禁使我联想起了当学员时一段有趣的往事。

20世纪90年代初，也是在一个春暖花开的季节，接到学校通知，为了缓解西安市水源短缺的问题，上级命令驻西安地区军校学员参加引黑（黑河）入城工程，为驻地人民作贡献。听到消息，学员队顿时沸腾起来了，似乎憋存在体内过剩的精力终于找到了释放场。第二天早饭时，每个人都吃得饱饱的，以至于走向草场集合时，手里拎着铁锹、肩上扛着镐头，边走还边打着响嗝。

乘车来到工地现场，立刻被眼前的景象惊呆了，整整一条宽阔的大街上，插满了鲜艳夺目的红旗，巨大的横幅一条接一条地挂满沿街的大树，五颜六色的标语上面书写着战天斗地的誓词，高音喇叭里面播放着雄劲的战斗歌曲。这时耳畔传来隆隆的声响，寻声望去，原来是一架直升机在空中盘旋，显然是正在进行现场航拍。这情景以前在影视作品中见过，身临其境真可谓是大姑娘坐花轿头一回，想不大干一番都不行。说干就干，按照施工要求方位测量完毕，大家很快投入了战斗。

"东风吹，战鼓擂……"大喇叭里面突然飘出了快板书，当时真实的感受就是，这不是一次简单的义务劳动，而是一场真枪实弹的战争。脑海中忽然浮想联翩，红军爬雪山、过草地，新四军、八路军英勇阻击日寇，解放军从东北打到海南，赢得三大战役的胜利，都离不开文化宣传的作战功能。它不仅可以鼓劲提气，更重要的是让人藐视一切艰难困苦，激励霸业垂成的斗志。于是我们就把手中挥舞的锹、抡在空中的镐，当作了英勇无敌的枪炮，在"阵地"上尽情地鸣放。

"同学们，你们辛苦了，下面我给大家唱首'英雄赞歌'。"这位女学员是我们队的队花，人不但漂亮，还有较好的声乐功底，你想唱出来的歌可不是就震了全场。这首歌确实很奏效，男学员们的掘进速度又快了许多，可这之后广播站出现了片刻的安宁。一打听，原来是兄弟院校也听到了歌声，感觉不过瘾，于是队花被西安陆军指挥学院请去了。我们寻思，这帮清一色的陆院兄弟听完歌后，还不把地下水都挖出来呀！

"大会战"正在如火如荼中进行着。"战壕"已经有两米多深了，上面的人只能用绳子吊着放下去。忽然听见上面一阵骚乱，有人告诉下面说，师范学院的女学生送水来了。这下子军心被彻底动摇了，下面的人纷纷要求把自己吊上去，可上面早已没了人影，大概都跑去喝水了。过了好一会儿，总算是有人回来，说是女学生又去空军工程大学了。这下，下面的人可不干了，非要上面的人下来换，嘴里气囔囔地一个劲儿地埋怨："关键时刻就不是兄弟了。"

中午饭送来了，大葱猪肉馅的大包子，从里往外渗着油，散发着诱人的香味，还有鸡蛋、大蒜瓣什么的。有的人不吃大蒜瓣，别人问道："你不是平时特爱吃蒜吗？今天是怎么了？"这位怒气显然还没消呢，迎头回击："万一下午女学生还来送水呢！"

虽说是春天，可是中午过后学员们明显感到身体疲乏、力不从心，战斗力也不像上午，工程速度慢了下来。学员队的王新华队长一看这样下去不行，冒着高龄体弱的风险，奋不顾身下到坑底，想用实际行动起到"火车跑得快，全凭车头带"的领导作用。

这时候，我们看到远处有老两口，手中拖着个拉杆箱向这边走来，原来他们是我队学员的父母，来西安看儿子的。听说儿子在施工现场，下了火车连招待所都没去，就直接赶了过来。"孩儿啊，我们老远就听见大喇叭响，那会儿农业学大寨时，我们也是这样干得热火朝天哪。"这时候，老人家低头看见了正在下面挥汗如雨、埋头苦干的王队长，训斥道："队长在下面干活，你倒在上面休息，真不像话。快用绳子把我放下去，露两手让你们晚辈瞧瞧。"

那年春天，驻西安地区军校学员连续突击了两整天，放眼望去，有穿绿色作训服的，有穿天蓝色迷彩的，还有穿着胸前印有××军校字样白背心的学员，一字排开，足有四五百米长，场面壮观、气势恢宏。军地领导的现场视察，西安百姓的自发慰问，电台、电视台、报社和杂志社记者的频繁穿梭，还有军地院校女生组成的宣传动员和后勤保障服务队，再加上送饭来的各院校炊事班的人员，真如同是上演了一场浩瀚的人民战争。

傍晚收工时分，春风裹挟着花香徐徐吹来，夕阳的金色余晖铺洒在宽畅的壕沟、整齐的四四方方的土堆上，上面有各军校学员用白石子绘出西安政治学院、第二炮兵工程学院、第四军医大学、西安通信指挥学院等字样。虽然我们个个都是灰头土脸的，手脚起了大水泡，可面对眼前这座文化底蕴厚重而又神秘宏伟的古都城，心中充满自豪和成就感。

你那一脸坏坏的笑
——戏说儿童的审美情趣

一次,北京机关的同事聚会,我带着儿子一同前往。席间,儿子兴高采烈一展说辞、歌喉和搞怪的才能,让同事笑破了肚皮,被大家赋予机灵可爱、表情丰富的"小帅哥"美称。

我喜欢孩子不是因为有了孩子才开始的。记得上小学时,我就喜欢虎头虎脑的男孩,文静大方的女孩。与孩子们的接触,如竹林间掠过的清风,溪泉畔碎溅的露珠,山野中弥漫的花香,纯洁无瑕、一尘不染、心情愉悦。每当与孩子一起赏春品秋、山岳之巅、大海梦幻之时,稚嫩的语言是我回味流连的品茗,一丝丝清香、一股股甘甜,在心扉之间如风月无边的涟漪任意荡漾开来,才有了从一到万的立题,才有了破壳而出的心里话。

一叶知秋的儿话

春、夏、秋、冬,在孩子们的眼中,世界是五彩缤纷的,每个季节的色彩变幻,更为人类赖以生存的地球装扮了一份神秘。儿童对物质世界的认识是简单而直接的,所以许多问题的接踵而至令人捧腹不已。

一天,在下班回家的电梯门口,碰到一位少妇怀抱着几个月大的婴儿,小声地讲着"读你千遍也不厌倦"的童话故事。这时,意想不到的事情发生了,这个虎头虎脑的小家伙竟然叫了起来,"爸……爸爸……"用小胖手指头指向我,眼神中竟也充满了不自信,只是使劲地瞪着黑亮黑亮的大眼睛,仔细地观察着我脸部的反应。"宝宝,这是你爸爸吗?看清楚了你再叫呀!"我分明发现孩儿他妈在人群中涨红了脸。"孩子的爸爸也是机关干部吧。"我试图打破尴尬的氛围,少妇告诉了我他爱人的名字,竟然还是我熟悉的一位同事。他们一家是年初刚刚搬到这幢家属楼来的。"小家伙真可爱,看见我穿着军装想起了爸爸。"我伸手将小胖孩儿接了过来,立时被一股甜甜的奶香气所围裹。小家伙一点也不怯生,手舞足蹈地对我拍拍打打的很是高兴。

我想在军营大院长大的孩子，与生俱来的有股英武之气，因为他们都是军人的后代。所以，当某一天在花团锦簇的公园里面，有孩子风风火火地跑过来，手拿一片青翠欲滴的枫叶告诉你秋天来了时，可千万不要为此大跌眼镜，因为在他们幼小的心灵中，秋天不一定是金色的。

十全十美的童话

童话故事如断续的奶水，注定了这代孩子们今生不会长大。在孩子们固有的印象中，童话故事的主人公不一定很富庶、很高贵，但是一定要很有个性、有味道。

"00后"的这一代人，如天空中飞翔的快乐天使，生活在神秘莫测的童话剧情节中，欢蹦乱跳地演绎着各自不同的角色，描绘着五颜六色的梦幻，追寻着异想天开的答案。

那年冬季，天上也是飘着雪花，可是没有鹅毛那么大。同事的小女孩问我："叔叔，你知道卖火柴的小女孩在点燃了她所有的火柴后看见了什么吗？""好像是走进了温暖的宫殿，享用到了她一辈子都不敢想的丰盛的美餐。"我为自己拥有超强的记忆力而为之倾倒。"不对。"我吃惊地睁大了眼睛，正想努力纠正小女孩贸然的回答，"她看见了奶奶。"小女孩说出了答案。在迟疑片刻后，小女孩像是自言自语，"奶奶带她去了天堂！"寂寥无声，周边的人无不为之动容。

望着小女孩远去的娇小背影，我们又能说出什么异乎寻常的答案呢？在当今物欲横流的世俗社会里，似乎只有小女孩稚嫩的假设，才能为污浊不堪的大人们清洗出一潭碧绿的纯净来。

百花齐放的神话

杜甫诗云："天上浮云如白衣，斯须改变如苍狗。"意思是天上的云彩像是白衣裳，一会儿又变得像只黑狗。儿时三三两两躺在厚实的稻草垛上看浮云、望星空的景象依然记忆犹新，富于观察联想的孩子，可以编出许多神奇动人的神话故事来。

有一次，我去儿子的学校参加亲子活动，无意中发现一个清秀的小女孩眼神中流露出淡淡的忧郁，从她的嘴里说出的话很是特别："亲爱的爸爸妈妈，我今晚就要离开你们了，我非常怀念咱们一家人在一起的温暖日子，你们千万不要为此而难过……"这时，我看见她的妈妈睁大了眼睛，惊恐地不知发生了何事。小女孩黑亮的眼眸中闪烁着灵动的泪光,"因为我的存在不属于这个世界,而是属于未来的快乐森林,我的名字叫 purple sprite'紫精灵',再见了,蔚蓝色的地球人……"小女孩的妈妈长长地舒了一口气。此刻的小女孩时而伤心啜泣,时而喜笑颜开,角色完全投入到跌宕起伏的剧情中。

现在的孩子大都能讲出一箩筐的神话故事来,还会不失时机地如万箭齐发般向你射来千百个问题:诺亚方舟第三次放飞的鸽子,为船上的人带回来什么福音?月宫里面有一只白兔、一只蟾蜍、一棵桂树,还有两个人是谁呀?

神话故事具有巨大魔力,自古至今占据了太多少年儿童的情感空间,人人幻想成为身形强硕、勇猛无敌的斗士,或是出身名门望族的漂亮公主,等待着潇洒英俊的邻国王子的邂逅。

大人们也是从神话的幻想中一路拼杀过来的,也就不难理解书架上的神话故事为何总是飞入小小的被窝,被孩子幼小的心灵围裹得滚烫滚烫。

千奇百怪的笑话

在大人看来,儿童的笑话搞笑率几近为零,并且还会错误地认为,幽默的权利只属于大人,小孩子只能是靠边站,我对此也是深信不疑。

可是,偶然的一次旁听,改变了我的看法。晚自习结束了,儿子的小同学围绕在一起,唇枪舌剑地语言交锋。在我看来,他们是在练嘴皮子功夫,语速是相当惊人的,而且涉及内容十分广阔。其间,有一个小男孩奋力插话进来,讲了一个笑话。护士看见病人偷着喝酒,便提醒道:"小心肝!"病人笑眯眯地回应道:"小宝贝。"众人皆笑晕。我十分惊愕,难以理解一个不满10岁的孩子,居然会讲出成人笑话来,甚至于眉飞色舞地洋溢着一脸坏坏的笑容。

我爱人听后分外平静:"现在社会大人与孩子之间,还有什么能够严格区分的?大人可以上网,学生也上网;大人可以打电玩,学生同样也能打;大人可以吸烟,学生也一样吸烟,甚至有的女学生也吸烟。唯一的区别就是,总是不会当着家长面。"是啊,家长到底是什么呢?好像是保安员、搬运工、欠债人……反正什么可怜是什么呗。

放暑假了,孩子们终于能够凑在一起,举例其造句类型。果然:刚吃完大苹果,然后再吃个大鸭梨。天明:自助餐吃了整整一天,明晚再去吃。经常可以听见他们口中冒出"谁爱谁,爱谁谁""我衰"等流行口语。

在我看来,孩子们的笑话与乐趣不在于感染力,而是一种愉悦的心情。这种心情极为单纯与放肆,可以毫不顾忌周边人的眼神而捧腹大笑,像皮球一样在地上滚来滚去。看着孩子们开心的神情,肆无忌惮的行为,我们做家长的还会为是保安员、搬运工、欠债人而责难孩子们吗?心底是否会油然升腾起父母之爱的慈祥与伟大？这种难以割舍的血缘亲情，会将家庭滋润得无比美丽和幸福。只有父母听懂了孩子的心声，才会带给孩子更多的快乐与健康。

万紫千红的佳话

李白诗云："火烧杏林红霞落，李花怒放一树白。"不知你留意过没有，不论是嗷嗷待哺的婴儿，还是蹒跚学步的孩童，都对外界的色彩分外敏感。色彩的魅力在于美丽，所以人们形容生活"有滋有味，丰富多彩"。

一次辅导儿子功课时，偶然翻到一篇课文《可贵的沉默》，讲述了一位年轻女教师在课堂上提问学生，父母是否记住了他们的生日，所有学生都举起了手，而且自豪地左顾右盼。老师第二个问题，你们是否记住了父母生日，教室里面顿时鸦雀无声，过了好一会儿才有个别女生举起了手。事情的发生，我想对学生来讲是司空见惯的，或许他们根本就没有往心里去。作为家长可能已经麻木不仁、见怪不怪了，或许他们根本不会对儿女抱任何幻想。

有两则公益电视广告耐人寻味、意味深长。一则大致内容是儿子看见妈妈辛苦了一天，临睡前为奶奶打了一盆洗脚水，他便效仿也给妈妈打了一盆洗脚水，而且水花四溅到微笑的小脸上。另一则是一个年轻的女孩，很晚骑着单车回家，胡同支摊的大爷每晚都会用自己摊位的路灯为她照亮，直到看不见女孩子的身影后才会收摊回家。这几则事例中的孩子，是因为榜样的力量坚定了幼小的信念。所以，以身作则或是为人师表，是为人父母或社会成员亟待树立的形象，孩子为此而受到的良好熏陶将会受益终生。

"忽如一夜春风来，千树万树梨花开。"一年之计在于春，孩子是春的信使，带来生命繁衍生息的美丽。孩子是春的熏风，油绿了祖国的高山大川。孩子是春的花朵，绽放在湖光山色的神州大地。家庭是孩子成长的港湾，学校是孩子成才的摇篮，社会是孩子成功的平台。小苗只有修枝剪杈才能生机勃发，才能成长为参天大树，才能成长为祖国栋梁。因为我们始终坚信着一个真理，"一花怒放不是春，百花齐放春满园。"

瞧你那怪怪的眼神

但凡在众人面前提到孩子，做家长的都会眼前一亮，继而又暗淡下来。我们十分理解他们的心情，因为我们也是孩子的家长。现在的孩子生活在超物质的时代，脑瓜都很聪明，个性都很鲜明，如山野清溪、枝头梅果、晨曦晶露，清凉而透彻，幽谧而香远。高尔基讲过："老母鸡都会爱孩子。"父母对孩子的爱不应拘泥于形式，表象的东西也往往是最华而不实的。为孩子的成长进步设计完美人生，为未来的智慧和情感长远投资，才是我们这些做家长的明智抉择。

鬼机灵的"00后"

我们三口之家有两个是穿制服的，我是解放军，我爱人是公安干警。儿子硬是挤进来说他也穿制服，大家问他："你穿的制服呢？""这不是吗？六只眼还看不见啊？"孩儿他妈戴眼镜，儿子指着身上，样子很是不服气。"你穿的是校服啊，不算是制服。""当然是了，学校几百号人都穿，我们老师说是学生制服。"莞尔、滑稽地做个鬼脸，拉着我们的衣袖说："咱们都是国家干部，别谁也瞧不起谁。"众人晕菜。

别看儿子今年才8岁，那才是个鬼机灵呢。一张白净的小脸上，零部件装配得恰到好处，谁见了都会忍不住摸一摸。

在一次家宴上，有个老领导形容儿子表情丰富，他夸张的模仿经常逗得大家喷饭喷菜。记得儿子2岁时，他姥姥骑车带着他去打听幼儿园的接收条件，儿子始终是闷闷不乐，回到家姥爷问情况怎样，儿子突然冒出一句："幼儿园老师嫌我年龄大了，不接收。"姥爷的假牙都笑飞了。

5岁那年，准备送儿子上朝阳外国语学校的小学部，可是学校规定必须要上该学校的学前班，才能报考他们的学校。掐指一算，上学期已经过去了。

听小同学的爸妈讲，学前班的孩子上英语课全都是英语对话，没有一句中国话。语文课进度也神速，拼音也快学完了，有许多孩子能够读报纸了。

为了祖国的花朵常艳不凋，只能是硬着头皮将儿子送进了学前班。孩子对新鲜事物都是好奇而敏感的，在那段时光里英文字母、拼音字母成了他回家炫耀的资本。

有一次，令我十分惊奇，儿子在摇头晃脑地大声朗读课文，我凑近一瞧，一个字不错："子一，这篇课文里面的字，你全认识吗？"儿子脑袋像拨浪鼓一般摇个不停，我吃惊地继续问，"那你怎么能够全文通读下来呀？""上课时同学们读过的，我背下来了。"看着他轻松的样子，我惊愕之余，思忖道：真是该重新认识这帮"00后"的小屁孩儿了。

小屁孩儿的大男子主义

别看儿子年龄不大，可是大男子主义却十分严重，从小就不愿意与女孩一起玩，与一帮半大小子上蹿下跳，把整个大院搅腾得不得安宁。

为了使儿子学会闹中取静和提升文明素质，我和爱人商量了一下，有意识地让他多接触同学中的小女孩安安，将阳刚四射的一面转化得温存可人一些。

两个小家伙刚开始接触时，儿子干什么事都我行我素，对安安爱答不理的，仿佛眼前根本就没有这人，丝毫没有按照我们一厢情愿的设计之路走，令我们一时也不知所措。倒是安安温柔地一口一个开心（小名）哥哥，从不计较被儿子从手里夺去的玩具。

有时候安安也会被气得泪眼蒙眬，我们一家人都感到过意不去。几次接触后，也可能是那句"日久生情"的老话起了作用，也可能是"男女搭配，工作不累"的优化组合起了作用，也可能是安安的"逆来顺受"感动了儿子，反正是儿子心悦诚服地接受了安安，他们一起共同分享玩具与书籍带来的快乐。此时的儿子想霸气都霸气不起来，不仅要彰显男子汉的大度风范，而且还要肩负起保护弱者的责任。

据我观察，最大的收获是磨炼了个性，不像在老人身边任着性子胡来。男孩子马虎的这点"长处"似乎是与天俱来的，小女孩缜密的天性也似乎是与天俱来的，俩人相处时间久了，习惯也是可以相互传染的。收敛了玩心，小男孩与小男孩玩可以狂傲不羁，甚至做出惊天动地的壮举。小男孩与小女孩玩可以培养高贵品质和绅士风度。这一对发小，成了形影不离的好朋友，可谓是两小无猜，相得益彰。

打破不可战胜的神话

中国有句老话叫"隔辈亲"，两个家庭的老人对儿子疼爱加溺爱，无形中造成了儿子自立意识不强。自儿子上了学前班，我们就一直在外面租房子住，老人们的身影也相对少了许多，他赖以撒娇的土壤不见了，只能是自己依靠自己，我和爱人只是负责指导，绝不参与帮忙。

爱人是个人民警察，对儿子的管束自然也就比较严厉。刚开始时容易性急上火，遇上儿子再顶撞两句便会语言动粗或肢体越界。但是每次面对天使般熟睡中的儿子，她都会千万次地悔青肝肠，一个劲儿地发誓要做儿子最好的朋友。

有一次在商场里，一位老人对坐在童车里面的孙子说："我们这一代人是欠你们的，老了老了还要伺候你这个小祖宗。"也有做父母的讲："让孩子做事那是天大的神话，他们永远不能离开我们大人的视野。"

其实，"00后"的孩子们也没有像传言中的那样"不食人间烟火"，这一代孩子幸福指数最高，蜜罐中的孩子最大的特点就是"不知愁滋味"。

我始终信奉一句老话："人都是逼出来的。"我经常与儿子交流："人为什么叫人呢，完全可以不叫人，叫另外一个××。可是既然已经叫人了，那么就必须与其他动物有所区别，因为人是有智商的，会使用劳动工具的。如扫帚、拖把、洗衣机、吸尘器等都应该会使用，衣服、裤子、袜子、鞋子等都要会穿戴。"儿子立马回应道："马戏团的猴子也会呀。"我趁热打铁继续启发他："既然是猴子都会干的事，人还不会做，那丢不丢人啊？""是挺丢人的！""那咱们家还有一个丢人的人呢。""是你吧，老爸。"儿子丢过来一个怪怪的眼神，我知道儿子已经开始重视此事了。

在以后的日子里，儿子主动性比以往强了许多，虽然经常发生"水漫金山""火烧联营"等险象环生的心颤事，可是看着儿子一天一天进步，一天一天长大，还是十分开心的。

值得一提的是，孩子学做事的时候，需要大人有超强的耐心和爱心，特别不能烦躁和急躁，不然势必会适得其反、半途而废。在租房期间，儿子学会了洗脸、刷牙、擦屁屁、穿衣服、系鞋带等，竟然还养成了泡脚的好习惯。

被大道理压趴下的小不点

在孩子的教育上，我有着自己的一套莫名的理论，不唯学、不唯上，唯发展、唯自然，特别是不用高大的名人、高深的理论、高远的志向，作为压抑儿子天性的资本。

"哪里有压迫，哪里就有反抗。"这是一句耳熟能详的名言。反抗的表现形式是多种多样的，孩子也会有反抗精神的，也可能是嘴上不说，眼泪流出来（当然说了也白说，他非常清楚这一点）；也有可能是不吃饭；更有可能是处处与你作对，使你全天心情坏透。有人放言，"最讨厌调皮捣蛋的孩子"，殊不知"最调皮的孩子是最聪明的"所蕴含的深刻哲理。孩子的可爱之处，就在于他的无休止的顽皮，忍俊不禁的问答。假如你对面的孩子满腹城府、坐怀不乱，那还会令你心旷神怡、喜上眉梢吗？

为了教育孩子，一位同事买了诸如《小故事大道理》等一大堆名言警句等励志图书，经常是食不甘味、寝不安席，恶补至午夜时分。"功夫不负苦心人"，个把月后，此君果真是慧眼洞开、以小见大、引经据典、出口成章、举一反三、字字珠玑，认识问题、分析问题、解决问题的水平日新月异、突飞猛进，表象层面剖析透彻精细，理论高度跃升至极点。

对孩子的说教，他也从以往单纯的就事论事，发展到从地球诞生说到物种起源，从物种起源谈到史前文明，从史前文明讲到近代工业革命，借古喻今、中西结合，潇潇洒洒、洋洋万言，如滔滔江水，绵绵不绝。

刚开始时，他的小孩感到很有意思，非常新鲜，久而久之犹如啃烂的苹果嚼碎的梨，这边同事意气风发大谈人生追求，那边小不点早已满面泪痕或进入梦乡了。

科学家哈定说过："所有创造性的思想家都是幻想家，而幻想主要是靠发散性思维。"对于稚气未脱、童心未泯的儿童，感知自然、了解自然、融入自然是生长发育的必经阶段。在生命演化的进程中，人类大脑皮层受外界环境的刺激，产生了许多空想、幻想、遐想。也正是这些大胆萌动的想象，推动了人类创造历史文明的进步。

儿子在平淡的生活中，经常会制造些小麻烦、小摩擦。对此，我从不以大人的强势自居，有时也会讲些浅显易懂的道理。我反对洛克菲勒的劳动与金钱成正比的教子之道，十分赞同比尔·盖茨的"再富也不能富孩子"的育才之法。在学习上，从不强迫孩子学习法国大文豪雨果的珍惜时间。在品德修养上，也不效仿艾森豪威尔的制怒之道。在粗心马虎上，绝不会学美国科学家富兰克林的宽容。在对待错误时，不拒绝列宁认错打碎了姑妈的花瓶。在说谎逃避时，也不喋喋不休炫耀曾子杀猪讲诚信。更不会列举托马斯·爱迪生拥有1 093项专利，莫扎特一生创造600多首乐曲等名人事迹来，百般呵斥儿子："你要学会做天才！"

"人之初，性本善。"我喜欢与这个小不点对话，聆听他小脑瓜中的遐想，悄悄地潜伏在他多姿多彩的内心世界，专注他眉飞色舞的夸张神情、肢体语言的表达，品味着他对学校、老师、家长和好朋友的评价。

我十分珍视那种仰面朝天，成为儿子的汗血宝马，然后高高地托举不停旋转的情景。这时，就会有清脆的风铃之音掠过，夹杂着甜甜的奶香气，顺着脖颈幸福地在全身荡漾开来。一双黑亮而透彻的眸子，如月牙湖中摔碎的星斗，在心海的辞典里翻阅着亲情的注解。我钦佩儿子无与伦比的想象力和洞察力，羡慕他清澈如泉的心灵境界。

闲暇之时，我会想象儿子是恬静的荷塘中一尾欢雀的锦鲤，或是盛开着二月兰的山峦里一只舞动的蜻蜓，或是朗月星空下一株幽静的兰草，或是春风拂过时吹动的一抹新绿。愿可爱的孩子们，更多地享受大自然的垂青，明媚阳光的簇拥，清风雨露的恩泽，无忧无虑，自由自在，茁壮成长。

但愿大山永远沉默
——再访中国作协副主席著名作家陈忠实

写一部死后可以当枕头的书

5月初的西安,气温已经超过30度,满城沉寂在世园会欢快的气氛中。

如约而至。我们来到陈忠实老师书房的楼下,门禁毫不留情地将一行人挡在了门外,刘浏一通狂拨电话之后,有些幸灾乐祸地告诉大家,门禁坏了还没修好。

正当我们左右四顾迷惘之际,忽然在三层的头顶上,传来一声秦腔式的大吼,只见陈忠实穿着白色多褶的背心,隔着严实的防盗网,探头寻觅着目标,手中挥动一串叮当作响的钥匙,随时准备会凌空掷下。

静立门前良久,感觉如同程门立雪,还有些像三顾茅庐一般漫长,陈主席终于衣装整齐地出现了。我虽然在机关工作多年,可是军礼还算是标准。环顾室内,与其说是书房,其实更像是个仓库,墙壁上没有一幅字画装饰,四处堆积着如小山般的书本、手稿、条幅等物件,三人沙发上只能坐下陈忠实一人,我们几人分散开来,形成一个扇面,将其半围其中。

话题是从诗集《燃烧的石榴花》开始的,尽管时光流逝了16年,仍然感到陈主席的和蔼可亲、温暖如初。他从1965年开始发表作品至今,已经发表中篇小说9部,短篇小说80余篇,报告文学、散文以及创作漫谈50余篇,其中9部(篇)作品获全国及各大刊物奖。作为"秦军东征"文学领域中扛鼎人物之一,他一路高歌,大刀阔斧,攻城略地,收获丰硕。

1988年的早春,风华正茂的陈忠实决心动手"写一部死后可以当枕头的书",这就是获得第四届茅盾文学奖的《白鹿原》了。历时6年倾心创作,描绘了一部渭河平原50年变迁的雄奇史诗,发行量达200多万册,并得到各个领域的深度开发,有秦腔、话剧、舞剧等,成为教育部"高等学校中文系本科专业阅读书"当代文学唯一入选长篇小说。有消息盛传今年仲夏,电影版《白鹿原》也将与观众见面。

书院门里一枚洒脱自如的篆刻

一杯冲泡多时的午子仙毫,淡淡地静静地悬滞杯底。眼前深陷沙发的陈忠实清瘦了许多,虽已年逾古稀,可是精神依然矍铄。手指中间习惯性地夹着粗壮的王冠雪茄,随着火光一明一暗的交替闪动,房间内渐渐升腾起悍劲呛人的烟雾来,大家双耳如雷达一般,紧紧捕捉扑面而来的声波。

房间中散发着墨香,横七竖八、杂乱无章的字幅散落在桌椅上,一个个方块字如秦唐盛世雄风招展的战旗,似霓裳曲谱中跃动的音符。鲜活的墨迹一蹴而就,气定神闲,瘦硬古拙,苍劲雄浑。陈老对大家由衷的啧啧称赞却是充耳不闻:"我对书法没有研究,更没有功底。"

众所周知,北京人民艺术剧院的话剧《白鹿原》曾引起轰动,濮存昕、郭达、宋丹丹等实力派演员的加盟表演,吸引了京城观众的眼球。当下,电影《白鹿原》再一次成为"焦点炒作"。由张丰毅、吴刚、刘威、张雨绮、段奕宏、郭涛等领衔主演,除了郭涛是地道的陕西人外,其他演员都在现学现卖陕西话。聊到此处,陈忠实眼角荡漾起一丝喜悦的涟漪:"拍片的事我不管,不干预。电影跟小说是两种艺术形式,我对电影也不了解,听导演王全安说现在进入后期制作了。"说到社会愈来愈多美女帅哥"坐家"现象时,他老人家淡淡地一笑:"别样的生存状态。"话锋转到热炒的"瓦良格"号航空母舰上,他眼睛一亮,大加赞赏,甚至还反问了我们一些问题。

当年,与陈老第一次见面时,朴素、庄重,谝闲传中原汁原味、地道的陕西方言,时而如秦镇的大米凉皮绵软适口,小杨饭庄的烤肉别有滋味;时而如太平峪的断层岩张力十足,太白山涧的水冲石圆润光鲜……现在更多了些儒雅、闲逸,话语不多,寥寥数句,犹如文化气息堪浓的书院门里一枚洒脱自如的篆刻,饱润通透,绵厚温和,见解独特,精辟之极,彰显大家的风范和魅力。

西北老爷子的二炮印象

近年来,他两次到二炮部队、学院授课采风。一次是 2007 年 7 月,陈忠实随"中国作家走军营"采风团走进了大山深处的二炮部队,参观部队建设成果,与官兵亲切交流,并签名赠书。这是中国作家协会为纪念建军 80 周年而开展的一次大型活动。这次活动,我对陈忠实的印象极其深刻,记录下了自己的所见所闻、所思所感，提笔创作了军营笔记《沉默的大山》。最近一次是去年10月，陈忠实等知名人士来到二炮工程学院，出席与他家一河之隔的乡党韩怀仁教授长篇小说《大虬》的研讨会。

陈忠实是西安东郊灞桥区西蒋村人，这是个南倚白鹿原北临灞河的小村落，全村不足百户人家。他对同在灞桥区美誉为导弹人才培养摇篮的老炮校再熟悉不过。二炮部队是共和国强大军事实力的重要象征，我国大国地位的重要支柱，维护世界和平与稳定的重要砝码，我军最年轻的现代化高技术兵种。在如排炮般阵阵浓郁的陕西话中，不难窥见陈老对国防建设的重视与关注。他言谈之中流露，虽然几次到过二炮，可是对没有看到装备展示，多少还是有些遗憾的。

我不失时机地将《火箭兵报》递上，他饶有兴味地翻阅着，口中不停寻问，并念念有词："很好，很好。"临窗正襟危坐的记者姜南，代表报社向他发出盛情邀请，陈忠实十分开心地长舒一口气："老了，走不动了，岁数大了不出行。"怡然自得的神情透露出他似乎极其享受蛰居的舒心日子。

早已有人按捺不住，提议与陈主席合影留念，陈忠实答应得十分爽快，立起身来整理了一下衣服，拢了拢花白的头发。不知怎的，我突然想起了我的父亲，兴许是作为长辈同出一辙的谦逊祥和，或是对晚辈不计名利的培养教诲，鞭策着这些脚步踏实、奋发有为的后来人。

有雨从空中飘摇而降，伴随迎风起舞的绚丽花瓣，星星点点落在车窗之上。"有读者这样概括陕西三位作家的写作风格：陈忠实，干；路遥，不干不稀；贾平凹，稀。陈忠实老师从骨子里透出浓重的'陕西味'。文如其人，似一卷经年古朴的画卷在世人面前徐徐展开，更多地折射出他阳刚、坚韧、平实的个性，绝对是一纯朴地道的西北老爷子。"电视台主持人叶文婷若有所思。

陈忠实作为中国作协副主席、陕西省作协主席，德高望重、俭朴真诚，虽然不会用电脑，不会上网，但是却对二炮这支高技术部队有着特殊的感情，亦如他军营笔记《沉默的大山》的结束语："导弹部队的兵和官都说他们是沉默的兵。是的，如山一样的沉默。但愿他们永远沉默。如果这世界上某一天有一个疯子逼得他们无法保持沉默，将是一番积久沉默的喧哗。无疑，受挑衅和伤害的祖国和人民，都会把期待的眼睛遥望到这大山中来。那时候的大山，不是沉默着的大山，而是雄狮猛虎腾跃呼啸的山了。但愿大山永远沉默。"

眺望雨景下浐灞新区的一路新绿，心境无比地旷达舒畅。

（2012年5月，造访陕西作家协会主席陈忠实的西安住宅。）

银河上飞来的鹊桥

七夕，夜舞星空。当流星遇见了彗星，便不再孤独。一颗颗闪亮的星子，自由地飞驰在黑白相间的浩瀚天宇，一层层环绕，一层层交织，一层层相拥，汇聚成星光辉映、巍巍壮观的银河。千万只飞奔而来的喜鹊，为两情相悦的恋情叠搭起爱之桥，映透出艳美倾城、千古绝唱的爱情诗篇。

《小士官挑战唐伯虎，马路情缘"三闯关"》，这是个真实而有趣的故事，来自于北京某部机关的汽车中队。

听司机小孙讲，他们战友要结婚了，新娘是高速公路收费窗口的一个漂亮姑娘，我立时对此传闻表现出浓厚的兴趣。

故事的起因很是简单。周日晚上，这名同宿舍的战友送领导回家。因为路程较远，所以回来时已经很晚了，轿车旋风般地刮到了高速公路收费窗口，一伸手将军车票据递了上去，只顾低头听着车里播放的当年的流行新曲。

奇怪，半天了也没有人接票据。一抬头，发现窗口里面两名年轻的女工作人员正在低头交谈，似乎还清点着什么。小司机可没有耐心等待下去，使足了劲猛按了几声喇叭。其中一位瓜子脸的姑娘抬起了头，拉开了窗口的挡风玻璃，用轻柔的声音说道："对不起，请稍等。"很快，窗口再次拉开，还是这位"瓜子脸"将票据收了起来，"刚才我们正在交接班，让您久等了，真是非常抱歉！"她甜甜地笑道。小司机足足呆了有半分钟，直到后面的车辆在不停地鸣喇叭才反应过来。

一张票据又递了上来，"瓜子脸"看了监视器中的车牌号一愣，拉开玻璃窗问道："怎么又是你呀？"小司机有点害羞的样子："你不是刚才说再见了吗？""瓜子脸"忽然察觉到小司机较前一次有了明显的变化，似乎头发是重新梳过的，衣领也拉直了些，她二话没说升杆放车走人。

没过多一会儿，小司机又返回窗口将票据递向"瓜子脸"，"你可真行，大半夜开车兜风玩，你们领导也不管管你。"这一次，"瓜子脸"明显感觉到了些什么，而且拿在手里的票据里面夹杂什么东西，仔细一看原来是张小纸条，上面工工整整地写了一排手机号码和×××名字。小司机紧紧盯着"瓜子脸"的眼神，已然做好了挨打受训的思想准备。谁知"瓜子脸"像是什么也没有发生,脸上毫无表情可言,将票据和纸条一起收进了窗口。

小司机躺在床上睡意全无,翻来覆去地烙开了大饼,心里边琢磨开了,这到底怎么回事呢?为什么"瓜子脸"没有流露出一丁点的意思来啊?会不会是女孩子不好意思,还是她对此嗤之以鼻呢?还是……不好!想到这儿,小司机心里猛地咯噔了一下,假如"瓜子脸"要将纸条交给他们领导怎么办?况且我的车牌号也有录像为证,这下真是人赃俱获、想跑也跑不掉了。

这一夜,小司机是彻底失眠了,一会儿梦见"瓜子脸"羞涩地向他甜甜地微笑,一会儿又脸色突变怒目横眉地指责他,再一会儿"瓜子脸"背后忽然又站出许多110警察,"瓜子脸"飘忽不定,一会儿变得像个大西瓜,一会儿又变得像个西葫芦,还用手指向他和车的牌号。小司机身边站着本单位的领导,正一脸严肃地严厉批评他,旁边还有一大群朝夕相处的战友,也对他指指点点的。有个人影歪歪斜斜地跑了过来,好像是小司机的老乡,告诉他单位已经通知了小司机的父母,整个村里都知道这件丢人现眼的事了,村里的干部们正陪着他父母、兄弟姐妹往部队赶来……

小司机生病了,在他请病假的三天时间里,心中充满了恐惧与不安。哪怕有一点风吹草动,他都会用被子捂住头,从缝隙中往外观望。小老乡为他端来了热气腾腾的病号饭,小司机竟然没有用筷子夹住荷包蛋掉到了地上,小老乡心疼地用自来水冲洗干净后自己吃了。边吃还边说:"莫名其妙的人生莫名其妙的病。"气得小司机拿起床边的鞋甩向小老乡。

周四,队长看小司机没有什么大毛病,扔给他一张派车单,小司机立时又紧张起来,看着他痛苦万分的表情,队长开始怀疑小司机是不是抽羊角风了,时好时坏的,硬拽着他非要去医院做检查,可把小司机吓坏了,撒腿跑向车库,一溜烟地开出了大门。

回来的路上,小司机心里寻思可千万别遇上"瓜子脸"。可是没有办法,军车只能是走"专用通道"。在距出口还有100多米时,他每次都将车缓慢地开着,睁大眼睛遥望窗口有没有"瓜子脸",如果瞄准是个男工作人员,便会一脸轻松地嘴里哼着小调,油门一脚踩到底,加足马力开将过去。如果是个女工作人员,一时又无法判断到底是不是"瓜子脸"时,他便会神情紧张,手心中冒出许多汗来,将车停在路边东张西望地仔细观察。

有一次,交警甚至怀疑他开的军车是偷来的,检查了他的身份证和驾驶证。问他在干吗,他竟然唐突地回答说:"尿急,找厕所。"

好在两天时间过去了,平安无事。后两天是双休日,基本上不动车。小司机的心里这下放松了许多,脸上自然就多挂了些微笑,晚饭时吃了满满一碗猪肉炖粉条子,噎得他直打响嗝。

小老乡凑过来:"他好,你好,我也好。看来心情不错,真是长大了。"这话有些卖关子，有一语双关的味道，"是啊，我现在正是发育期，还要长大个呢。"小司机真怕被小老乡看出来什么。

心情好，精神头就旺。周末了，几个战友围在一起打了几圈扑克。小司机虽然心情好了，可是牌技确实太烂，脸上贴满了纸条。熄灯号响过之后，小司机还不想善罢甘休、摩拳擦掌，大有不干到天亮誓不罢休的势头。

这时，小司机的手机忽然传来"叮咚"的声响，一条短信不约而至呈现在他的面前，"你好，我是高速路窗口收费员小菲，明天有时间见面吗？"

北京车展的林林总总

宝马香车是现代女孩子梦寐以求的,同样也是令当代男子汉所汗颜的。以前,传说中的白马王子已经湮没在了原始森林的尽头,从此结束了他这段传奇经历和英俊的身影,取而代之的是现代造型流畅、新颖时尚的车族。一部部霸气十足而又风驰电掣的发动机,尽载着女孩们天真的梦幻,如古时迎娶新娘的花轿,铺撒下一路的欢歌笑语。

北京的车展在市民的心目中也算得上是一年之中几件大事之一了。由于之前在闹市区受限的缘故,从2008年起,车展展览地点从东三环的国展中心迁移至郊区顺义。可是并没有因为远了几十公里而遭受门庭冷落,北京市民照样热情不减、激情不退,想方设法通过各种交通工具蜂拥而至,实现一年之中为数不多的几个开心过瘾。

春季的车展必然伴随着春风浩荡,人们头发总是被温煦的春风吹得向左斜向右斜,甚至还会有扬尘迎面刮过。有些人真是有备而来,脸上戴着墨镜,身上穿着风衣,头上裹着纱巾,根本看不见啥模样,只是风吹不进,自己喝口水都难。

一般来看汽车展览会的总以年轻人居多,总的来说大致抱有两种心态:一种人确实是去看世界汽车发展动向的,寻找有何新款自己喜爱的车;而另一种人则是手拿"长枪短炮"的照相机招摇过市,专门奔向摩登俏丽的车模。

这两种人都极具有献身精神,经常在车展现场一待一整天,陪着工作人员与车模一起吃盒饭、喝矿泉水,要不是清扫现场的大妈提醒他们,还真打算在此留下过夜了。

来看车的人一定是每辆都不会放过的,还要登台近前比比画画,将每个开关按钮通通摸上一遍,在溜光锃亮的车身上留下许多爪痕,工作人员实在看不过眼了上前干预:"先生,您打算买车吗?"这主儿也知道是在哄他下台走人,便不怀好意地百般挑刺,说这车那不好那更坏,一同去看车的胖哥就呛他:"总比你开的破夏利强多了吧。"俗话说,人要脸树要皮,揭短也不能当人面揭呀,这下哥俩就急眼了、翻脸了、动手了,直到保安大队赶到才结束了"战斗"。

手拿"长枪短炮"的专业及非专业人员,目标是瞄准妙龄车模的,世界车流的发展趋势对他们没有吸引力，从一号展厅开始到最后一个展厅结束，连工程机械车辆都不放过，当然推土机、老吊车等也没有车模的，他们的口号就是"宁可乱拍三千烂茄，也绝不能放过一个鲜美樱桃。"在这股力量的驱使下，摄影师们真是八仙过海，各显神通，使出了儿时吃奶的劲头，施展出浑身解数。

为了抢夺拍照的最佳角度，他们敢于解放思想，大胆锐意创新，发明创造出四仰八叉趴卧式、四脚朝天仰拍式、一柱擎天（单腿）颤抖式、双膝跪地求饶式、罗汉醉酒侧拍式，还不停地将车模指挥得团团乱转，"长枪短炮"都伸进车模的裙筒里了。一会儿拍正面照，一会儿又拍侧面照，过会儿又拍来来回回扭着照。

车模们看到有人用这么大号的专业相机拍照，想是自己出名的时候到了，也是极力配合着扭来摆去，引来了大批的忠实围观者，直折腾得腰酸腿麻、香汗如雨。这帮人可是满意了，赚足了，反正是把应该拍的拍了，不应该拍的也装进了镜头。

更为可笑的是，有人走上展台，硬要拉着车模一起合影，车模不干转身就跑，他可劲地满台追赶，好不容易抓住了，可是自己个头刚到车模的肩膀头子，还傻傻呵呵地高兴着呢，台下人早有笑翻的了。

一帮像是学生的男男女女引起了我的注意，专门在高档品牌车展位转悠，欣喜的眼神中所表现出来的亢奋难以掩饰。从宝马到奔驰到宾利到雷克萨斯等，本年度隆重推出的新款式轿车全都不会放过，拉开车门一屁股坐上去，在车厢内摸来摸去，临了不会忘记举起两根指头呈V字型拍上几张憨态可掬的照片。

在车展上还有一种人很是特别，喜欢收集各大商家的宣传广告，如广告画、书、册子、报纸、实物模型、礼品袋等，手中提着装得满满的大包小袋，好像她家要买多少名牌车似的，向围绕在身边的人大声地炫耀着，如何来得早，现在想要这些资料早已经没有了。

再有一伙人就是黄牛党了，开展的头几天大队人马开拔过来，这帮人起初是有些赚头，可是无法统筹兼顾持续发展，车展时间过半后就没了后劲，一百元的票价当地人五十元就能将参观人送进展厅，他们也就烟消云散了。

潘家园市场的雾里看花

如果你是个收藏高手,或者你正在培养对古董的兴趣,不妨到潘家园市场来开开眼界。如果你是一名古玩界的英勇斗士,那么潘家园就是战场上的雷区,可能掩埋了一万颗或者更多的地雷。假如你有足够的勇气,不妨来这里大显身手,或许拾得一枚两枚把玩之物心满意足,或许被炸得支离破碎、片甲不留。

潘家园市场是北京城里仅有的几家古玩市场之一,之所以久负盛名,主要原因有六:一个开园年头较早,是北京城最大的古玩市场。二是这个市场庞杂而全乎,从古至今、从洋到中,什么物件都有,成了华北地区文物汇流的集散地。三是曾经卖出过几件轰动一时的所谓"大件"。四是行内人与爱好者喜欢来的直接原因,地摊货便宜,可以铆足劲随便地砍价。五是在这里摆地摊的较多,谁想来摆就可以来摆。六是这里是入门和初学者的大课堂,想怎么请教、交流都行,没准还会有人争着做你师傅呢,更没有人会跟你急红眼。但是,至于对方水平如何,教得够不够分量,可是不敢随便恭维,你自己心里可得有杆秤。

潘家园最热闹的日子应该是节假日和双休日了。这一天,凡是喜好中国传统文化的男男女女会蜂拥而来,还经常可以见到尖鼻蓝眼的西方人,黑脸白牙的非洲人,还有光头合十的和尚,仙风道骨的道士等,令人惊叹的是这些人均会砍价,而且特地道,特内行。

市场里字画、木器、漆器、玉器、奇石、翡翠、青铜、紫砂、少数民族工艺品、民间绝技、各种饰品等五花八门,琳琅满目,来自五大洲四大洋的人们真是在夹缝中求生存。

如果有人因淘得一件宝物而欣喜若狂,立时会引来无数双羡慕和嫉妒的目光,有人会啧啧称赞:"真是件好东西,不可多得呀!"然后,转身脸色一变对同伴说,"你就别为上次买瓷瓶的事心疼了,这不又多了个'打眼'的主。"

中国人对玉器、翡翠还是情有独钟,经常是摊头前围满了大姑娘小媳妇,有的扒拉着拣起一只手镯,使劲地往手腕上戴。有的捡起一枚牡丹吊坠,挂在脖颈上左看右瞧。这帮人正饶有兴趣地埋头翻扒着,忽然听见有人说那边还有更便宜的,急忙扔下手里面的东西,撒腿跑向另一边,气得摊主咆哮不止:"轻点放,小心摔坏了。你们急得投哪门胎啊，那边的地摊是我老婆的，真是一帮傻娘们儿。"

挺有意思的是新疆人，他们主要是卖新疆玉和挂件的，经常是不分青红皂白，不管是墨玉、黄玉、青玉、白玉，还是和田玉、羊脂玉，一开口就是成千上万元，吓得顾客能躲多远就躲多远，不敢与他们砍价。

有一次，我带着同学来逛潘家园市场，有个人手里拿着块白石头到处推销，要价八万元。我这个同学是个新手，且爱好砍价，说太贵了。对方说你给个价吧，他随口就说八百。这人拿着白石头与另一个人合计了好一会儿，似乎还被对方骂了几句，才转过身对我们说："八百就八百，赔大发了，明天就去广西参加奇石展。"一幅苦大仇深、极不情愿的样子。这下轮到我那个同学发蒙了，他本想调戏一下，根本没有打算买，但是没有想到情况会发展成这样。

你想想看，从八万砍到八百，这种买卖有做成的吗？你别不信，在潘家园市场只有想不到，没有办不到的，在这里什么离奇古怪的事情都可能会发生。结果是石头归我们，钞票归人家，我们还是识大体、顾大局的，至于他们对我们怎样，这个可以忽略不计。但是我们可不敢出尔反尔，不守信用。

2009年的春节，潘家园市场开始了首届庙会。北京人已经十分熟悉庙会吃吃喝喝、玩玩乐乐的形式，潘家园庙会也跳不出这个范畴，而且是小规模的，主要是借庙会来烘托古玩市场的热闹气氛。

大年初一，还真有过年不回家的主，冒着赛小刀的北风来摆摊。虽说没有几家，但前来赶庙会的人为数不算少，几个零散的摊位前围满了人。

我对潘家园市场有一条经验，就是"年前年中黄金时段"，有人问了，"什么意思？"大致意思就是大年三十的前三天，过年初一至初三的这三天。年前的三天很多家在外地的人回家了，市场里冷清了许多，卖家这时也急于将物件出手，所以价格较以前降了很多，这时候买进正是划算。

初一至初三的这三天，卖家留京的不多，市场里也人头寥寥。正逢过大年，加上天气又冷，卖家也没心情坚持到底，急于回家与老婆孩子烫酒喝。这也算是乘人之危吧，但是也绝不能心慈手软。你想啊，买的不如卖的精！这是千百年不变的定律。

有一次，在人声嘈杂的大棚中，突然传来一阵刺耳的吵闹声，原来是一对夫妻在看一个瓷盘时出了点差错，卖家非说他们将瓷盘磕破了，要进行索赔。

这对夫妻就是不承认，要摊主拿出证据来，摊主趴在地下到处找碰掉的那块瓷片。我凑近跟前，那个盘子是有块疤痕，特别小，像是新碴。摊主两口子也不像是碰瓷混世的人，给人感觉倒显得有些可怜巴巴的。

开始之时，这对夫妻还是想大事化小、小事化无，这是大多数闯祸者持有的心态。可是被细心的摊主发现了，死活不干，就发生了争执。此时，这对夫妻头脑还是十分清醒的，赔个二三十块钱本也不算什么，谁知被摊主断然拒绝，理由是这个瓷盘是大清乾隆年制青花瓷盘。

夫妻俩立时气不打一处来，有案板羔羊被宰之感："你不就是拿一个假瓷瓶蒙事吗，别说老子没钱，就是有钱，也不给你这样的诈骗犯，看你能奈我何！"摊主也不是省油的灯，自己吃亏岂能善罢甘休。

于是乎，市场管理员来了，市场的保安也来了，摊主和夫妻都被带走了。吵闹声至此戛然而止，有些看热闹的人，一下子没有了精彩的表演，感觉不是很适应，摇头晃脑地散开了。

潘家园，是初学收藏的朋友的"天堂"，更是"地狱"，千万不要怕被"打眼"，跟头栽多了，你也就练出了火眼金睛，成了行家里手。

欢欢喜喜过个年

　　2010年的贺岁大片悉数登场，《大笑江湖》《赵氏孤儿》《让子弹飞》《非诚勿扰2》，可谓是群英荟萃，把观众打得四分五裂，也就萝卜白菜各有喜爱了。

　　12月21日星期二，中午11：30分，××北京影城全天半价影票吸引所谓"游手好闲"之徒前来消磨打发时光，顺滚梯攀上四楼大厅，电子显示屏上"全国山河一片红"，赫然写着《让子弹飞》《让子弹飞》《让子弹飞》，从上午10点开始至晚上22：30全部被《让子弹飞》包圆了。

　　售票小姐振振有词："来这里的人多半是看《让子弹飞》的啊。"他们真实的想法路人皆知，怕老百姓在半价影票的这一天，览遍能给他们带来无限商机和钞票的国产四大贺岁片。尽管我也是奔着《让子弹飞》而来的。

　　离开场还有半个多小时，验票小姑娘白皙略带雀斑的脸上不耐烦的表情，让我怕继续纠缠下去会中了她飞来的毒弹，只好快步下到商场三楼充当起"游手好闲"之徒来。

　　终于沉重的屁股落在了5厅8排9座的位置上，继而是挥之不去的广而告之铺天盖地而来。

　　正在这当口，银幕上的画面竟然跳起了慢动作，声音也戛然而止，如同观赏聋哑剧一般悄无声息，再后来伴随着咔嚓声，定格成为一张巨幅画像。

　　正在嚼着爆米花的女孩都看傻了，温存纠缠在一起的情人也分开了，更为激动的是一个成熟的中年男性，操着满口的京腔嚷嚷开来，一时间放映厅内大乱。

　　此时，我们可以想象放映员手忙脚乱，使出浑身解数求得一场虚惊。但是，实际结果却不令人满意。

　　黑暗中，观众的不满情绪喷涌而出："怎么回事？能不能放啊？""退票！退票！"

　　哐当，影厅内一片光明，检票的小姑娘呼哧带喘地跑了进来："放映机出故障了，不能放了。"

　　"那我们怎么办啊？""大中午来的，连饭都没吃。""你们不错了，我是请假来看电影的。""你给每人买一份热狗，饿着呢。""按票价的双倍赔。""不行，给每人发张年卡，季卡也行。"身后的一对恋人拥抱在一起，相互喂着对方爆米花，从他们爱抚的眼神和亲昵的举止，打死我也看不出他们有怎样的沮丧心情。

"这么着吧，你们在这一层包个饭店，我们吃饱了再谈。"

"加演一场《非诚勿扰2》。""快过圣诞节了，送给在座的每人一份圣诞礼物吧。"只闻其声，可以断定是个学生，或是才参加工作不久的年轻人。

"太便宜了，要赔我的交通费、误工费、餐饮费。"中间又有人啰里巴嗦地一通数落。

与其说是群情激愤，倒不如说是一场众态百相的卖弄口才的表演秀。

"大哥，把我卖了赔给你，行不？"小姑娘愣愣地站立原地不知所措。

"那不行，你再反咬一口告我是人贩子！"全场观众像是听相声般爆发出了笑声。

小姑娘知道自己压不住场，不得不放弃"抵抗"败下阵来，马上拔脚跑了出去。

"有人管没有？""拿个小姑娘给我们逗乐子，以为就没事了！""今天真倒霉，本来心情挺好的，现在彻底玩完儿。""你们听说没，前段时间有家影院就出了这事，观众不干砸场子，总经理给下跪求饶呢。"那股狠狠的劲，恨不得一把将总经理揪出来踩在脚下。

一个约莫有40岁的女人突然出现在大家视野中，看得出来是个中下层领导干部。

此时人们也没有了逗闷子的心气了，最着急的一个是赶紧解决饿肚子的问题，另一个就是解决看电影的问题。

中年妇女到底比小姑娘沉稳，在又是一通长篇解释后，人群骚动不耐烦起来。

"舌战群儒"也分场合，眼见大伙又要炸锅，"好汉不吃眼前亏"，中年妇女慌忙之中亮出最后一张底牌："本场次电影可以转场另看，如果不看二话不说立马退票，并额外送全场观众每人一张赠票，在你心情好的时候，随时可以来本影院免费观看。"这番话听着还像是那么回事，刚才还尖硬扎人的"话把儿"立马松懈了，有道是"人心不足蛇吞象"，看来是个人就爱听顺心话，看别人低眉眼。"杀人不过头点地"。既然人家已经点头哈腰给你赔上笑脸了，那就得饶人处且饶人吧。

"就这样吧，我还要赶时间呢。""在哪里领赠票啊？"再坐下去没有什么实际意义了，人们纷纷向门口走去。

所谓的赠票不过是一张空白的电影票，上面歪歪扭扭地写着像大嘴蛤蟆爬着过铁路似的两个字：赠票。这张票很是珍贵，因为它将跨越21世纪的第二个10年，被我珍藏进贴胸的口袋，尽管字写得很让人作呕。

进入3号放映厅，见到了一些刚刚认识的熟悉面孔。

黑暗中电影开始了，照例是铺天盖地的广告。

听说，这种放映模式是受保护的，要想看正片，必须先要接受烂片上下左右的蹂躏，正是因为有"大鸣大放"的张狂，所以烂片退票制在国内影迷中充其量只是个美丽的肥皂泡。

正当全场观众沉寂在秃子大腕口吐莲花的磨叽式幽默中时，耳轮中突然传来咔嗤、咔嗤声，荧屏演员的动作缓缓慢了下来。

忽然，有一个声音从大后方越过众人的头顶飞奔而来砸向银幕："又要发赠票了喽！"

眼神中飞舞出晶莹的雪花

12月29日的上午，这是2010年倒数第三天。

北京城北阴霾浓重的天空中，突然间，悠悠然然飘起了雪花，开始如细细的碎盐粒，慢慢地膨胀为五月飞絮，随着城市上空盘旋肆虐的冷风，雪花曼舞于天地之间。

倏然间，古朴苍黄的北京城白茫茫起来，高楼、雕塑、汽车、行人融入风雪中变得不清晰起来，太阳早已躲到重重叠叠的云层背后，似初夜黯淡高悬的明月，羞羞涩涩、忸忸怩怩地闺坐在纱帐里面。

我随手将暖风开到1档的位置，车中便渐渐有了些许暖意，与车窗外飘舞的风雪形成了鲜明的对比。我暗自思忖，此时再有一杯炙手可热的珍珠奶茶或是黑苦飘香的咖啡，那就是一件非常惬意的事情了。

长长的车流速度不断地减慢，在立交桥下缓缓地停住了。也许是因为刚观赏完年底四大贺岁片的缘故，我对北京如此熟烂的"拥堵"反而是灿烂地"大笑江湖"，开心地"让子弹飞"。

恍惚间，有一个身形由远而近飘了过来，约在我前三辆车的位置散发着什么，我无暇顾忌这司空见惯的举动。北京上空的飞雪比起城中散发的小广告可谓是小巫见大巫，就像是住在北京的人，谁没有丢过自行车似的，谁没有被小广告"强奸"的历史。

红绿灯的时间比例总是红灯欺负绿灯，当然黄灯更像是个二鬼子"汉奸"，永远被踩在脚底板下。

一个单薄的身躯在风雪交裹下晃到了窗口，一条耀眼的白色围脖紧紧围住脸颊鼻口，我想可能对于温暖依存大概是于事无补。紫光跳动的音箱中传出韩国三栖明星李智贤清澈的音色。

"先生，先生……"车窗外一个颤抖的声音急切地叫着，首先映入我眼帘的是一只活蹦乱跳的兔子，那是一张2011年精美的年历。

车窗徐徐降下，伴随着嗖嗖寒风和数粒雪花，一张房地产广告和一张新年历同时递了进来，"谢谢你，先生。"此刻，吸引我的不再是手中的两张纸片，而是这个好清脆的声音，虽然看不见这个女生围脖后的面容，但是能够看见她清澈水汪的眼睛。

她的围脖和睫毛上已经附着一层细细的雪粒，身上仅穿着一件不算厚实的黑色短衣，说话间不停地哆哆嗦嗦，手里还攥着厚厚一沓子未发出去的广告单。

"你辛苦了！"我脱口而出，说过之后不知道自己为什么会说这句话，可能是因为快要过年了心情超好的缘故，以往多半会是用鄙夷的眼神审视这些遭人生厌的所谓的城市"垃圾"。

在车窗即将合闭的瞬间，我看见这个女孩眼圈立时红了起来，竟然有股股热气化为白色烟雾从围脖缝隙中飘然而出。

这一刻，我的心猛地一揪，然后泛着点儿酸的发酵起来。不知怎的，我的眼睛也浸润在梅雨潭的绿中了。

我永远不会忘记女孩最后的表情，她好默然地怔怔地看了我一会儿，我已然感觉到她想对我说上一两句类似感谢的话，仿佛是经过几次努力失败后，她头也不回地穿过车水马龙的街道，消失在茫茫的雪色之中。

仅在我与她对视的几秒钟里，从她孤漠、凄然夹杂少许温情而略带倔强的眼神中，我似乎读懂了她的心路历程。

绿灯变亮，我回想了一下刚才的情景。

也许从她散发小广告起，她看到的大多是不屑一顾的神情，听到的多半是冷嘲热讽的讥语。在她眼里只有机械的工作，难以奢求被服务对象的深不见底的喉结中蹦出一句问候。

她潮湿的眼睫说明了她处境的艰难、不适、无助，她孤单伶俐悄然转身的背影，使我意识到她也曾梦想在下雪的季节，被家人或她爱的人或爱她的人抱在怀中捧在掌心，被痒痒地娇宠，被狠狠地惯坏。

可是，为什么已进不惑之年的我会身陷其中，轻易地动容动情呢，难道是出自心地的善良、怜爱，还是对一直躲藏在围脖后面的"神秘"浮想联翩……

我想，隔着一层"真实"的情感传递能够如此直接、感染、给力，乃至是征服对方渐已麻木的心灵世界，注定不是直白简单的对异性的情感冲动，也绝对不是剪不断、理还乱的纠结的危情宣泄。

此刻，我想找到是何种神奇的力量来势如此强悍劲猛，如一柄无形的刃，穿透割裂了雄性厚实且散发着阳刚之气的胸膛，甚至于清风细雨，轻轻柔柔碾碎了裸露在外木讷多年的神经结。

我陷入了绵绵的缠思……

嘀……嘀……

一串串鸣笛声在身后重重地嚎叫起来，我赶紧收拾起发散的心绪，轻踩了一脚油门，冲过了即将熄灭的绿灯。

与妻平职

我与妻都是军人,同在一个连队,我是连长,妻是指导员。

论年龄我与妻同年,论职务我俩都是"一毛三"(一杠三星,上尉军衔),论工资一分不多一分不少,这种绝对的"平均化"给我们这个三口之家带来了数之不尽啼笑皆非的事情。

在连队里我是行政管理一把手,全连百十号人包括妻都得绝对服从我的指挥。可在党内,妻是支部一把手,我俩的位置发生了颠倒,我必须无条件服从她,妇唱夫随。平时在连队里我俩配合得天衣无缝,怪不得别人把我们叫"夫妻连队"呢。

好容易熬到节假日,总算可以歇口气,摆出大丈夫的派头想享清福了。妻手提菜篮迈进门槛,用军营中练就的大嗓门发号施令:"快做饭去!"我心里嘀咕:在连队忙得我焦头烂额,回到家还要受你的摆布,都说中国现在阴盛阳衰,这次偏要阳刚一回,脖子一缩,硬装没听见。妻看到我无动于衷,忍不住过来揪住我的耳朵,嗔怪地一努嘴:"今天是星期天,正巧又是'三八妇女节',是我们女同胞的节日,连长同志,你应该表现得积极点才对哟!"说完,做了个优美的请的姿势。我好懊丧,星期天就星期天呗,怎么又偏偏碰上个"三八"节,上帝什么时候能为我们男人安排一天"大丈夫"节就好了。看样子做饭是在劫难逃了。

儿子回家给我们全家增添了欢乐。据幼儿园教师讲,这小子从小就有军人的气质,他对小朋友们说:"我爸爸是上尉,我妈妈是上尉,所以我是小上尉,你们都得听我指挥。"儿子接回来后,我先缴了他的枪,后撤了他的职,好一顿训斥。别从小惯养他沾父母的光,这样不利于孩子的成长。别看在家庭问题上我俩谁都不服谁,在单位我与妻团结得如同一个人,全然没有夫妻关系,只有同志加友谊。干部战士因此编了一句顺口溜:"连队建设好,咱们有法宝。连长指导员,模范带头好。"

美,悄然走进男兵营

在当今汹涌澎湃的现代都市文明的大潮中,美作为一项早已被人们广为熟识并且运用自如的事物,频繁地出入千家万户,在男男女女绽放的笑脸上乃至人们的衣食住行等方面都积极地溢越出来。这种毫无声息而又颇具渗透性的力量在九州大地上疯狂地漫延之后,猝然发现还有一块静谧之地未被燎燃,便蠕动庞大的身躯,把那对极具诱惑力的触角,温情脉脉地伸向我们手执钢枪、警惕四方的战士。面对突如其来的新事物,是关闭心扉拒之千里,还是慷慨应允欣然接纳,还是……

让我轻轻地告诉你:儿郎爱美亦真心

美的意识是与生俱来的,部队中的条令条例是严肃不可违背的,人们似乎很难接受它与美的辩证关系,约定俗成地把它们比作一对水火不相容的天敌(当然不排斥执行好条令条例本身就是一种美)。

警卫营三连是一支纪律严明、作风过硬的队伍,美在这里被毫不客气地挤对到一个不为人知的犄角旮旯,老兵常自嘲地训斥新兵:"你小子美个鬼,出国都没人看。"

时过境迁,通信连从山沟搬回了营区,与三连成了毗邻。连里的女兵们每天叽叽喳喳、嘻嘻哈哈的欢声笑语打破了山区多年的沉寂。真是"三十年河东,三十年河西"。三连的小伙子们一反常态,再也不是"军装满月无人洗,袜子生来会站立"了,指导员都感到纳闷,这帮毛小子怎么忽然间变得主动勤快了?

为了增强体质,营里买回来一套多功能健身器械,专门开设了健身房,小伙子们高兴得嗷嗷直叫,专拣最重的练,有一种不练出肌肉疙瘩不罢休的劲头。白天训练场上龙腾虎跃,晚间健身房里灯火通明、热火朝天。男兵们走起来也昂首挺胸、目不斜视,老远看见女兵向这边走来,总要不自觉地要整理一下衣帽,清一下喉舌。

星期六是洗澡时间，队伍中经常是左边冒出个"夏士莲"洗面奶，右边蹦出个"诗芬""飘柔二合一"。回来的途中，四处弥漫着喷喷香气，有人把一样东西递给指导员，接过来一看是"dabao SOD 蜜"。据不完全统计，全连有中高档洗发液和护肤霜的战士占 76％。

问起这事，他们振振有词："我们每天训练执勤，风吹日晒，搽点护肤霜滋润一下皮肤。再说，每天有很多人从哨位前进进出出，我们不能对不起观众，有损我军光辉形象啊！"

当兵的人：说不一样其实也一样

陈军和王星是机关通信员，平常工作认真负责，要求进步，业余时间还学会了打微机。小陈是城市兵，平时习惯了大手大脚，加上在机关工作的特殊条件，身上经常有些不断的微妙变化。

这不，一夜之间发型从原先的"一边倒"变为了"五五开"，中间一条非常明晰的白缝溜光水滑。小陈时不时从兜里掏出一面小镜子，一把小木梳，左照右瞧，沾一点口水，熟练地梳理几下，为了保持发型的永久性，还专门配了一筒"雅倩"摩丝。

王星入伍后养成写日记的习惯，每晚在台灯下很认真地总结全天的工作。一天，在去邮局送信的路上，看到商店柜台里有种带小锁的精美日记本，就毫不吝啬地买了回来，又买了一沓装帧华贵的"玛丽"纸品。回来后，再用上处里开会时发的高级签字笔，工具一应俱全，装备精良，心里美滋滋的。

我不想说：其实战士也很温柔

工建营是全部队闻名遐迩的能吃大苦、善打硬仗的单位，小伙子们一个个身强力壮、精力充沛。每天艰苦的工作完后，冲个凉水澡，甩几把老 K 的时代早已掩卷成为历史的扉页，被取而代之的是一台台功能齐全、小巧玲珑的随身听、单放机，优美的旋律和女主持人甜润的嗓音如汩汩清凉透澈的山泉，着实消除全身疲劳。

有些战士急匆匆走向军人俱乐部，手持麦克风，劲头十足地过把卡拉 OK 瘾，虽然曲调欠准，词有窜改，但是豪放的心情亦博来阵阵欢快的笑语和掌声。

说句心里话：男儿世界需要多色彩

某部修理厂战士，不但业务精湛，而且心灵手巧。他们利用业余时间用弹壳、硬币制作出精美的钥匙扣，有翔鸽、击鹰、小笔筒等，五花八门的小品种达二十多样，每个战士的屁股后面都有自己精心设计制作的一两枚钥匙扣。

问起为什么想起做这东西，他们自豪地说：我们觉得军人就应该有自己的特色，虽然目前精品店中有很多精美的钥匙扣，但价钱昂贵，不适合我们战士消费水准。自己做的钥匙扣，虽然粗糙了些，但绝对是名正牌硬的纯种"军品"，它不但是绝好的小装饰物，也是一种很好的纪念品，它纪念着我们在军营中共同走过的美好日子。在制作钥匙扣过程中，也能提高工艺制作技术。

笔者还发现，大多数战士的书本中有大量的卡通、影视明星、王牌汽车、体坛英杰、现代兵器等贴纸，工工整整、鲜艳亮丽。随便问了一个战士，"我们是汽修组的，自然对汽车十分感兴趣，这些汽车是目前世界上最先进豪华昂贵的汽车，贴纸可以帮助我们了解认识更多类型的车。"他饶有兴趣地说道。

壮志在我胸：美不是我今生唯一的追求

爱美是人的天性，作为一名军人自然也有爱美之心。"云想衣裳，花想容""女为悦己者容"都说明了美是人们所追求、渴望的。现代社会人们已把美作为一项重要标志来衡量一个人的文明水准，美的含义便就更加有了浓郁的色彩。

随着时代的变迁，美重重地撞击着军营的大门，军营也需要美，这种美是一种昂扬向上、塑造阳刚的美，是自然纯朴之大美。

新时代的战士，思想活跃，接受新事物快，基层干部要主动引导、教会他们怎样去认识美，善择真心美，而不是随波逐流、浮浅奢侈的软包装。不能在吃喝上讲排场，穿戴上搞攀比，哥们义气上论英雄，要追求真善美，追求至高无上的美。不仅注重塑造外形美，更要注重陶冶内心的美，在不断的追求之中锻造自己，提高自己，用完美的人格品质、完美的精神风貌，昂首阔步走上通向辉煌壮丽的人生之路。

（1990年学员连队见习作品）

坚守荣誉

——探访二炮英模人物和革命烈士家庭纪实

8月15日,全国哀悼日,举国为舟曲泥石流遇难的群众默哀。

清晨,正当所有的电视、广播、媒体连续滚动播放国人悼念活动时,我们一行受领了任务,飞机奋力穿破了笼罩在人们心头的阴影及灰暗绵厚的云层,伴着一缕缕阳光,直奔中原大地展翼飞翔,走向了我们入户走访调查二炮英模人物和革命烈士家庭现状行程的第一站。

干部处处长陈宏告诉我们,装备部副部长曾蛟因为等我们的到来,推迟了三天出发的日期,令我们很是过意不去。曾蛟是二炮的老英模了,1994年中央军委授予他"爱军习"。

许多人认识他是因为他曾经被写进过总理的政府工作报告。从机场到曾蛟的家不到40分钟,他和妻子毛国秀早为我们的到来做好了准备。我与曾蛟是老朋友了,问题也就开门见山了。他非常感谢二炮首长对英模人物和革命烈士家庭的关心厚爱,表示这也是他干好今后工作的精神动力。他对现在的生活十分满足,家庭生活很幸福,没有任何困难。不难看出他们两口子感情很好,性格也很合拍。因为有几个重点问题必须要了解,我便问道毛国秀工作的事,这一问可是问出了破绽。原来毛国秀在曾蛟原部队时办的随军,工作安排在河南南阳镇平电业局,如今曾蛟工作调动到了洛阳,联系了几家单位,工作关系确实很难调进来。三年过去了,直到现在工作单位还是在南阳。曾蛟补充说:"这不算什么,比起待业在家的随军家属,真是好多了。"在与冯志文和刘清国副主任交流时,他们对英模人物和革命烈士家庭的生活困难有着一致的共识,对二炮首长对英烈家庭的关爱举动和即将出台的保障举措十分敬佩,赞不绝口,并对现行英烈家庭福利政策提出了许多个人看法及建设性的建议。

与昨天全国哀悼日形成鲜明对比的是，今天是阴历的七夕，中国的情人节，真可谓是大起大落。

因为走访的家庭驻地较为分散，行程越发显得紧凑，第二天上午我们乘坐高铁列车，从洛阳出发，坐了有40多分钟，在灵宝西站停了下来。灵宝，盛产黄金苹果。前来接站的蒋靖主任和干部科科长黄亚文风风火火赶了过来，嘴上一直不停地自我埋怨着，边争抢行李边解释："太堵了，车根本就跑不起来。"从灵宝西站到旅部要走半个多小时，一进营区大门口，眼前豁然开朗，一大块暖色的巨石上，遒劲有力地书写着五个大字：东方第一枝。在机关办公楼前，偌大的音乐喷泉广场水波随风荡漾。杨良勤政委介绍说，新中国核弹成功试爆后，打破了国际核垄断，周恩来同志亲自将我部导弹第一旅美誉为"东方第一枝"。

曹让礼副政委陪同我们前往一级军士长赵平普家。家属院整洁、干净、错落有致，绿色植被占据了半壁河山。赵平普是油库的一名普通士兵，13年扎根山沟，利用现有条件为驻地孩子创办了学校，与村民结下了深厚感情。1997年7月被国家民政部和总政治部评为"拥政爱民模范"，1998年3月荣立一等功。他们夫妇有一个漂亮的女儿赵榕璐，白白净净、亭亭玉立，是两口子的心头肉。她站在楼道中央，奇怪地看着我们这些从北京来的人。也许是我们一行所谓的"阵势"太大，也许是旅领导在现场的缘故，赵平普夫妇除了客气就是客气，我们挖空心思才掏出了他们几句关键的话语，了解到了家庭面对的真实困难。原来老伴王松花常年陪伴丈夫在著名的沙河夫妻哨所，同时也落下了一身的病，每年自费药开支近1万元。回到灵宝后，一直没有找到工作，因为家庭经济的原因，她租了个路边门脸的小店，经营卖瓜子类的营生。前不久，生意冷落不赚反赔，就将店面转租了别人，又回到家当起了职业家庭妇女。

从赵平普家出来，我们路过营区路边的"好军嫂"超市，曹副政委和王琦干事一把将我拽了进去，并提醒我这是基地推荐的营区服务网点安置随军家属试点单位。超市的规模不算太大，货架上的商品约有百余种，分内、外两个店，外店面对社会人员，内店面对部队官兵，主要经营品种大多为食品，速食品颇受官兵欢迎。据了解，现安置了4名随军家属，每月工资450元。与我同来的成信磊干事吃惊地张大了嘴巴，"这个超市主要是以服务官兵为主，基本上不盈利。随军家属们不闲置在家做家庭妇女，有工作干，虽然工资不多，但是她们也很乐意。"曹副政委补充道。几名超市的工作人员笑着随声附和。忽然间，在我耳边回响起央视《百家讲坛》中一位名师的话来："中华民族是个温和的民族，中国的老百姓朴实可爱。"

开完座谈会后，信步在营区大院里，仰头望见"东方第一枝"以此为荣的旅史馆，便直接走了进去。旅史馆分上下两层，两侧墙壁上浮雕着一段段历史云烟，我们能够强烈地感受到，馆室中尘封着的厚重与荣光，缓缓散发着历史的沉香。印象最为深刻的是，讲解员说到"东方第一枝"首发了毛泽东说的"没有那个东西别人就说你不算数"的"争气弹",令国人无比欢欣鼓舞和自豪;1976年的唐山大地震,当时外界对唐山发生了什么一概不知,第一封电报是这个旅发出来的,直接向党中央报告了灾情,也是这个旅在第一时间赶赴灾难现场,赢得了抢救受灾群众生命的最佳时间;走到最后的展板前,26幅将军的画像依次排列,从少将、中将到上将,许多是我们身边的领导、首长,也有英模人物,他们怀揣着坚定目标和崇高理想,从这里出发,走向了金光耀眼的辉煌。

傍晚时分,旅长李华、参谋长鹿文龙赶了回来,因为有一场精彩的球赛在等待他们,为此我们也翘首期盼着。19:30,别开生面的常委篮球赛准时开场了,对手是旅里比赛的冠军球队。真是出乎意料,旅常委的篮球功底还真是扎实,带球过人、三步上篮有模有样。开场三分钟,赢了三个球。比赛暂停期间,竟然有8个篮球宝贝啦啦队上场助威,一招一式很是有点NBA的味道。杨政委告诉我,她们是通信连的女兵。观看球赛的不光有官兵,还有飞来飞去数不清的昆虫,甚至有一只大蚂蚱一头栽到球场上正在运球的参谋长的背心里,两个人费劲地掏了半天才拿出来,蚂蚱早已经被他的大手捏扁了,球场上爆发出一阵阵惬意的笑声。球场下最忙的应该是解说员了,经常可以听到他"旅长带球上篮""旅长准备投球"的叫喊,往往这个时候,对手放慢了速度,全场目光聚焦到旅长身上,旅长竟也不负众望,屡屡得手,比分一路飙升。忽然,一列火车在暗夜间呼啸而过,轰轰隆隆似乎是为球场上拼搏的队员鼓掌。原来旅部正处于陇海线的边缘地带,每天都会有火车通过,只可惜没有在此设一个站牌,以方便出差探亲的战友。终场哨音响过,最终比分敲定在91:85上,旅常委篮球队,完胜。

第二天的早餐桌上,话题当然离不开昨晚的球赛。8:10,我们依依惜别"东方第一枝",惜别旅里的官兵,惜别令人敬爱的英模人物,踏上了继续西行的征程。

出门不到10分钟,才真正领教了蒋靖主任说的"车根本就跑不起来"的厉害。一条两车道的柏油路面上排了四辆车,确切地说是挤了四辆车,谁都不让谁。从东往西的路上,一辆小型挖土机不慌不忙地在刨着一个大土坑。所有的车必须要绕过挖土机行驶,这一下子导致了交通的严重混乱。一辆地方面包车从斜后方疾驶而来,猛然撞在旅里的桑塔纳3000上,车前保险杠被撞掉在地上。事发突然,蒋靖主任只好留下来处理此事,我们乘越野车匆匆告别。15分钟过后,蒋主任来电话,问我们走到哪里了。其实,在15分钟之内,我们车走了还不到50米,回过头来依然能够看到交通事故的现场,我想如此尴尬的场景没有必要再折身回去第二次握手了吧。大伙眼瞅着时间一分一秒在流逝,黄科长和小司机再也坐不住了,索性跳下车担起交警的职责来,指挥着乱七八糟的车辆通行。考验基层部队作风过不过硬就要在关键时刻,"蜀道难,难于上青天",用在此时再恰当不过了,路面上不仅有小轿车,更有"巨无霸"大货车,正如不远处函谷关所出成语——"一夫当关,万夫莫开",演化为"一车当关,万车莫开"般横行霸道在路中央。路两侧的石桩高于车的底盘妨碍了车辆的绕行，车歪七扭八地交织在一起。时值8月，气温攀升很快，再加上心急如焚，两个人的军装早已经被汗水浸透了。随着他们手忙脚乱的引导，被堵在路上的老百姓心里也想着快点通车，不管是回家休息还是荷锄下地，总比憋闷在汽车的铁壳子里面舒服些，竟也积极地予以密切配合。大约半小时过后，我们的车如卡在溪流两石中央动弹不得的鱼，终于在夹缝中挤了出来，一路奔向高铁灵宝西站。坐在车厢里面的人都惊讶地感到奇迹出现了，黄科长和小司机更是对自己佩服得不得了。令人哭笑不得的是，当我们站在候车大厅茫然四顾时，工作人员告知我们，那一列高铁早已经开过去了。

　　因为延误了火车，西安军代表办事处的常亮处长、王戈干事安排了我们的住行。原办事主任鲍文魁听说我们是到英烈家庭走访调研的，非常热情地接待了我们。在言谈中他对我们所做的工作给予了充分的肯定和高度褒奖，说不仅是填补空白，而且抓住了契机，站在高平台放眼远眺，是赢人心、得人心的好事善举。来自二炮基层的民心所向和肺腑之言，无形中使我们更加认识到此项工作的重要性，意识到压在肩头担子的分量。

　　与熊光辉握手的一瞬间，右手有着异样的感觉，似乎是没有握实，空出了许多，不由低头看去，发现他的右手少了小拇指和无名指。537医院政委王为君介绍说，在1989年9月1日的陇海线货运列车颠覆事故中，熊光辉背着受伤群众跑在最前面，由于夜晚光线较暗，在铁道口处不慎触到了断落的铁路高压线，熊光辉和背上的群众一起被击倒在地，身上着起了火。这时，熊光辉身旁就是一个水沟，只要滚下去火就会熄灭。但是当他看到受伤群众还在不远处痛苦地挣扎呻吟时，奋不顾身地爬起来冲过去抢救群众。可刚迈开腿，便被两万多伏的高压电再次击倒，身上的火势更旺，全身变成了火球，昏迷了过去。后来经全力抢救，熊光辉与死神擦肩而过，但是身体Ⅲ度烧伤，属一等伤残，右手小拇指、无名指被烧掉。完全看不出，坐在身边的这个面膛敦厚且身材羸弱的身躯，在一瞬间竟然能迸发出如此巨大的超倍能量。惊心动魄的场景在我眼前不停地跃动，一名绿色的普通士兵在红色的火海深处搏击，两万伏高压电击不倒他坚如磐石的意志，呼呼燃烧的火苗只能烧焦他的毛发、皮肤，烧不毁他保护国家财产、抢救人民群众生命的坚定信念和殊死拼搏精神。

　　熊光辉的家住在6楼，是最高一层，房间算得上宽敞。他爱人郭其霞彬彬有礼、大方稳重，我真心为我们的英雄能够找到这样一位朴实诚挚的军嫂而高兴。因为沙发窄小，熊光辉坚持要坐小板凳，硬被我拽到了沙发上。干部处处长吴学明边看房子边说:"熊光辉虽然身残可是志坚,除每天坚持锻炼身体外,还报考了函授,完成了全部课程,先后取得了中专和大专学历。从一名战士成长为一名合格的军官。"这时,我发现熊光辉有些坐立不安,便问他怎么回事,他只是笑而不答。郭其霞向我们解释说,熊光辉身体大面积烧伤,重新植的皮无法排汗,天气炎热或运动量过大,汗腺无法正常排出便会痛痒难耐。刚才爬了六层楼,气温又高,汗又憋在皮肤里排不出去。知道了此中缘故,我们赶忙打开了电风扇。

在开座谈会之前,干部处副处长冯旭透露,基地的孔繁顺政委要专门到招待所看望我们。院长高宗科和被称为"方一刀"的外科主任方仕文与熊光辉共事多年,对他非常了解,院里面对他印象一向很好。虽然熊光辉是英模人物,可是做人却很低调,从来都是与世无争。这么多年过去了,身边的战友、同事许多都已高于他的职务,但他现在仍是院务部的协理员,工作兢兢业业、踏踏实实,从没有任何抱怨牢骚,确实为官兵树立起了经得起考验的过硬的英模标杆。

从上次陪同总政工作组到基地调研到现在不到两个月,便与孔政委再次见面了。从言谈举止中不难发现孔政委对干部家庭的关注关心,当他得知熊光辉家住在楼房顶层,身体不适的时候,立即对站立身旁的吴育红副主任交代:"这个事要马上办,在现有空的住房中挑选最合适的。我们一定要重视英模家庭的困难,为他们解决好后顾之忧,真心为他们办实事、办好事。"孔政委雷厉风行、求真务实的作风早有耳闻,今天算是有幸亲眼看见。他慷慨激昂的一番话语,令我们在场的所有人精神为之振奋,连房间也顿时感觉变得格外温暖起来。

三秦大地有着非同一般的不可思议,就如同品质俱佳的玉一样"可遇而不可求"。在千里之外的宝鸡,与二炮文工团的艺术总监刘国建不期而遇了。6年前,在刘国建时任副团长时,他带领曲艺队一班人马到×部队采风,当时我们二炮机关8人正好在此当兵锻炼,初次的相识建立下了深厚的友情。今天,在异地他乡又见面了,只能说明是缘分是天意。听说,刘国建是受537医院之邀,专程前来指导参演节目的。

三

8月下旬的东北,真是"天凉好个秋"。

关内的气温要比关外低了好几度,总要时不时地搓几下短袖外两条快没有了温度的手臂,细心的干部处长郑坚勇生怕工作组的同志冻着,让王奇峰干事准备了一些长袖衣服。来之前,我们曾经交代过主管此项业务工作的李金安主任,千万不要惊动基地首长,可是穆修栋政委离开二炮机关时间不长,听说我们到了坚持要来看望我们。穆政委依旧是幽默诙谐、谈笑风生,指示基地政治部要做好陪同走访调查工作,并言辞恳切地对大家说:"当前,部队英模人物和革命烈士家庭确有许多实际困难，有些是客观原因，如政策制度的滞后等，有些也是主观原因，如重视程度不够人为造成的等。不管怎样，不能找借口搪塞过去，必须面对他们家庭的真实困难，找到解决困难的途径办法，切实提高家庭生活的质量。"句句话语充满了情真意切。若有所思的李光荣副政委插话过来："本次走访调查我们单位的两户革命烈士家庭，极具有广泛的代表性，你们会有许多不同的感受。"沈阳距通化有300多公里，而且有相当一段路是黄土路，马温元副主任在门口的停车场上，提醒嘱咐着干部处副处长马志刚，从沈阳通往通化的路上有多处遭洪水冲毁正在抢修，路上一定要注意工作组的安全。

今年，东北多地遭遇了特大洪水，一路之上沿途的江堤、护岸林、冲断的桥梁到处是洪水留下的痕迹，浑江有的护堤堰的整块水泥板被大水巨大的力量推移了位。我们在驶过一处断桥时，心不由得一下子提到了嗓子眼，对面有一辆吨位大的货车在排队等待过桥。这个断桥仅剩三分之一可以通过，从桥上可以看见湍流的江水，加上没有工作人员维持秩序，场面混乱不堪。一旦大货车开上了断桥，后果真是不堪设想。

经过将近4个小时的长途跋涉，终于驶进了中国驰名的药都酒乡——通化。2003年底，我随二炮机关工作组考核旅团主官来到部队。当时，工作组领导是干部部副部长王增田，成员有任免处副处长周晶炯、计划生育办公室干事仲剑，我在调配处任干事。隔年春节刚过，二炮机关司政后装8名干部来到东北当兵锻炼，安排我为总负责人。在向基地首长报到后，来到了通化部队，时值数九寒冬，最低气温在零下30多度，当时旅长王明华、政委王长国，对我们一行非常关心，也很是严格。穿列兵军装，下连住班，正常训练，营长是以副代正的段聚兴。在为期一个月的当兵锻炼中，东北的白山黑水、大豆高粱及部队官兵的热情豪爽给我留下了极深的印象。事隔6年之后，再一次踏上这片熟悉且散发着稻香的黑土地，聆听着迷彩营区飘荡回响的主旋律，心里立时涌动出一股莫名而又剧烈的冲动来。

副旅长王彦军一马当先站在队伍的排头，黝黑的脸膛，粗壮的身形，朴实的话语，拿捏得恰到好处。"人不可貌相"，不承想，老成稳重的他竟然是个"70后"，比我还小了一岁。老祖宗的归纳总结总是精辟至极。副政委宋向东介绍说，部队到西北驻训去了，留在家工作的领导干部全部是副职。中午，大家吃的是自助餐，没有一滴酒，我自认是出差以来一顿舒服到骨头缝里面的好饭。

很是难以理解，中华民族古老的酒文化：一摔跤（推推搡搡拉拉扯扯地让座位）、二规矩（白红黄酒大中小杯）、三劝酒（天南地北山摇地动的说辞或酒令），何时让恐酒者得以人性解放，获取斩钉截铁高呼不喝万岁的自由。

顾不上鞍马劳顿，暂且稍歇，我们乘车直奔刘敏涛烈士家而去。提着新鲜的果篮，副主任候明献向我们介绍着刘敏涛烈士的遗孀王晓惠、女儿刘丛佳。王晓惠对我们的到来显得很激动，一再重复着我们一路的辛苦。当我们说明了来意，

将我心染蔚蓝

话题直奔主题时,她内敛腼腆的性格多多少少阻碍了交流的效果,尤其是谈到那不堪回首的往事时,她多次禁不住潸然泪下,好在与我们同来的张建是个女同志,及时递上面巾纸,说上几句宽心话,化解了房间中弥漫的悲恸气氛。谈话过程中,刘丛佳自始至终没有讲过一句话,眼圈中不停地闪动着晶莹的泪光。我知道刘丛佳是军校学员,现在第三军医大学上大二,便有意识地引导她:"丛佳,你是军人,我们都是战友,咱们今天就像是开一次班务会,你给妈妈做个补充吧。"刘丛佳这才抬起头来,看着我不慌不忙地说了一句话,令我们所有在场的人大吃一惊。"我毕业后,能不能不分配回通化?""为什么?你妈妈怎么办呢?"我们茫然不解,接下来刘丛佳久久无语,脸憋涨得通红。"啊,是这样的,敏涛牺牲时,丛佳才9岁,对她的打击太大了,精神受到了严重刺激,现在还留有后遗症。每天看见别的孩子拉着爸爸的手在散步玩耍,她……"王晓惠再次哽咽着说不下去了。张建凑近我的耳畔:"丛佳曾经犯过几次癫痫病,医生怀疑与他父亲刘敏涛牺牲,对她神经刺激有关。"我的心情一下子跌到了冰点,屋中的空气仿佛突然间凝滞不动了,"睹物思人",大家沉默良久,始终没有人开口说话,耳轮中只有电冰箱的压缩机的运转声。待情绪稍微稳定了,我郑重地对她们娘俩讲,这个要求我一定向部里领导报告,肯定会满足你们的心愿。走出房间,心中那股潜在游荡的压力好像是得到缓缓释放,望着对面那栋楼的扇扇窗棂,院中蹒跚的老人和满地撒欢儿的孩童,还有送我们出门的母女俩,真是无法用语言来准确描绘出此时心中翻腾的滋味。

著名作家刘震云说,从小深受两位女性的影响,一个是姥姥,一个是母亲。他母亲说:"生活就是这么横七竖八地叉着的,一竿子打下去全是枣。"在我的理解中,枣有青有红,有甜有涩,家庭生活亦如此。

时下,人们趋之若鹜地购置商品房,暗地较劲地比着新买的车,一切表象为物欲横流的光鲜社会撑起一把时尚华丽的"天堂伞"。更有一些无病呻吟的大师学者,在论述国家、社会、家庭潜化关联的时候,经常会耸人听闻地列举一些莫名其妙的天文学定律,来阐释一些无法解释的奇特现象,动辄搬来否定之否定批判缺乏科学组合的不确定性。这次贯通祖国东西南北的全程拉动,深入英烈家庭调查体验生活的不同历练,使我们终于涤荡净停留在肤浅表层上的认知,刻骨铭心地知道了什么叫生活的强者。

我们可以这样认为,英烈家庭的亲属就是生活强者的代名词。特别是革命烈士家庭,不管是站在哪个层面上评估,都是人同情的残缺家庭。她们不仅要坚守精神的家园,倾心维护单一的爱,更要抗击社会流言蜚语的污秽与侵蚀。白天,她们操持经营生活；夜半，泪水浸透枕席。采摘一两句现场笔记，至今记忆犹新，"我们娘俩换个煤气罐都不好意思找同一个人两次。""清明节时，给×××上坟找不到车。"在走访中，有的时候，我们正在记录的双手会不知不觉地瑟瑟发抖；有的时候，我们的问询总是胆战心惊、小心翼翼，生怕触动她们心灵那根伤楚的神经；有的时候，聆听着嘤嘤啜泣声，看见扑簌簌的泪花，围绕坐成一圈的大男人也会被这股坚韧的力量同化了。

　　一杯水的力量，可以在沙漠中救活一条生命；一根草的重量，在关键的时候足以压死体积庞大的骆驼。我们在走访调查时，慰问的物品是笨拙实惠的果篮而不是光鲜亮丽的花篮，一律要求不准在烈士家庭喝饮料吃水果。许多遗属对我们说："千万别给你们造成我们软弱的这种假象，这么多年我们都挺过来了，今天是看到二炮首长想念着我们，特地派你们从北京来看我们，从心里往外地高兴，真是抑制不住感情了，这是喜极而泣！"

　　诚哉，英烈的亲属家人，在失去亲人后，饱受巨大的精神打击和身心创伤，他们默默地坚强地支撑起全部的家庭重担。在组织面前，他们像是流浪在外多年的孩子终于找到了自己的生母，内心坚固而脆弱的大堤轰然坍塌崩溃，想要对组织讲的真心话实在是太多太多。但是，最为难能可贵的是你听不到他们半句的抱怨与指责。这么多年的困苦与纠结说上个一天半天又何妨呢？我们有足够的耐性与时间来为他们撑腰打气，因为从期盼的目光中，读懂了他们更加关注组织下一步如何对英烈家庭给予特殊的政策倾斜和保障措施的强烈渴望。

　　二炮英模人物和革命烈士作为时代的特殊群体，为二炮建设做出了重要贡献，以致献出了年轻宝贵的生命。英烈群体的所作所为集中体现了时代特征，焕发了时代精神，他们视死如归、捍卫正义的大无畏革命英雄主义精神，坚忍不拔忠诚于党的可歌可泣的先进事迹，化作广大官兵奋发有为、再创佳绩的不竭动力，成为鼓舞斗志献身导弹事业的永恒财富。平心而论，在国民经济快速发展的今天，英模人物和革命烈士的家庭，理应得到国家、社会、军队更多的尊重、政策照顾和抚恤保障，享有较高的政治荣誉、社会地位，家庭生活幸福指数应比普通家庭生活幸福指数更高，家人更加感到光荣自豪。但是，从统计数据显示，在这部分家庭中，不同程度地存在着配偶无工作、子女入学就业难、住房环境差、赡养老人开支较大、家庭欠有外债等现状，有的家庭经济状况很困难，除了抚恤金外没有任何经济来源。特别是革命烈士家庭，在短短的数年间，生活质量急剧滑坡，为数不少的家庭"沦落"为特困户，家庭基本生活没有得到有效保障，被无情地划入社会"弱势群体"的行列。

　　英模人物和革命烈士的先进事迹和战斗精神，是部队优良传统教育的精髓和宝贵财富。作为上级机关主管业务部门政策的策划与执行者，对这种荣誉与待遇"非对称"现象的出现，应该有足够的重视、警觉及深刻反思。对英模人物和革命烈士的家庭生活现状，不能做锦心绣口的袖手旁观者，而要真心体谅她们的不容易，设身处地为英烈家庭生活着想。关心关爱英模和革命烈士家庭，应结合创先争优和当代革命军人核心价值观培育活动，引导广大官兵崇尚荣誉、弘扬正气、献身使命，大力营造"绿色军营温暖英烈家人"的浓厚氛围，更要有主动担当英烈家庭社会责任的勇气和疏解遗属心理症结的义务。须下大力气加强对英烈家庭的调查研究，最大限度地发挥好干部福利保障机制的功能作用，从政策制度上帮助英烈家庭解决好现实生活中的难题，使抚恤优待与日益增长的国民经济和社会发展相适应，让英烈家庭家人共享改革发展成果，家庭生活变得更加丰富多彩、幸福美满。

在即将收笔之际，传来了令我们欣慰的好消息：装备研究院革命烈士的遗属宗明贞提出的住房问题，已经予以解决；司令部革命烈士的女儿李文钥，被二炮干部子女班正式录取……

8月25日，香港特区哀悼日，为在菲律宾劫持人质事件中不幸遇难的8位中国同胞默哀。

另一则惊人消息，北京至西藏的高速公路G6在北京至内蒙古交界，狂堵10天，车辆连绵100多公里。

掐指算来，我们出差离开北京正好10天。这就意味着在我们走后，这帮倒霉的司机和乘车的兄弟姐妹就没有挪过窝。

这一天，我们结束了京外英烈家庭走访调查。

8月26日，在连续乘车10小时——4小时从通化返回沈阳，4小时坐沈阳开往北京的动车，加上正赶上北京市区堵车高峰的2小时后，终于回到了清河的家。

都怪拯救连长惹的祸

肩膀上的一粗两细三道杠告诉众人，我已是个老兵了。

那是第一次点名。我分在新兵连六班，个头刚够与双杠平齐，是一个死要面子又很不显眼的小不点。晚上6∶30，一阵急促的集合哨把我们这帮新兵蛋子从劳动场地拖回到连队营房前的空地上。稍息—立正—向右看齐—向前看—点名，连长手拿花名册，很威风地扫视了一下他的队伍。

点名开始了，连长的声音落处，答"到"声如爆炒的豆子炸裂一般响亮。新兵总归是新兵，气足、声大、火力旺。30多个人名过去了，"王吉！"沉默，"王吉！"没人应声，连长眉头一皱。五班与我一个车皮拉来的同乡战友杨京不知为什么看了我一眼，我像是触电一样条件反射似的马上意识到连长是不是在点我的名，我叫王喆，连长可能把"喆"错念成了"吉"（上学时，经常有人叫错我的名字）。时间不容多想，随口而出"到"。紧张的空气顿时缓和下来，连长继续点下去……

此刻，我为我的急中生智、大智大勇而洋洋自得。我想，点名过后我要向连长讲清楚，我的名字叫王喆，不念王吉，连长一定会感激我在全连面前维护了他无知的尊严，这样会密切我和连长的关系……

正想入非非的时候，"王喆"又是一声。没错，肯定是我的名字。当时我的脑袋嗡的一声，像是电影散场以后银幕上空荡的白光。随我一起入伍的同乡，扭过头来很费解地看着我，仿佛要在我的脸上寻找解题答案一般。

"到！"这个声音空洞而遥远又苍白，苍白得不含一丝水分，似被一阵清风吹散的薄雾，连我自己听没听清也搞不清楚了。

连长停止了点名，手拿花名册盯着我看了足有一分钟，像端详一件年代久远的文物："你到底叫什么名字？""报告连长，我叫王喆。""为什么两次答到？""这……嗯……"连长很奇怪地看着我。这时，我感觉到所有目光都齐刷刷地扫射而来，我像是被展览的稀有动物一样，脸上青一阵、白一阵、红一阵，简直成了霓虹灯，真恨不能扒个地缝一头钻进去，永远不出来。

"王喆，点名后到连部来一趟。"点名继续下去。

我迷惘起来，难道连长没有念错名字，原来连长认识我的"喆"字。嘻，真不该把连长估计得过低了。完了，这下在连长心目中的印象彻底完蛋了，他会不会认为我在替没来的人答到，会不会把我看成是个刺头兵呢？心绪深深地陷入了混乱的境界中。

事后才知道，王吉是四班的一名新兵，在劳动时被铁丝划伤了腿，班长扶着去了卫生队。

战友，不知你在点名时有没有碰上过这种事，反正我是过足了一把"尴尬"瘾。

碧海蓝天下的红色团队
——第二炮兵英雄亲属疗养团活动侧记

7月13日，北京奥林匹克中心："快看啊，这是二炮英雄亲属的疗养团。""二炮对英雄亲人真好！"7月16日，北戴河老龙头："二炮人没有忘记英雄啊。"几天以来，一双双关注的眼神，一声声由衷的感慨，始终伴随这支特殊的红色团队，无论她们走到何处，都会成为游人议论的焦点，都会感受到周边人投来的尊敬的目光。

首长接见

首长接见之前，我们组织疗养员参观了新落成的第二炮兵军史馆。宽敞明亮的前厅中央，粉红色疗养团服上的"崇尚英雄荣誉，弘扬英雄精神"12个大字格外耀眼。

年轻的女讲解员眼睛笑成了一条缝，因为她们随时都会在这群特殊的参观者中，找到展板照片中真正的英雄，或是他们的亲人。随着二炮历史演变进程的深入，有人开始流眼泪了，一个人两个人十几个人，暂时还没有"找寻"到自己亲人的亲属，在她们焦躁而又充满期待的目光中，我读懂了欲说无语的内容。

靖志远司令员、张海阳政委笑容可掬地与英雄亲属代表逐一握手，因为刚刚参观了军史馆，几名遗孀的眼眶中还泛着湿润。首长询问着他们家庭生活情况、身体健康状况，并指示要求干部部、卫生部以高度认真负责的态度，把这次疗养活动组织好、安排好，做到安全、保健、和谐，使大家度过一段愉快、难忘的休养时光。

邱成龙的遗孀赵青云动情地说："千言万语难以表达感动的心情。老邱走了后，各级组织和同志们对我和家人无微不至地关怀照顾，使我家的生活非常和谐幸福。我衷心祝愿，在二炮党委首长的正确带领下，二炮未来的建设发展更加辉煌。"

在与英模和烈士亲属合影时，站立在首长身后的贺先觉、解平等直挺的胸前，一排排军功章沉甸甸、光彩四溢；烈士的遗属身着疗养团服装如红色七月花团锦簇。在大家略显严肃的神情中，我仿佛又看到了她们在天安门城楼上欢快地挥手，在鸟巢、水立方放步戏逐，在颐和园文化长廊品头论足的场景……顿感每个家庭的温暖幸福，都是建立在组织的给予与关爱之上的。正如杨立顺副政委在宴请英雄亲属疗养团时的致辞："二炮45年的建设发展，取得了辉煌成就，我们在座的每一名同志，都为二炮建设发展做出了突出贡献，二炮党委首长不会忘记！广大官兵不会忘记！"

殷方龙主任坚持将英雄亲属全部送上车，他眼圈中的红晕未消，再三叮嘱身旁的孙旦平部长，工作要周密细致，确保活动安全顺利。

身体检查

在警车的引导下，标有"向英雄亲属致敬"字样的车队缓缓驶入了二炮总医院，大门口上方"热烈欢迎英雄亲属疗养团来我院健康体检"的横幅在晴暖的阳光下分外醒目。

车门打开，王开平院长、何均民政委等一班人，纷纷上前代表总医院欢迎英雄亲属疗养团成员。身穿漂亮制服的分组编队的小护士们扶老携幼，引导大家有秩序地进入体检中心。

卫生部部长高峰神情喜悦地说："早在几天前，总医院领导闻悉英雄亲属要来院体检的消息，高度重视，反复研究，制定了整套体检实施方案，派出了精英骨干力量，确保体检工作的顺利开展和诊断结果的准确。"

作为工作人员需要忙前跑后，我发现所到科室窗明几净、准备充分，正在做检查的医务人员非常认真细致，态度和蔼可亲。一队英雄亲属疗养团的小孩子们，在白衣天使的带领下打打闹闹、嘻嘻哈哈地走了过去，体检中心主任李晓凤似乎被孩子们的情绪所传染，掩饰不住内心的欣喜："听说疗养团里的孩子较多，中心专门安排了儿童体检。"

蜂拥而至的地方媒体也来到体检现场，听介绍50多人的体检全部是免费的非常感动，争相采访英雄亲属。这下可是"忙坏"了韦存韧干事，好在曾满军（英模）、吴畏（烈士妻子）已经体检结束，面对记者提问对答如流。

为了能及时让英雄亲属吃上热乎的早饭，体检中心餐厅准备了丰富的食品，74岁的李兰英（烈士妻子）边吃边激动地说："真没有想到，老杜走了33年，今天沾了他的光。"

学习讲话

上午11点钟的阳光，令人感到有些火辣辣的。疗养团成员略显倦怠，车队奔赴北戴河高速路出口时，一条巨型横幅迎面而来，"向英雄学习致敬"，使人精神为之一振。

当英雄亲属疗养团从车上走下来，休养院官兵、服务人员100余人列队欢迎，全场掌声四起，21名花季少女手捧花束献给英雄亲属。卫生部副部长杨国斌告诉笔者，后勤部刘焕民部长、张东水政委对此专门做了"保本色、保健康、保和谐"的指示，休养院连夜赶制了4块宣传展板，院内外显著位置悬挂了欢迎横幅，营造了浓厚的温馨氛围。

富有海滨特色的美味午餐吸足了小团员的眼球，有从农村来的孩子面对红彤彤的大螃蟹不知从何处下口。每一次活动出发前，李善民院长、宗可河政委轮流亲自带队，指挥车、救护车全部到位。还特意安排了10余名官兵扶老人、抱幼童、提药箱、举队旗，经常是灰头土脸、汗透衣背。冯根锁不顾天气炎热，不辞辛劳，成了随队专职摄影师。

按照计划安排，组织学习"七一"讲话精神，7名英模代表和机关工作人员、休养院官兵一起学习交流胡锦涛同志"七一"讲话的体会。会上艾前文、徐海波的发言吸引了大家，原来他们是转业地方多年的英模，在部队是好钢一块，现在在地方工作同样是本色不变。虽然地方的领导同事并不知道，他们曾经对国家、军队做出过突出贡献，有着崇高的荣誉。可是他们淡泊心志，脑中想着报党恩，心中装着大事业，在平凡的岗位上，继续为自己的精彩的人生，书写着辉煌。

慰问演出

一次次潮水般热烈的掌声，淹没了舞台上周炜主持的声音，二炮文工团慰问英雄亲属疗养团专场演出正在进行。

听说是为二炮英雄亲属演出，李丹阳、张华敏等著名演员纷纷要求报名参加。在屈塬团长的带领下，一行20多人抵达北戴河休养院，稍作休整后又马不停蹄地投入了慰问演出。

耿为华一曲饱含深情的《母亲》，打动了多少英雄亲属的心；与白发苍苍英雄的妻子紧紧地相拥，又令多少人热泪夺眶而出。舍己救人模范军官孟祥斌的妻子叶庆华，即兴朗诵了诗歌《你没有回家》和《献给最美的女人——心中的军嫂》,引起在座英雄亲属的共鸣。魔术师赵育莹的绳术,让4个上台配合的小女孩百思不得其解;她表演的捆绑解脱术,更是让司魁丽(烈士妻子)瞠目结舌张大了嘴巴。独唱演员陈苏威真情流露,加上灯光灼热,满头大汗,几次遮住了眼睛,台下美少女徐莉快步跑上舞台,用自己洁白的手帕为其擦汗。歌唱演员金波赠送孟诗妍(孟祥斌女儿)唱碟。曹芙嘉、师鹏与英雄亲属合影留念,并赠送了纪念品。现场气氛热烈,多次推向高潮,慰问演出圆满成功。

赠送锦旗

临近疗养活动结束前,张少军副部长和马家兴处长冒雨逐户进行了家访,搜集集中反映的问题和征求意见,并为每个家庭送上当地特产。

为了感谢北戴河休养院对英雄亲属疗养工作的重视和精心安排,疗养团特意制作了一面锦旗,并举行了简短的赠旗仪式。英雄亲属们掌声雷动,真心感谢院领导和全体同志的照顾。在片刻安静之后,喧哗之声再起,熊光辉(英模)一家人、李彤(黄炳华妻子)、吴畏(烈士妻子)和女儿初坤等,手端酒杯走了过来,因为事先没有安排会餐,搞得我们有些措手不及。原来是英雄亲属自发地敬酒了,有花甲的老人,有学龄前的儿童,有喝饮料的、啤酒的、红酒的,可是对于我们来讲,这分明是一颗颗信任真诚的心,一片片感激真挚的情。多么尊敬可爱的英雄亲属啊!从不以英雄荣誉而自居,从不给组织找麻烦,生活俭朴从容,为人高尚低调。在欢声笑语中,我真正体会到了这项工作的意义和乐趣。此刻,她们会心的笑容挂满脸颊,笑声充盈在空间,如朵朵红梅竞相绽放。我万分地愿意,这是本次活动送给她们最好的礼物,永远祝福英雄亲属:心灵喜悦,家庭幸福!

在成功与赞誉的花环背后,不能不提为这支红色团队默默辛勤付出的工作人员。她们绝大多数是女同志,平均年龄27.3岁。她们感到工作压力很大,因为深知这是一支红色"三高"团队:家庭政治荣誉高、首长重视程度高、受大众媒体关注度高。她们更知道,这支团队年龄跨度整整80岁,60岁以上的老人有8个,18岁以下的孩子有11个,占到38%。她们可能经验还不丰富,组织协调能力还显稚嫩,但是她们从不挑剔工作轻重,将英雄亲属当作自己的家人,总是在第一时间出现在最需要的地方。她们更像是奥运会上的志愿者,把最美的一面展现给英雄亲属,将心血凝聚在这支特殊的红色团队。眼前再次闪现出她们一张张熟悉的面孔:王淑君、李婧、舒玲、张文杰、黄冬明、李卓、李雪、陈冰、李杰、崔斌航、曾汉峰、庄绪连、李然等。

因家住农村买不到车票的火安荣(烈士妻子)、执行发射任务的陈勤(烈士妹妹)未能参加此次活动,工作人员将她们的团服熨平叠好,通过邮局寄给本人，留作一次具有意义的纪念。

杨桂玲（烈士妻子）无比感叹："我们从来没有受过这种尊重，享受过这样的待遇！"正是所有的工作人员，以最饱满的精神状态、最完好的表现、最出色的服务保障，确保了疗养活动的安全顺利完成。

晒 秋 红

　　北京香山红叶节，今年又没去成。双节长假，光是北五环路上排队的车辆，已不下十多公里。逢到节假日，北京人就地腾出地方，让外地人变成北京人，自己变成乡下人，城市包围农村，去农家乐找乐子去了。

　　别看北京是首都，也有广袤的农村，西边北边是燕山山脉，且多处有温泉，号称上风上水。这几年，北京的农家乐可谓发展神速，生意红火，有丁点名气的地方，如果不提前预约，屁股根本坐不到农家的炕头上。

　　秋高气爽，心旷神怡。一路走来，放眼青山绿水，落英缤纷，尤其是悬挂在枝头的柿子，分外扎眼。叶子早已落光，这种被秋霜敲打过的柿果，越发呈现出它的红来，犹如伦敦碗熊熊燃烧的火炬，可以聚拢为火，也可以分散为灯。这时的柿树，已然成为郊区一道壮丽的景观，不论是荷锄的农人，路边的行人，还是观光的游人，只在不经意中看上一眼，便会感受到柿肉里汩汩的浓浓的甜，霎时布满你早已乏味的舌尖，在敏感的味蕾上快活地撒欢儿。

　　孩子们红彤彤的笑脸，如果园中红红的大苹果，水灵可爱，追逐嬉戏着采撷喜爱的红叶。农家山村没有大片的枫树林，也鲜有黄栌叶，所以，也就没有香山一样葳蕤的红叶群。可是，在道路两侧，房檐墙壁，最不起眼的爬墙虎却已是通体泛红，这股股暗动的红流，沿着经络呈网络状分布，涂满了房前屋后、田间地头。干涸裸露的黄土地中，几株籽硕粒饱的红高粱高高地倔强地仰着头，神情专注地目送夕阳西归。此时，血色的光芒将天空洗红，朵朵赤透的火烧云游荡在天际，大地之上，林峦浑秀，姹紫嫣红。

　　夜幕降临，农家小院升起了红红的灯笼，恍若间，又见到了白日树上的红柿，如腾腾跃动的火苗，点亮了千家万户。灶膛里雄旺的柴草，传来噼啪炸裂的声响，村姑端坐灶口，柴棒上窜动的火团辉映着她淳朴俊俏的脸庞，明眸之中不时有火花闪现，如即将出嫁的新娘，幸福而又恬美。

　　锣鼓喧天，礼花璀璨。篝火晚会，火把挥舞，火映星空。相识不相识的农家客人被激情点燃，男女老幼手拉手歌声高亢，旋动舞步。这里的每个人，嫣然忘却了都市的喧嚣、社会的重压、人际的复杂，全身心沉寂在远离闹市的旷野，沐浴金色的秋风，感受丰收的季象，分享农家人灿烂的笑容。

　　回程之旅，车厢中满载红红的辣椒，红红的石榴，红红的山楂，红红的南瓜……一路上品味着农家火红的日子。驶入城区，一面面五星红旗迎风飘扬，一首首红歌耳畔荡漾，一束束红色气球空中摇摆。不禁有人疑问，为什么一路之上看见的红色最多？孩子们争相回答："因为，祖国的生日是红色的。"

就那么回事

得知莫言斩获诺奖的消息时,正在湘西出差。

我心里头很是高兴,平心而论,莫老爷子早该得此奖,如同早该获得茅盾文学奖一样。这一点,日本著名作家大江健三郎的眼光确实比较准确。

高兴的原因,还基于另外一点——钓鱼岛事件。这场没有硝烟的中日领土主权的争夺战,无疑将诺贝尔文学奖入围的中日著名作家,推向了事态不断激化的岛礁外延,如横竖交织棋盘上对弈的黑白落子,兵不血刃化骨为绵的巅峰对决,中国莫言完胜了日本村上春树,着实为国人打了一针强心剂。

莫老爷子是个饱受争议、新闻不绝之人。20世纪80年代末的《红高粱》,有人认为是毫不手软地揭开了中国人丑陋的疤痕,直恨得村里人将沃田里的红高粱连根拔起。90年代的《丰乳肥臀》,书名已相当具备核爆力,有为数不少的人以为是有色书刊,避开人群而偷窥,妇孺更是羞于提及此书。莫老爷子是在饥饿状态下长大的,所以才有了当兵后一顿吃8个馒头的羞耻感。他作品大多直面民生疾苦,充满人性悲悯、原始悸动,有着强烈的生命张力、社会良知。他特立独行的文学作品风格,就是在获奖之后,仍然存在诸多争议。

莫老爷子是个刚直不阿、荣辱不惊之人。莫老爷子不愧为文坛大师,淡定得了得。瑞典皇家文学院诺贝尔评审委员会越洋电话打来,结果莫老爷子一句"没有什么可兴奋的",让远在大洋彼岸满心期待听到尖叫声响起的洋人失望到了极点。当众乡亲争相熊抱莫言,想沾点名人的喜气时,他却拘谨而憨厚地微笑说:"不要太激动,我觉得我比你们还平静,你们比我还激动。""我10点就睡觉,就那么回事。"我和刘部长的贺电,是在诺奖颁布三天后才接通的。在获奖之前,莫老爷子一直没有开机,在获奖之后,一直没有接电话,任凭手机在案头呜呜地蹦叫。电话只好打到高密老家,莫老爷子接听后,也只是说了声"谢谢!"心静如一汪秋水。我们与杜嫂分享了难耐的喜悦,笑笑也凑过来说:"我们的小千金现在很可爱哦!"

莫老爷子是个幽默风趣、十分健谈之人。莫老爷子身形清瘦,略显憨厚,可是他的口才在中国作协是出了名的,也是为数不多的几个名嘴之一。他天性的幽默感更是不显山露水。讲到第一面见张艺谋时："我就感觉他很可靠，就像我们村的那些生产队的队长一模一样。"在《第一次去青岛》一文中，"那些青岛人，真是流氓成性……他们大白天就在前海崖上吧唧吧唧地亲啊……"莫老爷子自己说："小时候，当我正调皮捣蛋，有人说你爹来了，我就立刻被吓得全身僵硬，汗如雨下，很长时间才能回过神来。"他还讲："带着几分恶作剧来写毛笔字，这么多年写得太多了，高密县厕所的字没准都是我写的。"在山东接受媒体采访时，问他获奖后要做的事，他的回答竟然是："拿出我自己的时间来接待你们。"他的书法作品中也不乏"挣钱给老婆花"诸如此类的闪烁着睿智机敏的调侃语句。

莫老爷子是个多才多艺、深藏不露之人。诺贝尔文学奖终身评委、汉学家马悦然评价莫言："他会讲故事。"可他做梦也不会想到莫老爷子更会演绎故事。人不可貌相，别看莫老爷子一幅永远睡不醒的样子，不声不响的，那年轻时可是地道的"文艺青年"，拿手的有三句半、天津快板、样板戏、柳琴书、茂腔等，经常是扮了装上台，动作憨态可掬，惹得乡亲们喷饭不止。

莫老爷子是个胸襟豁达、慈善仁爱之人。今年春季，去其家中，莫老爷子慈眉善目，股掌中文盘着两只油光锃亮的核桃。"狮子头？"我问。"刚盘上，一般货色。"同去的有一西北新锐，号称少年神童，希望得到指点。莫老爷子满目师尊，循循善诱。有的评论人对他出言不逊，措辞犀利，矛头直指其作品。莫老爷子也只是倾听对方观点，但是绝不反驳，拿得起放得下，坐看风轻云淡。有个领导干部，忘记了应办的事情，直懊悔不迭。莫老爷子笑着对他说："我忘记得比你还快。"客厅地板上堆积着地方特色产品，他让大家都拿回去，不然就送给打扫卫生的、收废品的、送牛奶的了。他手中拿着"民事不可缓"墨迹新鲜的条幅，神情凝重地对我说："你是搞人事工作的，要凭良心多做善事、好事。"

陈独秀曾问道，我们中国的雨果、佐拉、歌德……在哪里？今天，中国伟大的现代文学声音终于石破天惊了。莫老爷子红了，从来自世界各国的210名入围作家中，脱颖而出，拔得头筹，实现了国人百年奥运后的又一个百年梦想。莫老爷子火了，其创作手稿一夜飙升百万，连瑞典文学院常务秘书彼得·恩格隆德也想来中国领略高密这片神奇的土地。现在，身边认识莫老爷子的人也突然爆棚，谁都能说上两句与他的神交。在我看来，沾名人的光并不重要，重要的是应该学学莫老爷子如何做人。不论是摘得去年的中国茅盾文学奖，还是问鼎今年的世界诺贝尔文学奖，莫老爷子依旧是莫老爷子，现在外出照旧骑着自行车，没有丁点儿不好意思，一切皆归于平淡。正应了他的名句集锦：当笔下肆意挥洒的心情化为文字，我将用它记录永生。

"就那么回事。"做人，理应像"一斗阁主"莫老爷子一样，用平和的心态对待人生，必将受益终身。

公交车里唱歌的女人

江南，N城。

踱步在初冬料峭的北风中，站牌下紧裹的粗布衣兜里，只剩下两枚叮当作响的硬币。仔细数来，从玄站到墨站，要坐24站，是需要4枚硬币的。N城里是个人都知道，公交车是自动投币机，是只吃不拉的，如同该城的吉祥兽——貔貅。

记得，曾经有过一次教训，那是在大连，也是投币大巴车，当时是张百元大钞，就是因为无法找零，司机一路勇往直前，将游荡于梦境中的我们带到了终点站。

毫不犹豫，五元纸票投进每天吃钱的铁兽大口，司机师傅表情漠然而平静，好似对多出的一元熟视无睹。在此之前，有热情的市民支着，将多出的一元可以告诉其他投币的乘客，就当是你们拼搭，让他再退你一元。从玄站开始，同伴就眼巴巴地盼着投"大洋"的乘客早点上车，但是，多数乘客都用月票，只有可怜的少数的几个乘客，却也手脚麻利"嗵嗵"扔进大口。

同伴是个羞涩人，怂恿我去要这理应找退的一元。

虽然，咱平时大大咧咧，不拘小节，可是，这一元钱还真是憋倒了英雄汉。伸手向陌生人要一元钱，真如同白皙的薄脸皮被抽了一记响亮的耳光，留下深褪不去的"五指山"。转而一想，这气又撒在了司机师傅身上，这事理应他出面，负责向乘客说明原委，不然，人家还以为我们是江湖骗子呢！当然，一元钱确实不值，还买不了一个鸡蛋灌饼。

有想法却没办法，有心动却没行动，眼睛直勾勾地盯着司机，希望渺茫地盼着出现奇迹。

有个女孩上车了，不知刷了一下什么卡，头也不回径直往车厢深处走去，沉寂良久的蜂鸣器大声叫了起来，司机回头嚷嚷了几句吴侬细语，见"石头砸进了茅坑里"，没起到任何作用，便有些恼怒了起来。

突然，车厢中竟然有歌声传来。刚开始，乘客们都被蒙了一下，以为是音响里面播放的，仔细辨别，不对，确是"肉嗓制造"。大家不约而同寻声望去，歌声出现在车厢的尾部，而且是民族唱法，确有功底，深情嘹亮，抑扬顿挫。

"绒花啊——一路芬芳，满山崖。"没错，这首歌名是《绒花》，我从小听着长大的红歌，舒缓而富有节奏，一曲唱罢，充满激情的女声从车后飘荡过来："我今天有点高了，给大家唱支歌，希望帅哥靓女喜欢。"

"妹妹找哥泪花流……"乘客们还没反应过来是怎么一回事，她又开始继续陶醉在自我的歌声里，全然不理会乘客的感受。

唱就唱吧，免费听歌谁还会有意见呢？有的乘客窃窃私语起来，有的捂嘴偷笑起来，有的依然麻木没有表情。

这一幕的出现，切断了司机即将爆破的愤怒，也暂且打消了我找退一元钱的念想。再回头看司机，他竟然一反常态，流露出了一脸的兴高采烈，直盯着反光镜，感觉他特别想真切地认识一下唱歌的女人。

"今天是个好日子……"唱歌的女人仍然忘情而投入，倒是刚上车的乘客摸不着头脑了，疑惑的眼神直往后瞟，心里揣摸着：车厢里面开个人演唱会了？

"以前你遇见这场面吗？"我似有意无意地递个话头给司机，"从来没有。"司机仍然笑眯眯地享受着动听的歌声。我十分为那个女孩而庆幸，司机这么快便忘记了刷卡的不快，可我这一元钱却还没有着落呢！

"我知道，年轻人好辛苦的，工作都很忙，没有时间回家陪老人孩子。"唱歌的女人开始演讲了，"今天是孙子的生日，我就是没有时间陪父母、陪公婆。你们不管有多忙，一定要回家陪陪老人，陪陪孩子……"似乎声音有些哽咽了起来，"下面，我再为大家送上一首歌，好吗？"

车厢里有人鼓起掌来，由两三个渐渐发展成了一小片掌声。听得出来，掌声里面包含的信息较为复杂：有的是同情的，有的是起哄的，有的是娱乐的，有的是没有脑子随从的。

"洪湖水呀，浪呀么浪打浪啊……"乘客们显然是已经适应了车厢内的环境，该干吗干吗，有睡觉的，有听耳麦的，有打电话的，并不太在意女人的歌声是否优美，全当是图个乐子。

"一元钱怎么办呀？"同伴心有不甘地问道。"算了，咱们在万三豪宅不是将硬币扔进了铜钱口吗，以后不差钱了！"自我嘲讽打诨道。

"一条大河，波浪宽……"歌声还在继续，与刚开始不同的是，唱歌的女人走下座位采访开了，她来到一位少妇身后，问了些莫名其妙的话，在得到赞同后，便又信心满满地高歌开来。

我与同伴都有些担心，真怕这位大姐的贴身采访，如果回答得不对她的心思，估计会应了葛优的那句名言："大姐不高兴，后果很严重。"

小营村站到了。唱歌的女人站起身来，使劲地提起个大包，对车上所有的人说:"大家都要快乐,不管有多大压力,要像我一样,没心没肺地快乐!我到站了,要下车了,不给你们唱歌了,再——见。"

黑暗的车厢里面,没有掌声响起,只有冰冷的沉默回应着。并不是因为乘客少了的缘故,而是因为歌声的突然消失,令有些乘客有所不适,甚至无所事事。

"神经病!"忽然,从我的右前方传来一声牙缝间的爆破音。司机师傅微笑地朝我们这些木然的乘客摇了摇肥大的脑袋。

二

北方,B城。

终于回到B城,转乘地铁。人多车多,是这个令人向往的城市标志性的特点。这次是有备而来,纸币钢镚儿兜里齐全。

车厢不远处,有个女孩在说些什么,听不清楚。可是,不一会儿,她竟然唱起歌了,看得出来,她还是有些羞涩,放不太开,没有声情并茂,也缺少挥洒自如,想必是刚刚开始干,也许是想锻炼一下自己的勇气和胆量。

我很少坐地铁,便扭头问同伴,"她们是推销蛋挞的。""哦!"我看见了她脚下摆放的几个纸箱子。

此时,女孩意识到自己的歌声飘忽不定,而且非常没有力量感,也许是怕唱跑调了,她为自己的歌声击掌打起节拍来。看到女孩有些势单力薄,旁边有个男青年随同她一起唱了起来。

我使劲地抻抻了脖颈,想听清楚她们唱的是什么歌。听是听到了,旋律很是熟悉,可是却说不出歌名。因为不时有乘客走动,所以歌声也时隐时现,断断续续地听出了一些味道。

好像她们又唱了第二段,作为乘客凭我直觉,真是彼此尴尬,唱歌的神情彷徨,听歌的呆若木鸡,如同河水与河堤的关系,河水再怎么努力也上不了河堤,河堤始终是默不作声,坚守着护卫的职责,不会给河水一点可乘之机。

歌曲唱罢,又有一个男青年参与进来,原来她们是一起的,仨人搬起地上的纸箱子,开始向身边的乘客兜售了。同伴赶紧拉了我衣角一下,叮嘱我不许买任何东西。

不一会儿,女孩挤到了我的面前:"先生,买盒蛋挞吧?"目光恳切中含裹着恳求。平心而论,我对女孩超越自我的举动还是有些敬佩的。我也曾经问过同伴:"假如换是你,敢在人多眼杂的闹市放歌一曲吗?"

此时,我深深感到同伴抛过来的狠狠的眼神,如同草盛牛羊肥的草原上高高扬起的牧鞭,便费劲地努了努有些木讷的嘴巴脱口而出:"我,到站了。"

一群"乌合之众"的快乐团队

南方，W城。

一个东北人和四个广东人在中巴车上相遇了，原因是他们报团参加旅游了。

冬季，对于旅游业来讲绝对是白开水，用业内人士的话说就是一分钱不赚的。只能是靠吃提成，也就是游客说的回扣来赚钱。

报团旅游麻烦事不少，如果是散客，麻烦就会更多。

首先，车是旅行社的，游客是拼搭的，满车的人谁也不认识谁，偶有发生个争议，也没有谁会主动来帮你。

其二，这帮混合游客被送来送去，如同是贩卖人口，一天换一个地方，换一辆旅游车，换一个导游。这个地导今天这样说，那个地导明天那样讲，各地旅行社规定千差万别，你只有遵守的份儿。

其三，大多数旅行社履行合同内容，按照旅游路线、景点参观游览。有个别的地导，减少了游览景点，增加了一些不收费的或是"垃圾景点"，使游客如同吃下一只苍蝇，既恶心又不舒服。

其四，因各地皆是山奇水秀，人杰地灵，所以出产的特色也不尽相同，当地政府重视经济发展，看重产值的排名，批准旅行社带团前往各种的制造厂、研究所、展示大厅等购物，甚至诱导或欺骗游客上当受骗，压缩了游览观光时间。

S城的女杨导和男王导曾经对游客直言不讳，告诉大家下一站去购物中心，所有人员必须下车。前面的导游是没有一分钱的，我就是靠你们购物来挣回扣的，请大家给我面子多捧场。我倒是很欣赏他们的露骨直白，从而思忖，这个城市的人的性格是否都这么直爽，开诚布公，我行我素。

或许是逆反心理作祟，在紫砂馆的陈列室里，我偏不买丁山紫砂或是黄金砂的壶壶罐罐，倒是在门外边的小摊上看上了一位女艺人现场烧制的玻璃天使。

吴导告诉我们："各位我有事先走了，司机师傅送你们去N城。"大伙眼巴巴看着吴导如释重负地走了。我们费劲地将行李从中巴车换到了另一辆中巴车上，司机开了约半个小时，停在了另外一辆中巴车前面："去N城的，坐这辆车去。"

"怎么又换车？这旅行社是怎么安排的？"大伙有些愤愤不平了。四个广东人中有两个人行李超大，中巴车没有后屁股，所以行李只能是放进中巴车车厢，正好堵在了车门口，进去出来要半踩半跨才能勉强通过。

司机一看时间还早，说是让大家先去吃饭，一个小时后发车。因为我被超大号行李堵在了车里，加上还自带了些零食，索性就不去吃饭了。

在百般无聊中通个重要的电话。"这车去 N 城吗？"一口浓重的赵本山式的铁岭东北话，由车门口传进了车厢，"这谁的行李，怎么堵在门口？"上不了车的东北人一脸的无奈，"这座没人吧？你先把我的包放上去，占个座。"这老哥倒真是不见外，说完人也没了踪影。

发车的时间到了，刚才乘车的那拨人从门脸店、小弄堂里面剔着牙花，擦着油嘴，陆续走了回来。"齐了，开车吧！"暗处不知是谁嘀咕了一句。"别呀，还有一个包在这里呢，谁还没来？"司机大声吆喝起来。"肯定是那个东北人。"我不怀好意地对同伴挤眉弄眼。过了好一会儿，东北人回来了，边走还边说："这下可吃饱了，路上不怕饿了！"好像一顿不吃会要了他的老命。

车子在高速路上撒起了欢儿，路况很好。说真的，中国改革开放几十年来，不仅是高速公路，高速铁路的建设也是突飞猛进，值得咱国人骄傲自豪。但是，相比之下国道、省道就较差了些。

"你们也没派个人送我们啊？""到了 N 城有人接我们吗？""呵，听不懂啊，还是不理人啊！"问了几句司机没理会，东北人显得很无奈。"导游有事先走了，我送你们，有地导接的。"司机师傅可能是耐不住乘客沉默的压力，终于接过话茬了。东北人不再问话了，显然对司机师傅的回答不甚满意。

没有了东北人小品式的方言对话，多多少少显得车厢中有些寂寞无聊。此时，我倒是盼望着会有一个声音在耳畔豁然响起，不论是男声女声，不管是方言还是普通话，绝对是一剂解除我如此寂寞的良药。

大约过了 20 分钟，车子又停在了一个不知名的中转站，司机扭头对车厢内喊："你们人数太少了，旅行社会亏本的。你们都下车，去坐前面的大巴车，凑满一车人，都是去 N 城的。""这都第几回了，我们交完钱你们旅行社是不是就不管了。""W 城的旅行社最差劲了，合同上说是安排住宿三星，房间的墙皮都脱落了，卫生间漏了一夜水。"广东人一吐为快。"你们还真能隐忍，我们早换房间了。"我凑趣儿道。"可以换房间吗？"眼睛感觉自己像是吃了大亏，"旅行社给换？别做梦了！我们自己掏腰包。"车上的人骂骂咧咧地陆续下了车。

一路之上，除了与黑暗相伴，耳轮中就只能听到我与同伴吃零食的"咔哧咔哧"声了。

可能是因为闲得无聊，我越发感觉到车厢内有些凉意暗中袭来，或许是沿路北上气温降低的缘故……

车子环绕了市郊，跨越了大桥，一个个霓虹灯箱快速闪过，被拉成一条条红、黄、绿、紫等色彩斑斓的弧形亮线，在眼前萦绕不去，无法剪断。

"还有什么好吃的?"同伴是个地道的吃货，好重口味，酸辣俱佳。我起身将行李架上的大塑料袋拿了下来，翻搅着五颜六色的食品。我的这一举动，连带"嘁哩哇啦"的声响，好像严重刺激了车内的乘客的食欲，毕竟是两个小时过去了，又在用餐的点上，有些人开始翻包了。

嗑着南瓜子，听着耳麦里传来HIGH歌古怪的曲调，倒也乐得舒适坦然。

20时，N城到了。

有人来接车，我真是惊叹旅行社精准的调度，不管怎样频繁换车，游客如何拼来拼去，却可以将四面八方的游客盘于股掌之间。

"坏了，我的包!"东北人急得跳了起来，"包还在车上呢。"车却早已经没了踪影。"你快到前面车上，导游有司机的电话。"接车人手指前方的大巴车。东北人旋风般冲了出去，那速度连刘翔也难撵上。

翌日清晨，游览开始。

此次导游与众不同，很是特别，有两个人，一个男的，一个女的。男的50多岁，姓叶，看似很有文化；女的20多岁，姓杨，容貌、肤色较好。

在嘈杂的人群中，我一眼就发现了东北人。"包找到没有?"似乎我们比他更关心包的命运。"拿到了，可把我累蒙了。"东北人微浮的眼袋，满脸的疲倦，想必是找包找得好生辛苦。"前面车上的导游特牛×，问了半天根本不理人，我急她不急，什么东西!"见东北人有些义愤填膺，心火快被煽起来了，我马上截住说："东西没丢就好。""可不是吗，钱包、身份证全在里面了，没了就全完了。"那说话的架势，倒像是别人把他的包给弄丢了。

观光电瓶车拉着这帮人在江岸上兜风，虽然是初冬的南方，大伙仍然被冻得裹紧了棉服。山根下沿途摆满了大大小小的佛像，笑眯眯地看着我们这群苦行僧。两只耳朵已经冻得麻木，甚至生疼起来。游客发起了牢骚，埋怨旅行社偷奸耍滑，这肯定是一个免票的江岸公园，哀叹自己运气不佳，又挨宰受骗了。

这时，我发现，四个广东人却是很有定性、沉稳，频频吸烟，不附随其他人说几句解气的话。一眼洞穿，城府很深，机关做派。登上大桥，鸟览大江两岸，除了赞叹大桥的雄伟，更是感叹桥上的风大。因为东北人是跑单帮，需要别人帮助他来完成照相的事情，所以随处可见他活跃的身影，听到小品里赵本山式的铁岭东北话。

导游老男少女的搭配，触动了游客的兴奋点："叶导，这是你的闺女?""不是，我已经退休了，在家闲着没事，今天来给大家做导游。"叶导确实有文化，像是个领导干部，尤其是精通历史，为了不让车厢里面的人昏昏欲睡，他给大家出了好多道智力竞赛题，用知识来鼓励人。不像是某些导游，用粗俗不堪的黄段子刺激诱惑人。相比之下，年轻的杨导就是电杆一根，无事可做。

其间，我和东北人积极参与叶导的"智力竞赛"，并不时地大力赞扬叶导的知识深厚、学识渊博，说应该让报社记者搞个专访，宣传报道一下叶导的事迹。叶导异常高兴，谦逊中夹杂着满足，像是为我和东北人开专场一般，你唱我和，你来我往，仿佛车上其他的人都是多余的。

本来协议上没有安排午餐，杨导说是中午要集中用餐，每人收费60元，保证让大伙吃上鸡、鸭、鱼、肉（过年菜），见大家没有提出异议（有也白搭），便开始收钱了。

分餐桌时，东北人不愿意和南方人坐一个桌，硬是和我们挤在了一起。我猜测，一是他怕口味不对，吃不到一起去；二是也许昨天晚上丢包后，与那个牛×得不得了的女导游有点关系。餐前闲聊时，他不时感慨来南方后如何没有吃好、吃舒服，淮扬本帮菜怎么怎么不好吃，现在太想吃到东北的大拉皮了！

桌上确实有鸡、鸭、鱼、肉，游客们比较满意，相对北方人饮食习惯就是缺少重口味，一只整鸡被十双筷子四分五裂了。

吃饱喝足，餐厅大堂里面喇叭响了，说是有位江南拳指书画大师云游至此，为大家免费书写作画。我使劲咽下了最后一口米饭来到书案前，前面已经有一小片围观的人群了。大师正用手指头来写字作画，运笔挥洒自如，技法独特绝门。案面的宣纸上书写着周恩来的名句：事能知足心常乐，人到无求品自高。

大师埋头苦写，身旁一个男人口若悬河地介绍着，这种情况在此行中已经是见怪不怪了。没有天上掉馅饼的好事，有了足够的心理防范，也就有了拿下此幅字的心动。大师书写完毕，用纸巾一根一根地擦着黑不溜秋的指头，欣赏着自己的杰作。

见价位合适，我第一个买了字。大师与我热情握手，那个男人夸我有眼光，围观的人群有些疑惑，有些羡慕，疑惑是怀疑我是不是托儿，羡慕是觉得我拿得价位合理。有装裱，有画盒，有热情，有羡慕，多少有些洋洋自得。

车窗外，四个广东人从饭厅走了出来，其中有三个人手里拿着画盒，心里不仅有丝丝感叹，天涯处处有芳草啊！但是，回过神来一想，本来出门在外就怕东西多，刚才心里一冲动，手里又多了一件东西，真是自个儿给自个儿找麻烦。

在杨导快步如飞的带领下，又走马观花般地游览完一个景点，车子径直驶进了翡翠店。

因为车上叶导极为热情，已经说得嘴干舌燥。小杨导没有座位，一直站着。虽然大家有些情不自愿，可是看在他们的面子上，全车人还是抬起懒洋洋的屁股，走进了翡翠店。我很是纳闷，N城不出产翡翠，还要将其硬性设为必游之点。这无非是有两种情况：一是当地旅游局有规定必须去此店；二是翡翠店回扣率很高，让地导怦然心动。

游客陆续进入翡翠店，一个20多岁接待员模样的年轻女人很是热情开朗，与广东人开着什么玩笑，不时发出夹杂着喳喳之声。知道的是进了翡翠店，不知道的以为是进了"怡红院"呢。关门落座，她便开始一一介绍起翡翠店里的各色产品。

不一会儿,门突然被推开,有一个经理模样的男人小声对女接待员说:"总经理一会儿过来检查工作,你不要向游客推销产品。"莞尔,迅速掩门而去。他说话的声音虽然不大,却足以让我们这帮前来捧场的人个个听见。

约莫有五六分钟的光景,一个满面红光、身材臃肿的男人走进了房间,女接待员立马变得毕恭毕敬,立其身后。"欢迎各位光临本店,我是这里的总经理啦,平常不在店里面的。我是华裔,住在缅甸,是缅甸人啦。可我是爱国的啦,回国做生意哦。"啪啪啪,有人鼓了几声掌。

"今年,我生了个大胖小子,又赚钱发了财,我很高兴喔!"这个胖总经理坐在藤椅上,越说越起劲,刹那间,不知道是不是已经超出真实的感觉,他的语气竟然像是某位伟人,自我感觉很有魅力或是号召力。啪啪啪,又有人鼓了几声掌。

"今天,我刚回国,大家来到我店,就系有缘分了。所以,我要给你们每人送一个礼物。"说到这里,话音戛然停住,如谍战片中老谋深算的特务头子,环视了一下诸位面部的表情。有两个广东人听到要送礼物,借机接听电话闪身退出了房间。

胖总经理情绪丝毫没有受到影响,让女接待员现场清点人数,"我这个翡翠店,标价很高的,不是卖给你们的,是卖给老外的。你们不要买,千万不要买哦。"大家真是听糊涂了,一头雾水,又是送礼物,又不让花钱买翡翠,难道天上真要掉馅饼了吗?

"下面,我带大家到另一个房间看镇店之宝。"趁着转移房间的当空,我和另外几人从队伍中如鲶鱼般溜了出来。走出大厅,才发现三个广东人和东北人,还有同伴,已经在车下聊天了,看见了我惊呼道:"我以为你死定了呢!"

另外一个瘦广东人走在我身后,自言自语地忿忿道:"我全给他拍下来了。"戴眼镜的广东人说:"这太老套了,也不换个新花样。"因为我是考虑到自身安危才闪身的,并不清楚后面情节将会怎样发展,便试探性地问道:"那他如何骗钱呢?""他不是说生了个大胖小子吗,要给你们每人送一个礼物。"大个子广东人卖了个关子,继续说道,"他会反过来说,既然我送了你们礼物,你们是不是也该祝福我一下啊?""噢,高级骗子。"我琢磨道。"顶多是个江湖骗子,多得很。"厚嘴唇的广东人鄙夷地说。

20多分钟后,大厅门口有三三两两的人走了出来,"看一脸的倒霉样,就知道后悔了。"东北人远远地翘望着,口中悻悻地叨唠。

"回S城的3人,准备下一站下车;去G城的4人,马上送你们到火车站;到H城的一家子,你们跟我走;还有一个返回W城,带好包。"杨导开始发号施令,太明显了,最后一个说的是东北人。可见,丢包的事令所有人刻骨铭心啊!

大巴车如同是个大家庭,叶导酷似慈眉善目的老爷,把游客牢牢地融合在一起。眉清目秀的小杨导,像是一个刚嫁进门就管家的儿媳妇,绝对是个厉害的角儿。

　　全天游览结束,四个广东人去火车站回了广州,东北人坐上大巴车又回了W城,我和同伴暗笑东北人旅游计划如此的失败,从W城至N城,单程就要2个多小时,往返需要5个小时,全把时间给耽误在路上了。可是东北人却并不这样看:"来一次南方不容易,以后兴许就没机会了。"

　　人生何尝不是如此,光阴,白驹过隙,时运,稍纵即逝。

　　N城,华灯初上,掌心中晶莹剔透的天使,展翅欲飞。

遇上我是你的缘

"我们抱歉地通知各位乘客,因为九黄机场上空有雷电云层,飞机无法降落,我们现在返回咸阳机场。"机长的通知话音未落,机舱内立时乱成一片。

我右手边穿过廊道的玄窗边,刚才还正襟危坐、微闭双目的女孩,现在却是满面惆怅,一双大而圆的眼睛,充满了无数疑问。

因为航班上的人少,只占到三分之一,所以乘客多半找自己喜欢的地方坐去了。我与这个女孩,各守着两头的窗口,寂寞的时候,除了看窗外暗淡的雪山、手中当天的报纸外,也会趁对方不注意时,赶紧地扫描一下。

这是个大胆的行动。飞机翅膀下的银白色雪山实在太美了,它穿越重重阴霾的云层,如仙山般的兀突耸立,插入云霄,反射着夕阳西下的金色光芒。

难以抵制鬼斧神工的自然美景的诱惑,我悄悄掏出了手机,观察前后没有空乘人员,开机,咔、咔、咔,对准机翼下的云朵、雪山、夕阳……一顿海拍。

显然,我做贼般的举动没有逃过女孩迷离的眼睛,她也扭头四下瞧瞧,开始用手机拍照了。

飞机在空中盘旋,女孩随着惯性左右摇摆,手机却是被攥得紧紧的。我想,你都晃成那样了,还能照成相吗,不禁心中嘲笑起来。

更有一个D城的傻大胆,居然飞机起飞时就没关机,竟然对着空姐拉近推远地拍照,调焦发出的声音如同机关枪扫射般的电子音。

我身后的一位男性乘客,显然是他们一伙的,竟也看不下去了,皱眉撇嘴,用浓重的地方口音,对着"老D"压低嗓门,使劲地喊:"调静音,调静音。"

我蜷缩在角落里,吓得不轻,因为前几天听新闻说,有位女乘客将手机调到飞行模式,空姐再三劝说也白搭,就是拒不关机。飞机刚落停,就被机场民警带走了。

简直就是挑衅,空姐不顾一切地冲上前,铁着脸对着"老D"严肃说:"这位先生,请你马上关机。"白皙的面颊,冰冷的口吻,根本不容商量,势不可挡。

我闯荡江湖许多年,见过脸皮厚的,可是没有见过这么厚脸皮的!还是这位"老D",在机上用餐时,说自己肚大,食物太少,硬是向空姐多要了一份。

飞机上的乘客，显然不甘心重返咸阳的现实，反复质问："已经到九黄机场了，为什么不降落？"

其实，在咸阳过安检的时候，美丽的女安检员让我站好了照相，她冲我微笑的神态，令我感觉有些不怀好意："去九寨多半一次难以成行。"

"概率多少？"

"50％以上，祝你好运！"

"谢你吉言！"

现在回想起来，她迷人的笑容，竟是我返回的先兆。

走进安检门，我问："照相机单独检查吗？"

"不用。"

"外罩脱掉。"

"都要脱吗？"

"哪来那么多废话，你必须脱。"

"两臂伸直，面对行李。"我心里还在琢磨行李安检员的变态心理动机。

从上到下，重点部位是裤带、裤角、鞋后跟，其间，偶有几次碰到"关键"部位，我们装作全当什么事也没有发生。

临了，我对负责"搜身"的小妹妹说了句："辛苦了。"

"今天晚上还能飞回来吗？"我向正在关闭服务指示灯的空姐问道。

"这个我们也不知道，主要是看九黄机场上空是否具备降落的条件。"这个空姐年龄偏大。但是，我发现一个问题，现在飞机上的空乘年龄大的愈来愈多，依据经验，越是年龄偏大的空姐，态度越是真诚而富有耐心。

"我经常遇到这种事，飞九寨十之八九没有一次成功的。"说话的口气很是轻松。

寻声而去，原来是前排一个衣着厚实的女人，没有一丝惊慌和烦忧。

"你经常飞九寨吗？"

"我就在九寨工作。"

哦，怪不得这么从容淡定，差旅费报销啊。

这时，我分明感受到了斜对面女孩射来的散乱的目光，周身有些痒痒的。

飞机开始调头，飞回咸阳机场。电子屏幕上的银色光点渐渐远离了雪山的上空。

几次，女孩都有与我说话的冲动，可是话到嘴边就咽了回去，也许是没有合适的机会，也许是没有恰当的话题。

我替她那个着急哟！

一路无语，乘客们大多无所事事，大部分人倒头便睡，机舱内的空气显得压抑沉闷。

不知飞机无法降落是否影响到了飞行员的心情，反正我的双耳在嗡嗡作响，咽口水鼓鼻腔也不顶事,别人说话声音如同蚊蝇,自己说话声音如同洪钟。

这是我有乘机史以来第一次"无功而返"。

飞机停稳后,摆渡车早已经停在飞机跟前,敞开着黑洞洞的大门,像两张"笑口常开"的大嘴,欢迎一群运气不佳的"残兵败将"。

机场出港口,停泊着一辆大巴车,工作人员匆匆交代了几句,便没了身影。

我和同伴是后面上的车,只有最后一排座位空着。刚落座,女孩和几个同伴挤了过来,她一屁股坐在我的旁边。

车子还没有发动,在等待一个改签的乘客。

"我们这群人,就是太老实,如果强硬些,他们就会飞回去。"有人愤愤不平。没有人随声附和,大伙各想各的心事。说话的人见没有人接他的话茬,十分无趣地玩起了手机。

女孩显得有些疲惫,窄小的肩膀上,几根秀发凌乱地分散开。

因为耳朵还没有好的迹象,有些不太敢与人讲话。我嘴唇嚅动了几下,用自己感觉应该是比较柔和的声音微弱地问道:"你们是来旅游的?"

"嗯!"

"从哪里来的?"

"Z城。"

"你们呢?"她的笑眼乜了我的同伴一眼。

"北京。"

或许是"北京人",或许是纯正的"普通话",反正她对我立时有了些许好感,还有些许信任。此时,明显地感觉到她肩膀头传递过来的温馨的体温。

女孩是报了个团,旅行社安排她们几个人一起先玩西安,再玩九寨沟,没承想,今天碰到这档子事。说实在的,我对她们这团人印象并不是太好,叽叽喳喳的大嗓门不说,连方便面都带上了飞机。

一路之上,聊了些无聊的话题。

我忽然发现,在我同伴的旁边,一个背桶状行囊的小伙子与一个川妹子模样的孩儿他娘聊兴堪浓。

小伙子转词文绉绉的,但是,可以听出绝对是一情场高手,很会挑话题。年轻的孩儿他娘仿佛回到了童年,矜持得不得了。

可惜我的耳朵没有恢复,听不太清楚他们说些什么。

大巴车像个未出嫁的大姑娘,扭扭捏捏地在城乡边缘曲折前进,大家都在猜测它能把我们这帮"落难之人"带向何方。

车窗外边,灯火阑珊,渐渐扎起堆,连成片了。

"我们回到咸阳市了。"

几个少许兴奋的年轻人认出了今天刚刚游览过的城市。

大巴车似头进入暮年的田间地头的老黄牛,继续埋头七扭八拐地蹒跚前行着。

"时代王朝大酒店。"有人一板一眼地仔细地高声读着闪烁的霓虹灯上的几个大字。

酒店前台，人头攒动，大伙纷纷地掏出身份证进行着排列组合。原来，机场给我们安排的是标间，必须要两人一个房间，至于你想和谁同住，自己个儿去找。

人声鼎沸，这个乱象，我远远地注视"难民"们的举动，心想：有什么好挤的，还怕没地住不成？拿到房卡的人，嘻嘻哈哈、打打闹闹地提着行李乘电梯去了。

见排队的人少了，我刚要迈步办理登记，突然从电梯方向传来一声怒吼："什么时候吃饭？"酒店领班赶紧扯起尖细的喉咙应答："在房间听通知。"

我下意识地迈了迈腿，这次再没有秦腔式的怒吼砸来。我健步如飞般来到了前台，还没容我说话，工作人员先开了口："对不起先生，只有一个房间了。"

嗨，哥们儿交好运了，住上单间了，这趟九寨之旅真没白来，一张机票飞三次，还免费住四星级宾馆，太值了！正应了这句陕西话：美得很！嘹乍了！我得意地暗自思忖。

领班小姑娘并没有将房卡交到我手里，而是用目光瞄了瞄我的身后，我似乎领会了她的意图，转过身来不禁愣住了，"Z 城"女孩站在我身后三四米远的地方，和她相伴的是一只不大的拉杆旅行箱。

"你们是一起的？"领班试探地问道，我茫然地默默地摇了摇头。

"你们再多开一个房间吧？"女孩没有一丝央求的样子。

"对不起，机场提供的乘客名单和房间数量，我们没有权力更改，说了也不算。"女孩的建议被领班断然拒绝。

女孩不知是被拒感到有些羞辱，还是不满意领班强硬的态度，反正是真有些愠怒了，脸色微微泛起红晕，眼神却更加明亮。

只见她拉起皮箱快步走到前台，一把抓起房卡猛地塞到我的手中："我们走，她们就是个机器，说再多也没用，木头！"

第二天，晴空万里，霞光万道，我们这帮外乡人如约而至，来到了传说中美丽的高原——阿坝藏族羌族自治州。

可是，令我在以后的日子里感到终生遗憾的是，不论是在"童话世界"九寨沟的五花海，还是在印象九寨高原红的演艺大厅，还是在"瑶池仙境"黄龙的五彩池，还是在牟尼沟的扎嘎瀑布……都没有再见到"Z 城"女孩单薄的身影和她那只形影不离的拉杆箱。

初春的那场江南雪

清晨,拉开厚厚的窗帘,一道煞白映入眼帘,不是在做梦吧?一层厚如棉被的白雪覆盖了整座城市。阳春三月飞雪飘,这在风景秀丽如画的江南水乡是十分罕见的。

南北方雪景的不同,在于生长树木的不同。北方大雪下紧紧裹住的是黄叶枯草,而南方大雪下紧紧裹住的是青翠欲滴。

楼宇前、街道上、江岸边,兴奋的人们开始手舞足蹈起来,本地人已经习惯了大雨滂沱、洪涝肆虐,对于这场"瑞雪兆丰年"的雪景真是大饱了眼福。这要是在北方早有应急除雪机制了,全民大皆兵,轰轰烈烈地开干了。可以看得出来,南方的人们万分珍惜难得的景致,纷纷在用照相机、摄像机留影纪念。

在人头攒动的广场上,大致有两类人十分引人入目,穿着艳丽的孩童和装扮入时的靓女。南北方雪景的不同,在我看来首先是在于生长树木的不同,不论是在挂历上,还是在摄影作品上,北方壮丽的雪景组成往往是高山、青松、古柏等,或是故宫、天坛、颐和园等皇家园林,那是因为在萧飒的北方冬天,基本上是看不见一片树叶的。对于看了一辈子北方雪景的我,在南方的感受可谓是享受到了强烈的视觉冲击。

北方大雪下紧紧裹住的是黄叶枯草,而南方大雪下紧紧裹住的是青翠欲滴。首先进入眼帘的是被大雪覆盖的棕榈树,蒲扇大的叶片不堪积雪重负,使劲低垂着硕大的头。白玉兰树枝头挂满雪花随风摇曳,如同洁白大地上燃烧的一尊巨大火炬。粉红色的月季花被白雪紧紧拥抱,娇嫩的花蕊绽放在飘雪的隆冬。

再有个不同,就是人们的穿戴打扮大相径庭。在北方的雪地里,打死都不会有穿着花裙子的姑娘,人们大都是羽绒大衣、棉大衣、皮大衣紧裹,大棉帽、大围脖、大口罩紧戴，毛线裤、厚绒裤、三保暖紧穿，棉布鞋、大头鞋、长筒靴紧蹬，那份臃肿绝对赶得上北极的白熊，在雪地里跑起来笨笨的，最好玩的是摔倒了像个大雪球，骨碌碌骨碌碌不停地滚，一丁点都不会感到痛的。可是在南方的雪地里，穿着真可谓是五颜六色、色彩斑斓，一片花花世界。

可能今天是双休日的缘故，连老人都在儿女的陪伴下，拄着拐杖出门看雪来了。沿江两岸聚满了嬉戏的人群，加上江水中游弋的轮船汽笛轰鸣，场面真是十分热闹。

孩童们几人一组在堆雪人，用他们丰富的想象力，造型出各种卡通人物。还有的孩子起劲地搓着雪球，然后使足力气投掷出去，一路打打杀杀，欢快地追逐嬉戏。年龄大一些的女孩子倒是略显文静，落落大方地摆换着各种姿势，很大声地向摄影人问道："好看吗？美不美？"甚至有的从家中带来了多套衣物，如影楼的婚纱组套，尽展风韵优姿地拍来拍去。

一袭红衣从白雪中脱颖而出，如火苗般行走在皑皑的雪地里，微风吹过，红色围脖随风荡漾，似江中波浪起伏不定，这就是故事的主人公江雪儿。

雪儿是个典型的江南水乡女孩，小巧玲珑、文文静静，圆圆的小脸蛋上天生一对会笑的酒窝，一双闪亮闪亮的月眉眼可爱中透着调皮，她现在是市有名的大学文科系的大二年级学生。

"白马，本公主今天牺牲了睡懒觉的时间来陪你赏雪景，有什么奖赏呀？"雪儿边说边打着哈欠，她喜欢叫天晴为白马，全称就是白马王子，是因为她将自己当成白雪公主了，白马配白雪，这才是绝配呢。

"当然有奖赏了，请你吃雪球一个。"天晴不容分说将一个硕大的雪球塞进了雪儿的脖领里，"哇……哇……你是坏蛋，抓流氓啊……"雪儿因后脖颈儿凉冻得跳了起来。

广场上的人群一阵骚乱，妈妈们急忙将疯闹的孩子揽入怀中，可以看见有几个强壮的人影已经向这边跑了过来，可是雪儿是看不见此时的情景的，继续歇斯底里地大喊大叫着。天晴这下真是着慌了，一下子抱起蹲坐在地下的雪儿："别喊了，我的姑奶奶，饶命吧。""我才不做你的姑奶奶呢，快帮我把雪掏出来，再叫声好听的，我一高兴呀，有可能就饶了你！"渐渐围拢过来的人们一看是情侣在打情骂俏，纷纷摇头满嘴怨愤地离开了。

天晴终于松了一口气，"得……得……小民惹不起你，大美女我投降了，甘愿做您的仆人。""快点跪下，仆人是要下跪的。"天晴被雪儿闹腾得没有办法，一条腿跪在了雪地里，雪儿趁天晴不备，一把将雪球塞进了天晴的后脖领，提起领子使劲地摇啊摇，边摇边嘎嘎地大声笑起来："谁让你欺负我，这就是后果。惩罚你……"

二

雪花花，轻轻的，亮亮的，凉凉的，透明而纯洁，真像是我。天晴要用心珍惜她，一旦融化，永远不会再回来的。

咖啡馆木制的桌面上摆放着两杯热气腾腾的咖啡，雪儿百无聊赖地倚在宽大的沙发上，用发梢来回轻拂天晴的耳朵，"真是白叫了一辈子的雪儿了，今天可是我第一次看见雪哦。""真开眼界了，还是一场千年难遇的瑞雪。"天晴讨好地随声附和道。"今天这么冷，我们中午去吃火锅吧。""真是心有灵犀一点通啊，我也正有此意喔。"雪儿翘起食指："你请客哦，谁叫你胆大妄为欺负我了。"

窗外一阵阵汽笛声传来，是一艘货轮满载集装箱缓缓开来，上面覆盖着厚厚的白雪。"一人一句开始作诗。"雪儿摇头晃脑抢先吟诵："白船游弋青江岸，快对下一句呀！""哦……好似神仙画中游。"天晴似乎没头没脑地拙笨地从嘴中蹦出了一句。"不行……不行，太不对仗了，重新对第二句。"雪儿紧盯着天晴不依不饶。"那就……远……远山钟声送客来吧。下一句，快点啊，不许想。"天晴双手使劲地摇晃着雪儿，力图干扰她的思路。

"别闹了，我这个学文科的高才生，还能被你这个小小的傻大个难住，真是开玩笑！"雪儿张开小嘴就要咬天晴的手，"布衣袅袅思茶香，快对下一句。""啊……啊……"这下天晴犯了难，大多诗人和业余爱好者都知道，诗歌最难的是结尾句。平心而论，作诗天晴真不是雪儿的对手。

"不和你寻'诗'作乐了，快点喝完咖啡咱们走吧。"天晴心有余悸而又心不在焉地望着远去的轮船。"哇，你是黔驴技穷了，江郎才尽了，对不上来了吧，记得你欠我的哦！"雪儿掩饰不住内心的喜悦，胜利的笑容浮现脸颊。

天晴结账时，雪儿大方地将多出的20元钱作为小费送给了刚出家门来城市打工的女服务员，她表情夸张地惊喜地大张着嘴，几乎是连搀带拉地送雪儿到了大门外。

"我们去打保龄球吧，好久没有运动了。"雪儿神经质地喊道。"我的白雪公主，就你那打球的技术还不够丢人的呢，我才不想被人围观呢。""那……你带我看电影去吧，好像是放映《哈利波特2》了。""现在的片子都要放两三个小时的，今天这么冷，不怕被冻成雕塑了？"

雪儿猛地甩开了天晴的手，极不情愿地往前紧跑了两步，试图与天晴拉开一定的距离。"雪儿，我的大小姐，怎么又生气了，那我想个更好的主意吧。"天晴追了上来，紧紧搂住了雪儿纤细的腰际。

这时，昏暗的天空中又下起零星的雪花来，一片两片随风漫天飞舞，雪儿忽然奔向前方，蹦着脚敞开怀抱用双手捕捉起来，接住了便不停地咯咯大笑。她捧给天晴看:"雪花,这就是雪花呀,真好看喔。"

天晴凑过头来轻轻地吹了口气,雪花便在雪儿的掌心中融化了,雪儿万分伤感地自言自语:"雪花花,轻轻的,亮亮的,凉凉的,透明而纯洁,真像是我。天晴要用心珍惜她,一旦融化,永远不会再回来的。"天晴分明看见雪儿眼角挂着一粒晶莹的雪花,他心疼地将雪儿深深地揽入自己温暖的怀中。

就是那种被白雪深深覆盖的红色、粉色的花朵,它们像是银装素裹的大地上跳跃的火苗,像是洁白婚纱上一颗璀璨夺目的红钻石。

江南的天气似孩儿的脸,说阴就阴,说晴也晴得迅速。临近中午时分,太阳从阴霾中露出了半个脑袋,白晃晃的天空与大地连成了一片,令街上匆匆而过的行人睁不开眼睛。

此时,这对恋人已经围坐在火锅边,回味着上午雪中即景的浪漫,"你知道我最喜欢哪一处雪景吗?"雪儿突然发问。"江岸公园。""不是。""新世纪广场。""也不是。"天晴无可奈何地耸耸肩,"哼,女人的心,天上的云。""你当然猜不到了,告诉你啊,是雪中花!"

"雪中花?在哪里?""就是那种被白雪深深覆盖的红色、粉色的花朵,它们像是银装素裹的大地上跳跃的火苗,像是洁白婚纱上一颗璀璨夺目的红钻石。可是,它们会不会冻坏了,等不到春天就凋谢了?"雪儿表情紧张地看着天晴,似乎要从他的脸上寻找到答案。

"真想不到我们的白雪公主这么多情善感哪,什么时候也学会怜人悯物了。"其实天晴非常喜欢雪儿情感的脆弱,每当此时此刻,他会感到自己就是雪儿可以依赖的喜马拉雅的山峰,大西洋上劈波斩浪的巨轮,任何艰难困苦都无法阻挡,他十分欣赏自己这个角色,他知道雪儿需要他坚实的胸膛来依靠。

俗话说:酒香不怕巷子深。中午正点时分,火锅店里面熙熙攘攘,人声鼎沸,人们就是奔着这老店在外名声而来的。店中的装饰如同四川的"蜀中阁",店里面的所有摆设又如同东北的"骨头庄",宽大的实木桌面,麻绳捆扎的椅子,南北特色恰到好处的完美结合,给人一种闹中取幽,舒适中透着清宁的休闲。

火锅是那种每人一锅的。很快,天晴的锅子先开了,滚沸的热气将锅盖掀了起来,"放肉卷了,再添点金针菇、鲜笋片……"天晴站起身来,夸张地用长杆的公用筷子夹菜,显然是在故意诱惑着雪儿。"你的菜放好了吗?""放好了,公主有什么吩咐呀?""你过来,悄悄地告诉你。"天晴小碎步跑到雪儿的跟前,低头弯腰地聆听着吩咐。

雪儿伸出两个玉指,一把揪住天晴的右耳朵大喊:"换座位!"还没有等天晴缓过神来，雪儿早就坐在天晴的椅子上了。望着天晴血色未退的耳朵，雪儿还恨得牙根痒痒。"雪儿，不带这样的，好在我也是个'80后'，怎么在你的眼里，我就姥姥不疼舅舅不爱的呢。"天晴愠怒地回敬。

"扑哧"一声，雪儿再也憋不住了，狂笑得花枝乱颤，她跑回天晴身边，一屁股坐在了天晴的腿上，为他轻揉起耳朵来。"白马，我不是你的甜心、蜜糖吗？你不会是真的生气，对不对呀？"雪儿故意用嗲声嗲气的口吻逗天晴开心，天晴云山雾罩的眉头丝毫没有开晴的迹象，雪儿一看这招都不灵了，想必天晴是真生气了。

雪儿环目四望了一眼现场，好在人们都在热火朝天地甩开腮帮子猛吃，没有人注意这边两个年轻人惺惺作态的举止，她匆忙低下头在天晴的嘴唇上吻了一下，跳下身来飞速跑回到自己的座位上。

若想人不知，除非己莫为。还是有人看见了被红衣女孩吻过的这个男人，足足傻呆呆地坐了有一分多钟，然后像是被突然兜头泼了一瓢冷水回过神来，慢慢地呷了一口茶水，像是没有发生过任何事情一样拿起了筷子。

"上午的诗句有点难，最后一句如何对得上呀？"天晴眨着幼稚的眼神令人发笑。"白船游弋青江岸，远山钟声送客来。布衣袅袅思茶香，嗯，下一句应该是，芦笙悠悠进门来，好不好？"雪儿手托着香腮瞧着天晴。"我真是崇拜你至极，女神！"天晴折服道。

"你既然对不上诗句，就罚你为诗取个名字吧。""白船游弋青江岸，远山钟声送客来。布衣袅袅思茶香，芦笙悠悠进门来。名字叫……《风雪思乡人》怎么样？"天晴试探地问雪儿。"不是太好了，应该叫《风雪归乡人》好些。"

"我就是船头仰望乡土的游子，闻到了家园袅袅的茶香。"天晴摇头晃脑道。"春节刚过，你就想家了？"雪儿疑惑地问道。"我妈说，明年春节不许我回来了。""为什么呀？"雪儿饶有兴趣地接着问。

"你过来，我告诉你。""哼，我才没你那么傻呢，不过去。""我才没有你想的那么坏哦！"天晴无可奈何摇头道。"是你想媳妇，你妈想孙子吧。""真是冰雪聪明呀！""我是大智若鱼（愚），你是小智弱虾（瞎）。"雪儿中心乐开了花，感到世界是这般美好，自己是最幸福的人儿。

今天的雪景可谓是昙花一现，等你嫁给我的那一天，我会在家乡温暖飘香的美酒，执子之手一起去看大海的雪景。

江岸边的青石小路上，这对情侣相偎在一起信马由缰。下午时分，因为阳光的关系，积雪纷纷融化了，宽阔的路面上形成了条条溪流。也许是化雪较冷、气温骤降的原因，街面上行人三三两两，不像是上午人声鼎沸的场面了。

雪儿将天晴脖子上的驼绒围脖紧了紧，"难得今天咱们能在一起腻一天，不管将来走到哪，活了多大年纪，我一生都会记住这一天的。""今天与平时有什么不同吗？""榆木疙瘩！今天下雪了呀，雪景多美，如梦如幻，我在南方极难见到雪景，毕业以后我要去你的家乡看雪哦。""今天的雪景可谓是昙花一现，等你嫁给我的那一天，我会在家乡温暖飘香的美酒，执子之手一起去看大海的雪景。""真的吗？你真的带我去看吗？你要记住今天对我讲的话哟。拉钩吧，不许反悔！"俩人的小拇指紧紧地缠绕在了一起。

一队社会青年双手插在衣袖中，吸着快燃烧到嘴皮子上的烟头，摇头晃脑地走了过来，他们游荡不定的目光不约而同地集中到雪儿身上。"咦，咋像是天仙咧。""像是穆桂英挂帅咧。""娘啊，装上两个翅膀就是天使。"他们像是欣赏一件艺术珍品匆匆而过。"真讨厌，没有一点品位。"雪儿紧盯着这群人的背影忿忿地说道。

"人家是在赞美你，我的血压都蹿上泰山的玉皇顶了。""谁在乎他们的吹捧，还穆桂英呢，一群马屁精！""哈哈哈……"天晴乐得差点背过气去："你知道吗，刚才的场景，真是一幅生动的童话剧呀。""什么童话剧？快说快说。"

"世界名著，《白雪公主与七个小矮人》。""真的很像吗？这个比喻本小姐爱听。""哼，还说不喜欢听拍马屁精呢？""可是比不上有人会拍、有人瞎拍、有人乱拍啊，结果就拍在了马蹄子上了。"自鸣得意的雪儿有点飘飘欲仙了。

此时，天晴心头忽然袭来莫名其妙的伤感，双臂不自觉地紧紧环绕住雪儿，仰头望了望天空，不无伤楚地说："雪儿，你毕业后，咱们赶快结婚吧！"雪儿丝毫没有察觉天晴内心的变化，还沉浸在刚才的童话故事中。

"你听说过这个顺口溜吗？一十拉着母亲手，二十牵着女友手，三十牵着老婆手，四十牵着女儿手，五十牵着学妹手，六十牵着保姆手，七十牵着外孙手，八十牵着护士手，九十自己手拉手……呵呵呵……"雪儿银铃般的笑声在宽阔的江面缓缓扩散。

叮叮当当地有《雪绒花》的旋律传来，在他们的不远处也有一对情侣，男的手中托着个粉色的八音盒，女的眸中闪动着晶莹的泪光，八音盒里面飞雪满天，有两个恋人在不停地旋转，在如此的场景下，叮叮当当散发出来的声音很是好听，显然女的已经被感动得一塌糊涂。

"哎，真浪漫！"雪儿不无羡慕脱口而出，天晴正为自己没有准备好制造浪漫的礼物而尴尬，听见雪儿说的话，真是有些无地自容了。雪儿感觉脸颊上有些痒痒的，扭转过身来发现是天晴正在亲吻她，"雪儿，听见我心跳动的声音了吗？这是一首浪漫的婚礼进行曲，有田园牧歌的婉约，有闭月羞花的呢喃，有……"

"少耍贫嘴，中听中看不中用！"雪儿甩脱开被天晴搂抱的肩膀，"是真心话，我敢对苍天发誓！"天晴似乎被雪儿激怒了，双手将雪儿的头扳转过来，双唇紧紧地抵住她的小嘴，开始时雪儿还在用力地挣扎，再后来很是温顺地搂住天晴的脖颈，两个幸福的人儿甜蜜地忘乎所以地亲吻着。

"你赶快给我过来。"一个纤细的女声似乎充满了愤怒与哀怨："有本事敢做敢当，你敢对我负责任吗？"女人有些歇斯底里了。俩人寻声望去，只见约30米远的护栏旁边蹲着一个女青年，显然是已经通话很长时间了，声音略带嘶哑而绝望，近乎坐在地上了。

见到此情此景，雪儿匆忙抓住天晴的手，神情惊慌地回转身来："结婚后，是不是都会吵架、对骂、打架呀，我不要这个样子！""我们不要像他们一样，我们要恩恩爱爱地过一辈子，带着我们可爱的儿子，在公园中嬉戏；搀扶着我们年迈的双亲，在江岸边慢步！每年都照全家福！"天晴痴痴地憧憬着未来的幸福日子，雪儿将头深深埋进他的胸口。

"你再不过来，我就跳江不活了！"女青年开始大哭起来，伤心地瘫坐在冰冷的地面上，引起了江边正在散步的人们驻足围观。不少人开始痛骂电话中的负心汉："什么世道？现在这样的混账东西太多了，睡了人家女孩，又对人家不负责任。""肯定是怀上了，男的跑掉了。""现在的女孩，没有羞耻感，婚前早同居上了，吃亏的还不是女孩子呀！"围观的人群肆无忌惮地议论着、责骂着、发泄着。

这时，一个人们意想不到的情景出现了，伤心哭泣的女孩猛然间站起身，飞越过护栏，"咕咚"一下跳进江中，如同一件重物砸进了江水。当现场说三道四的人们还未反应过来，紧接着，又一个身影"咕咚"一声跃入江中。

五

他冥冥中感觉到自己像是一叶浮萍，在浩瀚的水世界中，没有任何的选择，只能任水流随意摆布，或向东或向西，或向上或向下……

雪儿被眼前的一幕惊呆了，全身瑟瑟发抖地想拥抱住天晴，抱紧她这一生可以依赖的支柱，可是她寻找遍了人群的每个角落，没有发现天晴的踪影。因为眼前没有了天晴，雪儿忽然想放声大哭。

"快看，他抓住跳江的姑娘了。""往这边游，这边坡缓。"人流纷纷涌向岸边，叫喊声不绝于耳，有的人找来了长长的竹竿，有的人向江中使劲地抛绳子。

因为人墙的散开，雪儿看见了江中救人的人，怎么看怎么像是天晴啊！她不敢相信自己的眼睛，她也不愿意相信自己的眼睛，可是她心中却坚定地相信，如果天晴遇到这种事情，他一定会去这么做的。

雪儿的双腿有些不听使唤了，踉踉跄跄、磕磕绊绊地冲向了护栏。此时，天晴已将跳江女孩提出水面，奋力地向岸边游来。

雪儿紧张地咬紧嘴唇，泪眼模糊地盯紧前方，她忽然发现，天晴的游泳速度渐渐慢了下来，显出非常吃力的样子。雪儿心慌了，大声地朝天晴所在的方向大喊："天晴，坚持住，加油！"有人认出了雪儿："这是救人的小伙子的对象。"人群随着雪儿的节奏大喊起来，一起为天晴鼓劲。

"小伙子体力不行了，快找船来。"一位年纪稍大的人，对一个年轻人吼着。时间过去很快，江边上已经停满了车辆，警车、消防车、救护车全部赶到了，公安干警、消防队员、医护人员正在频繁穿梭，气氛显得异常紧张。

天晴勉强游到江边，因为江堤坡度陡峭，水中浮游生物过多，轻生女孩两次都没有抓牢，重新跌入深水中。此刻，天晴体力已经严重透支，他太想爬上江堤躺下来，好好地休息休息……他冥冥中感觉到自己像是一叶浮萍，在浩瀚的水世界中，没有任何的选择，只能任水流随意摆布，或向东或向西，或向上或向下……

倏然，一束昼白的光团，从水面直射下来，在天晴的头顶豁然炸开，浪头的波纹层层荡漾开来，千万片耀眼的细如白鳞般的碎片，似天女散花般将他躯体围裹住，这是什么？天晴不置可否，朦胧中感觉到，遥远处有一白色的亮点缓缓漂移，模模糊糊难以辨认，可是身体的感官告诉他是那样的熟悉。

近了，更近了，长长的秀发随波逐流般张开合拢，合拢张开，她在水中游动的姿态像是仙女在天上飞翔般飘逸。

"雪儿！"天晴终于辨认出来，不禁心中大喜，可是他却非常诧异，自己的喊声自己却听不见，雪儿好像没有发现天晴，掉转头自顾自地在水路舞动。

天晴不明白雪儿为什么会不理会自己，他为此感到有些恼怒了，可是却更加感到来自心底深处无名的伤感，酸酸的，怪怪的，一落千丈的失落和惆怅。他想伸出手，拉回要离他远去的雪儿，可是不管如何努力，手却是不听使唤，想大声喊叫，嘴里却只冒出一串串水泡。

正在他万分焦急、万般无奈之时，雪儿却似心有灵犀般地突然转过身来，向天晴这边使劲地张望着。天晴因为喊不出声音，身体动弹不成，只能左右摇摆着麻木的头，好引起雪儿的注意。

天晴看见了雪儿没有血色的脸庞，一双大眼睛不停地在寻觅什么，雪儿在流泪，在颤抖，她伤楚的表情告诉天晴，她丢失了自己的最爱，也迷失了自我，看不见的泪珠不停线地融入寒冷的江水。

天晴感觉到心口的憋闷，似被千吨巨石压埋，他好似突然惊醒，猛的挺直身板，憋住一口气，奋力跃出水面。

江岸上紧张的人们都看到天晴使足力气，第三次将轻生女孩推向驶来的救生艇。

天晴身体依然不能动弹，他微微张开乌紫的嘴唇，红色的液汁流淌进喉咙，咸咸的，是血液，雪儿在流血……雪儿在找她的天晴哥，在找她一生相偎相依的恋人，在找她这辈子永远的幸福。

雪儿没有离开，长长的洁白的裙纱在水中摆动，她大大的眼睛忽闪忽闪地不停地寻觅着，天晴分明看见了雪儿眼角流出了两行红线，随着暗涌一圈一圈地扩散开来。

天晴身体依然不能动弹，他微微张开乌紫的嘴唇，红色的液汁流淌进喉咙，咸咸的，是血液，雪儿在流血……雪儿在找她的天晴哥，在找她一生相偎相依的恋人，在找她这辈子永远的幸福。

"我在这里。"天晴的心在呼喊，分明看见心爱的人就在眼前，却无法相拥，这种滋味如同被放在火上煎，油中炸，水中煮，皮焦肉绽，筋落骨裂。

天晴感到有些体力不支，身体渐渐地在往下沉，往下沉。此刻，他多么希望能够抓住雪儿的手，带他离开这片黑暗的水域。

天晴的意识逐渐模糊起来，随着沉重僵硬的身体，一寸一寸，一尺一尺，一米一米，离雪儿越来越远了。

这是个什么地方，一片通红的世界，红红的灯笼，红红的帷幔，红红的烛光，红红的洞房。天晴对眼前的景象越发疑惑了，难道真是水底的龙宫？

鞭炮齐鸣，锣鼓喧天，穿红披绿的人们脸上洋溢着幸福的笑容，令天晴不解的是在人群的周围，竟然游荡着五颜六色的鱼群，还有龟老爷、蟹大哥、虾老弟，犹如在自家庭院，悠然自得，闲庭信步。

"一拜天地。"有人高声吆喝。一对新人对不断刁难他们的人们是言听计从。

"夫妻对拜。"两个新人转过身来，天晴不禁大吃一惊，新郎官正是自己。

这是回到家乡了吗？新娘子又是何许人也？一个个疑问跳了出来。红盖头下的新娘子，一身红彤彤的新嫁衣散发着喜气，一双百鸟朝凤的绣花鞋，让天晴出了长长的一口气，万幸，不是小脚媳妇。

"新人进洞房。"这可真不像是间新房，倒像是个溶洞，更像是个水帘洞。天晴牵起红绸带，小心翼翼地向洞房挪动脚步。这时，水中的暗涌一波一波晃动起来，如天幕般扭扭曲曲的断裂的画面，模糊了天晴的视线。

少顷，水波逐渐停顿下来，又恢复了往昔的平静。天晴看见新郎正在用秤杆，一点一点地挑起新娘的红盖头，一寸一寸在上升，露出了小巧的下巴、红艳的嘴唇、翘括的鼻梁、弯月的眼睛……这双默默含泪的眼睛，这双饱含期盼而又幸福无比的眼神，是天晴再熟悉不过的，"雪儿！"天晴不由自主地大喊起来。

雪儿在红盖头的映衬下，白皙的脸颊呈现出酒后的红晕，她并不理会天晴的喊叫，头也不抬，只是静默地坐着。

天晴感到有些心灰意冷，不由自主地打了个寒战。一只年迈的海蟹从他身边游了过去，盯着天晴看了很长的时间。

天晴很想游荡到洞房里面，可是身体如同被罩在玻璃罩里，只可远远地观望。天晴蒙了，眼前的一幕，到底是自己的前世，还是自己的未来？

雪儿站立起来，似随时会被微风吹倒，天晴不禁心如煎熬。突然，雪儿跪了下去，口中反反复复的只有一句话："求天晴快回来。"

新郎麻木地呆站在原地，如一尊僵硬的石像，脸上毫无表情。雪儿抱住他的双腿，伤心欲绝地哭泣着。

"求天晴快回来。"这句话是什么意思呢？我就站在这里，离你如此之近，却不能被你发现，被你关注。

"快抱住他哟。"天晴心怜雪儿，暗暗地发急。奇怪的事情出现了，新郎好似听懂了天晴的话，立即俯身将雪儿揽入怀中。

"他是我！""他就是我！"天晴兴奋起来，狂喜起来。

"白船游弋青江岸，远山钟声送客来。布衣袅袅思茶香，芦笙悠悠进门来。"天晴用心将诗句暗递过去。

"风雪归乡人。"雪儿喃喃道。

躯体在继续下沉，暗涌又一次晃动起来。天晴眼前浮现出了家人的形象，亲朋好友高堂满座，爸爸与同桌长辈在喝喜酒，妈妈与亲戚女眷们夸赞着儿媳。

天晴牵着害羞的雪儿，来到爸妈的面前："爸！妈！"生脆脆、甜丝丝，天晴的爸妈脸上笑开了花。

"亲一个，亲一个。"兴奋的年轻人开始起哄了。

恋爱中的人，对亲吻来说是家常便饭。但是，当着这么多人的面表演接吻，却是有些放不开手脚。

极度兴奋的年轻人不依不饶，大有不满足感观欲望，誓不罢休之势。

"亲雪儿呀！"天晴狠下心，下了命令。

说也奇怪，天晴瞬间感觉到了雪儿肌肤的柔软，口气的清香。在堵住雪儿小嘴的一刻，里面冒出了串串泡泡，可是自己却没有，有的只是一张冰冷的唇。

"我们回家了。"一新对人，相视而笑。

心沉入海底，呼吸留给你。

岸堤上有撕心裂肺的哭声传来。

救护车闪烁着急救灯呼啸而去。

"救人的小伙子，凌晨才被捞起，听说是个军校学员。"江岸边上站满了人，在天晴跳江救人的地方，扎了一个大大的红色蝴蝶结，堆满了五颜六色盛开的鲜花。

乔迁之喜

　　眼前的三只蟑螂幼仔,被结结实实地钉在满是油烟污垢的磁砖墙面上,横七竖八、纵横交错的宽胶带,死死地抓住厨房松软的即将大面积滑坡的墙皮。可惜小蟑螂们,不谙世事险恶,成了人类永远唾弃的反面教材的生动标本。

　　一阵欢快的新房钥匙碰撞的声音响起,在金秋如锦的大地上,似奔腾跳跃的涧泉,在军营线条方块的丛林,潺潺不息。此刻,人们议论的话题和焦点,大都被新房所占据,亦如北京奥林匹克森林公园的出现,荣耀地成为万众瞩目的首都绿肺。

　　来到北京工作的人,谁都会有一把北漂的辛酸泪。我第一天报到,住进了单位的招待所,一间房四张床,天天面孔不重样。这是一个夫妻店,管理经营不善,发生了盗窃案,万幸损失不大,能够承受。领导们一商量,干脆让我住办公楼二层厕所对面的配电室,一是安全有了保证,二是方便小李加班。配电室的生活令我没齿难忘,虽然时有重味刺鼻,但是单间,对面有水、有电,比起住地下室的难兄难弟可谓幸运了许多。好花不常开,好景不常在,单位组织安全大检查,有多事之人以配电室住人不安全为由,逼迫我被第二次搬了家。承蒙领导厚爱,住进了王主任的宿舍。

　　时光荏苒,儿子5岁了,准备上学前班,家庭会议决定:陪读。此后,我们举家迁往学校附近,展开了马拉松式的颠沛流离的租房历程。在北京生活线上挣扎的人,大都有过两种亲身经历,一种是租房子,另一种是丢自行车。其实,租房的生活并不像是苦行僧,主要还是取决于对幸福的定位。当然,也不要站着说话不腰疼,但凡有丁点办法,也不至于往别人家房子里面扔人民币。

　　"我想有个家,一个不需要多大的地方。"在潘美辰声泪俱下地演唱了20多年后,直到2009年"五清"工作结束,已经正团职干部的我,终于拥有了一套名义上的营职干部公寓房,即使这样,家人也有不小的狂喜。

　　与蟑螂同居的时代即将成为历史,甚至开始有些浅浅的怀念。再一次走进老房子,墙壁上、电梯口贴满了大大小小不同类型的求租条。初出茅庐、英姿勃发的我,穿越般地清晰地浮现在眼前。这些年轻的战友,正是20年前我的翻版,如今他们已然为人夫、为人父、为人子,是家庭中的精神支柱,工作中的中流砥柱。

新房钥匙碰撞发出的声音,飞越在营区上空,汇聚成一曲令人起舞的《欢乐颂》。今天是个好日子,愿与我朝夕相处、并肩战斗的好兄弟,早些加入这群快乐的绿衣人。

少成若天性，习惯如自然

在初一学生的家长会上，见到朝阳外国语学校郝又明校长，这已经是第二次见她了，如同第一次见到她时一样，这位精神饱满，目光炯炯的耄耋老人，表情严肃地端坐在讲台上，注视着到会的家长。令很多人想不到的是，她竟是一位残疾人，平时行动要借助于轮椅和双拐。

8时，会议开始。看似一向温婉平和的她，这时突然语出惊人："这位家长，虽然今天是星期六，但是，你也没有理由迟到。"郝又明的目光紧随着一个正在匆忙找座位的女人。大庭广众之下批评家长，这种场景还真是为数不多，上百名家长不由得倒抽口冷气，不禁心中暗自庆幸自己没有迟到。郝又明环视了一下会场："父母是孩子的第一任老师，应当经常在行为、举止和谈吐等方面以身作则，给孩子树立一个最好的榜样。文明礼貌、举止文雅、道德高尚、乐观向上，使儿童在潜移默化中得到最佳教养，通过言传身教、日积月累，让孩子的良好习惯在不知不觉中形成。如果家长做人松懈，好恶随性，孩子便会适得其反，养成不良习惯。"

郝又明，久闻大名。山东济南人，清华大学20世纪50年代毕业生，1998年创立北京市朝阳外国语学校。早就听说过"朝外"的分层教学，"有教无类"的教育思想，是郝校长对当前教学改革的创举和贡献。"分层不分班，保底不封顶，学生自选层，层间可流动"的教学方式，非常适合不同层次的学生学习，既可以保证学有余力的学生始终具有饱满的学习热情，又不会使学习有困难的学生心灰意冷。郝又明说："创建分层教学的教学模式，让每个学生的个性都能得到发展。"这种分层教学方式，令每个学生都会得到老师的信任，受到老师的鼓励，在相互激励、相互帮助的氛围中快乐地学习，幸福地成长。北京市朝阳外国语学校2004年首届直升本校高中毕业生，高考升学率为100%。至2012年9届高考本科升学率100%，2008年起连续四年一本率100%，总成绩600分以上学生人数在市区名列前茅。敢说硬话，褒贬现实。敢为人先，大有作为。正是基于这一点，令郝又明在教育界名气很大。

"品格第一""做最好的自己"，这是朝阳外国语学校奉行的教育原则。金无足赤,人无完人。如何才能做到"品格第一""做最好的自己",答案似乎很耐人寻味。在郝又明推荐的《影响孩子一生的36种好习惯》一书中,谜底豁然浮出水面。在"学习的习惯"章节中有三个建议,我认为对培养孩子学习的良好习惯至关重要。其中,建议之一,家长要做好榜样;建议之二,让孩子明白耐心的重要性;建议之三,三分钟耐性训练。以上三个建议,看似浅显易行,其实对于家长而言并不轻松。这是因为"家庭是习惯的学校,父母是习惯的老师。孩子习惯的养成主要在家里,父母应该注重在生活中培养"。在培养孩子学习的好习惯的全程实践中,作为家长必须要率先垂范,身体力行,持之以恒。

北京朝阳外国语学校坚持全面推进素质教育。"朝阳外国语学校,实行无人监考,学生高度自觉。学生学习自觉性很强,很难有什么诱惑能分散他们学习精力。自建校以来,我校高考率是百分之百,高考成绩在区里是五连冠。"说到这里,郝又明闪烁的眼神中,不由自主地流露出无比自豪。"我们的学生之所以有这样出色的表现,根本原因就是养成了良好的学习习惯。"郝又明着重强调了良好习惯的重要性。"孩子习惯的养成有一个关键期,幼儿园和小学是培养生活习惯与学习习惯的关键期,而到了中学,就是改造习惯时期了。"在《抓住教育的关键期》一文中有这样的论述:"在儿童时期养成的良好习惯,孩子可以受益终身;在儿童时期养成了坏习惯,就有可能终身受到伤害。因此,在养成习惯的过程中,一定要注意利用儿童的关键期。如果错过关键期,对习惯的改造将要比塑造艰难得多。"

朝外校服的蓝色裤子上有三条白道,分别代表德育、智育、体育,学校希望培养的学生能够成为全面发展的有用人才。郝又明一板一眼地提出了学校"7个不准":不准学生穿名牌、牛仔裤;不准学生留怪异发型,男生必须是平头,女生必须是齐耳短发;不准吃饭剩一粒米;不准喝各种饮料;不准带手机、手表;不准玩电子游戏;不准报课外班。她对"7个不准"做出了这样的阐释:"学生的主要任务是学习,必须要精力集中,全力以赴,不能被社会上所谓的'流行时尚'所干扰,造成攀比的不良心理。现在提倡'光盘'行动,目的是让学生养成勤俭节约的良好习惯。"她称电子游戏是一种精神疾病,堪比吸毒,没有好结果。"作为老师、家长,我们要给孩子们营造一个美好未来的成长空间。"郝又明又讲,"朝外教育质量相对较高,学生学习压力很大,补习班根本起不到任何作用,且社会上打着幌子的补习班多半是骗钱的,我们学校考上重点大学的学生,没有一个是靠课外补习班提高学习成绩的,不论你说得有多好,咱们拿成绩说话。"

孔子曰:"少成若天性,习惯如自然。"这句话的意思就是小时候形成的良好行为习惯和天生的一样牢固。不管你是平民家庭,还是官商二代;不管你是智力超群,还是智商平庸;不管你是品学兼优,还是绩不如人,郝又明要让所有应该得到教育的孩子受到最好的教育,成为社会的可用良才。做人的好习惯、做事的好习惯、学习的好习惯、交往的好习惯,对于孩子的生活、学习以至事业上的成功都至关重要。习惯，是一种惯性，也是一种能量的储蓄，只有养成了良好习惯，才能发挥出巨大的潜能。郝又明的本意，是想让家长明白这样一个道理，行为习惯决定一个人一生的价值取向。今天怎样教育培养孩子，明天孩子就会成为怎样的人。

郝又明的讲话，硬气而较真，固执而箴白，容不得半分妥协，确实也有家长难以接受，或心存纠结。但是，对我而言，是如此的合乎心意，畅快淋漓！我想，这可能是感同身受、心有共鸣的缘故吧。郝又明的讲话，令我回想起自己的学生时代，八角帽、海军衫、白球鞋、红领巾，清新的一幕，浮现眼前。直到现在，我还保留着理短发、不剩饭等看似已然过时的好习惯。

也许，郝又明的慷慨陈词，正像她腰两边钉着的4颗钉子，锋锐而坚固。她的临场说辞，在这个物欲横流的时代，略显不合时宜，甚至有些格格不入。特别是对年轻的父母提出的严格要求，犹如兜头一盆冷水，令他们着实"压力山大"。可是，对比一下"那些年"，"棍棒底下出孝子"的中国传统教育模式，当下的孩子们可谓是生活在幸福的天堂。为人父母，不仅有抚养之恩，更要有教育之责。郝又明朴实无华、源本意善的语言，开门见山、一针见血，又何尝不是"百年树人"成功与否的"苦口良药、逆耳忠言"呢。不难看出，在她的行为逻辑中，绝对不是高调的向世俗挑战的哗众取宠，而是承载着更多的国人学者，对优秀民族教育文化的敬仰和弘扬，淋漓尽致地呈现出为人师表、教书育人的正能量。

做好人，才能行好文。在这里，我无暇为郝又明唱赞歌，而是为她严谨治学的思想喝彩。作为学生家长，我们有足够的理由，相信郝又明的治校理念，创新实践；欣赏她的锋芒毕露，睿智果敢；钦佩她的身残志坚，精神不折。

一颗充满感恩和回报的心

故事一　我的奶奶

已近古稀之年的爸爸，经常会提及一段深情的往事，每每讲到动情之处，必定会眼中噙满泪水。那是爸爸小的时候，家里很穷，他和两个哥哥两个姐姐，谁都不知道吃了上顿还有没有下顿。一天，门外来了一个老人，带着一个孩子，举着一个空盆子要饭。爸爸开了门，告知家里也没有吃的，他们就接着到下一家要饭去了。响午，奶奶满身泥土从地里田间劳作回来，爸爸就如实说了。奶奶闻听后脸色十分难看，一把推开爸爸追了出去，硬是找到了来村要饭的爷孙俩带回了家里。奶奶在空荡荡的篮子里面摸到了两个红薯，塞进爷孙的手里将他们送出了门，爷孙俩跪在石板上磕响头。奶奶隔着门训斥年幼的爸爸："谁都会有个难处，宁肯自己饿肚子，也要给别人帮助。至少，我们还有一个家，他们却是什么都没有。"这件事对爸爸幼小的心灵震动很大，乃至影响其一生。

故事二　我的姥姥

我的姥姥是个老寿星，干净利索，勤劳能干。我的姥爷是八路军，战死在杀场。姥姥30多岁就守了寡，带着三个小孩生活着实不易。敌人发现她们是革命烈属，把四个人抓起来扔进了大土坑活埋，幸亏共产党游击队及时赶到救了出来。小时候，我每当听到这段故事，都会吓得躲进厚厚的被窝里。新中国成立后，民政部门对姥姥家格外关照，定期送粮食上门。我的家乡在胶东，经常有干部进村工作，分派到老百姓家里吃饭。妈妈那时很小，姐妹仨一年到头很少吃到肉。可是，轮到干部来家吃饭，姥姥就会早早起来割肉买菜，有时还会烫上一壶老白干。妈妈和她的姐妹们躲在门后窃窃地张望，眼神之中流露出羡慕与渴望。

爸爸和妈妈同在一个村庄，小的时候经历过战争，随着人群转移，经常饿肚子，分离又重逢，他们吃了很多苦，经受了太多磨难。胶东民风淳朴，人们心地善良，他们从小生长在这样的家庭环境中，耳濡目染，潜移默化，深受熏陶。加之，他们的结合组成了新的家庭，只生了我这么一个独生子，可想对我的管教有多么地严格。以前，我们一家三口都是党员。后来，娶妻生子，变成了四个党员一个小团员。爸爸和妈妈对孙子鼓励鞭策的话多于批评苛责，这也许是人们经常说的"隔代亲"吧。他们也经常讲我小时候的故事，激励子一好好学习、茁壮成长。

我的童年时光是快乐的，这种快乐包含多层寓意。其中，生活过程的巨大反差，令我此生开怀至极，受益终身。记得，我上人大附小一年级的时候，学校发动学生为生产队的马割草料过冬，要求每个学生交十斤干草。因为那时我年龄尚小，加之草晒干后重量变得非常轻，根本无法完成任务。爸爸放弃星期日加班时间帮我一起割草，我内心好高兴啊！他边割草边讲革命故事，我也不停地发问，身边围满了小伙伴，不一会儿就割了一大篮子。

20 世纪 70 年代末，因为工作需要，爸爸将赴青海工作。当时，机关明确规定，人走家搬，但是，却形同空文。在外人看来，爸爸的决定，是常人根本无法接受的。但是，妈妈的态度却非常鲜明，支持爸爸的决定，毅然决然将我们娘俩的户口从北京市月坛派出所迁到了青海省西宁市五四大街派出所。这件事情在机关引起了不小的轰动，谭悦新秘书通知爸爸说李水清司令员想见见他。这是我在爸爸写的《忆李水清老首长二三事》纪念文章上知道的，他年轻时经常陪同老首长下部队工作组，深受这位走过二万五千里长征，身经百战的老红军艰苦奋斗、雷厉风行、勤勉敬业、作风朴实的影响。李司令知道妈妈有风湿性关节炎，提醒爸爸要住在二层楼，防潮保暖；要爸爸对我好好培养，健康成长。

来到青藏高原，气候恶劣、生活艰苦，刮沙尘暴、缺少青菜、停水停电乃家常便饭。那时，我上小学二年级，生活教会了我生炉子、封炉子、劈劈柴、剁鸡食、打煤坯、拉水车、拔野菜、换煤气罐、做家常饭。每年冬天，我都会被严重冻伤，手指、脚趾关节红肿变形，又粗又大，又疼又痒。双耳冻伤后结痂，像是包裹上了一层盔甲，涂抹上再多的冻疮膏也不管用。第二年开春，花花草草从地皮下露出了头，我最遭罪的时候也到来了，顺着耳朵冻伤的痂片往外流脓血，奇痒难耐之下，就会用手去抠它，因为看不见，只能凭感觉，经常是新长出来的粉嫩色的新肉，被连皮带肉撕扯掉，一片血肉模糊。

20 世纪 80 年代初，爸爸在支队工作，每月回家一次，首先带我去洗澡。我们在一个小盆池泡澡，边洗边交流，充满了欢乐。我小的时候，不像现在的孩子，喜欢独处宅着。我爱和大人海聊，特别亲近父母，愿意帮他们做事。这一点，从我假期学会做饭中可以体现出来。其次，上街买菜。自由市场要走个三四里路，我们快步如飞，大步流星，边走边说，边走边唱。买菜的时候，爸爸穿着军装,从来不砍价,甚至会主动多给钱,小商小贩乐得合不拢嘴。再一路拎回来,两大网兜菜,怎么也有个七八斤重,手都勒得变了形。晚上,饭后散步。我们家的饭菜单调得令人难以置信,一般情况下,三个人只炒一盘菜,竟然还会有富余。其实,每个人都在为别人着想,让他人多吃一些。散步是爸爸说教最多的时候,从家庭聊到学校、从地方说到部队、从平凡谈到伟大。他散起步来不知疲累,可以一直走到华灯初上,走到《新闻联播》结束,走到《动物世界》放完。

妈妈是人民教师,说话笑容可掬、文雅礼貌、心直口快。我与母亲生活时间最长,学生时期基本上没有离开过她,我感到在她的身上有三点不同于常人的地方。一是唐山大地震时,她是最后一个离开房间的人。二是她不贪恋荣华富贵,虽然有严重的风湿性关节炎,可仍是陪爸爸来到令人畏惧的青藏高原。三是我上小学时偶染猩红热,她毫无顾忌陪伴我住进医院传染病区。爸爸远在部队,根本照顾不了家。妈妈每天下班回家,要发面揉馒头、擀面条,刷锅、洗碗、擦桌、拖地、烧开水、倒煤渣,还要辅导我的功课,非常辛苦。左邻右舍经常看见我和妈妈俩人抬煤气罐、抬菜筐子下菜窖……有一次,妈妈晕倒了,我在家照顾她,给她做饭吃,背着她上厕所。这件事,妈妈常常记在心上,经常与人提起。我也曾暗自庆幸,幸亏我出身男儿,不然妈妈会吃更多的苦了。

入军校后,受条件所限,基本上与家中联系都是靠书信往来。每当文书开始发信件时,学员们都会翘首期盼。家信对我来说非常重要,内容基本上也是千篇一律,在简短的问候过后,爸爸主要是谈人生观和价值观,妈妈大多是过问身体如何、学习情况等。信中的每一句话,都特别符合军校的特定环境和氛围,不断激励我发奋学习,刻苦训练,学业进步。记忆犹新的是,有一封爸爸从国防大学的来信,大致内容是说,上次我的回信,爸爸给了他的同班同学看,他的同学对我的文笔赞不绝口,鼓励我多练习文学写作。多年后,这位首长被任命为南京军区政治委员。我所邮寄的每封信件,爸爸会用不同颜色的笔在上面勾勾画画,好的给框起来,不合适的进行标注,仔细修改。放假回家时,爸爸总会把信件从办公室带回来,让我再重新认真地学一遍。

一个人品行、修养、素质的高低,可以体现出良好的家庭教育,而不是简单决定于来自某个特定的区域。出身贫寒也罢,家门富贵也罢;苍凉边陲也罢,繁华都市也罢。人生的起点是一样的,家风、家训才是人性培养阶段的关键,才有后程发力超越的区别。但是,说句实话,家风、家训,只是人生成长道路上的一个重要方面,更多的还在于自身的心灵感悟,一颗充满感恩回报的心。我上幼儿园时,一天狂风暴雨,我与小朋友躲在玻璃门后向外张望。忽然,在强风的撕扯下,从树上掉下来三四颗青红色的枣子,我推开门冲进了雨幕中……我的这一"壮举",可把女老师吓得要命!这三四颗枣,对于年幼的我具有强大的吸引力。我用手绢把它包好,每天睡觉时,在被窝里面偷偷地看上几眼。当时,我可谓是一夜成名,成为幼儿园中的"名人"了,因为谁都知道我有几个枣子,许多小朋友千方百计来讨好我,想吃掉它。结果,我以"超人"的克制力忍到了星期六,把枣子全部塞进了来接我的妈妈手中。这件事,在当时可是不得了,感动了好多家长和老师。

20世纪90年代中期,爸爸回京工作,这是他的第三次进北京,被称为"三进三出"。偶然听家里的客人讲,爸爸谈到在青藏高原工作时,回家发现我穿的裤子有条大口子,可我又不会缝补,就从裤子里面用膏药粘住破裂处;我的鞋底和鞋帮子分家了,为了省两个钱,我用钢钳将曲别针拉直,对着针眼上穿下缝上鞋底子,再用墨汁将曲别针染成黑色。每每谈及,爸爸总感觉对我挺是愧疚的。"穷人的孩子早当家。"说心里话,我一点不觉得,认为自己的事就要自己办,不能让爸妈操心,这太正常不过了。

父母的为人,一生正直善良、生活朴素。虽然,他们教给我许多做人的道理,但是,对我影响最深的却是他们做人榜样的力量,他们是我今生无穷的楷模。爸爸办公室的灯光,被干部群众美溢为"长明灯",什么时候找他,只要来办公室他准在。在少数民族地区工作,爸爸与各民族关系非常融洽,他与塔尔寺的活佛、西安地区伊斯兰协会主席有着良好的交往,每当遇到棘手的民族矛盾时,往往都能轻松解决。孩子们都喜欢妈妈,家长们有事没事总找她说话。15年后,当我们全家离开青海时,基地大院的干部群众自发地排起送行的队伍,从家门口一直排到大院门口,又一路送行到火车站,满站台上全是军人,光将军就有好几个,不知真相的乘客以为火车站被军管了。人们常说:"父母是儿女的第一任老师。"事实确是如此,儿女将来的为人处事,正是家庭教育培养的缩影。

有社会学家讲:"每一个家庭都是社会一个小的细胞,只有亿万个良性细胞的组合,才会构成健康的社会机体。"今年,在西北工业大学2015届毕业国防生中,有10名同学主动发扬风格,放弃优先选择权,志愿到青海、西藏、新疆等艰苦边远地区部队工作。据了解,他们均有良好的家庭教育基础,加入国防生后军政理论扎实,具备未来军官的优良品质。我们这些身处一线的工作人员,由衷地感谢他们的亲人,正是他们从幼时抓起,培养良好的家教,灌输优秀的家风,恪守做人的家训,奠定了子女成才的坚实基础,为部队培养了优秀干部的好苗子。

说到这里,大家可能已经看出来了,在全篇文章中,很少有浩然正气的大道理,光宗耀祖的传承古训,炫耀门庭的子嗣兴旺,也没有埋伏大起大落的夸张悬念,有的只是聊家常式的平铺直叙,娓娓道来。

好的家风、家训是中华民族的传统美德,从古至今,代代相传,蔚然成风,孟母择邻、岳母刺字等教育培养了一代又一代人。近来,中央电视台拍摄了以此为主题的电视宣传片,大力弘扬中国独具特色的家风、家训的家庭育人文化对年轻一代的影响,有的被采访对象说得很好,特别是年纪稍长的人如数家珍;有的是前面说得不错,后面是磕磕巴巴接不上茬;有的年轻人对此很是茫然……由此可见，中国古老的家风、家训在物欲横流的强烈冲击下也面临危机。家教不是打出来的，家风不是吹出来的，家训不是编出来的。近年来，有的家庭教育方式不当，或是有失偏颇，产生了揠苗助长、因噎废食、适得其反的作用，家教失败的例子比比皆是，充斥媒体。崇尚美德，遵循祖训，是儒家思想的精粹。好的家风、家训可以培养、塑造好的人品，反过来品德端正的人也可以起到净化社会环境，引领社会风尚，提升社会正能量的积极作用。

客观来讲，任何事物都是有两面性的，正统的家庭教育与社会实践接轨时，也会出现短板效应，比如：易良心发现上当受骗、在复杂的人际关系中被人愚弄等。但是，过后想想，吃亏是福，也就一笑了之。以至，有超脱之人诗云："感谢曾经伤害过我的人。"

我们已然为人父母多年，一定要给后人做个好样子。

仗剑卫国勤学业，携笔从戎放梦飞
——致即将踏上军旅征程的西北工业大学毕业国防生

秦岭北麓，将军山下，涌动着一支迷彩团队。虽然，他们身着军装，青春飞扬，尽展风采，但是，他们却不是军人，而是火箭军20世纪第一个签约的唯一一所"985工程"重点建设高校——西北工业大学的国防生。17年来，西工大国防生源源不断地步入军营，他们牢记使命、奋发有为、锐意进取，在实现绿色梦想的军旅征程上昂首阔步，涌现出一批又一批的强军精英。

 绿色梦：创新培养模式，打造特色品牌

凌晨6时，万籁俱寂，路灯昏黄，秦岭似仍在沉睡。

马东，一个来自四川南充普通人家的阳光男孩，习惯性地手脚麻利地起床了，静静地带上了砺剑尖兵班宿舍的房门。

"一二三四！"口令声铿锵有力，如沉钟般唤起东方的霞辉。"早操内容，单杠三组，各列跑步带开！"沉闷的喘气声喝着几声加油，一日尖兵生活从此刻开始。

7：30，马东认真地叠好"豆腐块"，背起书包，头顶着富有国防生特色的"三毫米"，开始了一天的学习生活。

19：00，他端坐在集体自习室。笔尖沙沙，思维敏捷，温故知新。

21：00，"下楼集合！"星空下是国防生明亮的双眸，整齐的队列向着操场进发。散步的情侣，嬉闹的孩童，绚烂的灯光，都随着"一二三四"渐行渐近。马东一圈一圈，喘息低沉，汗湿透了迷彩。

22：30，一声"杀"有力地砸在国防生楼上，打扫卫生，整理内务。

日复一日，后备军官，风雨无阻，强军路上，砥砺向前。

2008年初，砺剑尖兵班组建，从开始仅有5人组成的追梦少年，已发展到如今8届，共178人加入。追梦的脚步从未停歇，每一届尖兵班成员在毕业典礼上享受书记、校长的拨穗殊荣。2010年5月，火箭军机关正式为砺剑尖兵班授旗……一届又一届尖兵班人以"精诚团结，勇于担当，拼搏进取，敢为人先"的班风、班训走过了8个年头，"尖兵精神"贯穿了每一位尖兵人的血脉。

2015年深秋，一年一度的尖兵班45公里拉练拉开帷幕……

周六，6时，浓雾弥漫。其他宿舍的同学仍睡意酣浓，尖兵班的同学穿戴整齐，轻掩房门，精神抖擞，列队集合。随着一声"出发"口令，队伍高举着党旗和尖兵班班旗，向着目标地进发。

临近寒冬的西安，令这支年轻的队伍嘴唇喷吐的雾气格外清晰，裸露在外的双手几乎失去知觉。然而，这些并不能阻挡尖兵班人坚定的步伐，他们一路高歌，热情洋溢，精神抖擞。

两个半小时后，20公里的路程已经被他们甩在了身后。在西安电子科技大学的门口，两支不同路径而来的尖兵队伍成功"会师"。接下来的路段将是崎岖陡峭的山路，从现在开始，拉练才变得真正有趣。国防生将以跑步为主，走路为辅。越是艰苦的磨炼，越是能激发起尖兵班人的昂扬斗志。

行百里者半九十。在拉练的途中，不少人肌肉酸麻，水泡遍布脚底。"拼搏进取，敢为人先！"一声声呐喊，激发出了镌刻在尖兵班人内心深处的顽强意志。"即使是爬，也要爬向终点。"无论再苦再累，只要想起自己是尖兵班中的一员，就没有理由放弃。

8个半小时后，队伍抵达终点，拉练活动圆满结束。

鲲鹏展翅九万里，搏云击浪天地间。"这次拉练活动，首次吸纳了大一国防生参加。虽然他们年龄尚小，体能上稍有欠缺，但却是精神尚佳，无不突破体能极限，坚持到了最后。"尖兵班班长谢晓东流露出满意的眼神。学弟们也纷纷表示，在每一次近乎放弃的时候，是"拼搏进取，敢为人先"的尖兵精神和看到尖兵们的那股拼劲狠劲鼓舞了他们，从内心深处涌出无穷的力量。也正是这股精神，燃烧着2015年度火箭军国防生比武大会上西工大的莘莘学子，在6个地方高校的比拼中，西工大国防生勇夺冠军。

在火箭军政治工作部干部局的强力推荐下，新华通讯社《国内动态清样》《解放军报》《国防教育》《火箭兵报》等相继报道了砺剑尖兵班的事迹。军委和火箭军政治工作部首长做了重要批示，给予了高度评价。尖兵班勇于担当、拼搏进取的精神，正发挥着示范引领和标杆旗帜作用，已成为火箭军国防生中一个特色品牌。

青春梦：迷彩炫动青春，红妆爱上戎装

当迷彩遇上红妆，当刚毅遇到柔肠，当20名花样年华、青春荡漾的女国防

生相聚在一起,就为西工大这个理工科大学校园增添了一抹鲜亮。正因为独特,所以她们是校园里一道亮丽的风景线。

烈日当空,她们葵花向日,汗流浃背;风雨大作,她们梨花带雨,顽强拼搏。她们用柔弱担起坚强,用自信撑起信仰。从穿上军装的一刻,就下定决心将个人梦融入强军梦。她们就是西工大砺剑巾帼班。

"锐气藏于胸,义气施于人。"多南讯,一个来自北京朝阳区的儒雅女孩,竟然是砺剑巾帼班的班长。2014年,她与十几名模联队员代表西北工业大学参加2014年纽约国际模拟联合国会议的征程。在400多人的会场中,只有她和搭档两个中国人,面对英语母语者之间信息量大、语速快、连珠炮般的交流,她从容不迫,广泛与各国代表展开讨论,针对议题提出自己的见解。会议通过了她发起的决议案,为解决世界环境问题贡献了自己的一分力量。最终,她获得了一等奖:立场文件奖。西工大代表队也获得了团体二等奖的好成绩。这是西工大模联团队在纽约国际模联会议上获得奖项最多的一次,也是西工大国防生第一次获得此类奖项。她说:"当我把校旗展开在联合国大楼前时,即使未身着最爱的军装,我也感受到了这份荣耀,感受到了国防生身份一直以来给予我的荣誉与力量。"

巾帼班的成员,几乎人人都有特长,个个都有才艺,更是有多名高年级的学姐担任职能部门的骨干。"别人能做到的我们也一定可以,在国防生的队伍里大家不分男生女生,人人都是战士。"家在安徽青阳的丁翔,2016年推免为国防科学技术大学研究生。她曾获国家奖学金一次,荣获校优秀学生三次,并获一等奖学金,获得西工大大学生数学建模竞赛二等奖两次。在联考前,褚洋杨因为身体不适已经请假,考核组同意批了假,但让人意想不到的是,在偌大的考场上,又见到了这个来自江苏徐州的女孩。刚从3 000米跑道下来,她和随浩戈相互搀扶着,已然是汗流浃背,上气不接下气了。小褚曾获国家奖学金一次,西工大大学生数学建模竞赛二等奖两次,"认证杯"中国数学建模网络挑战赛第一阶段三等奖,2016年被保送军校研究生。虽然明知可以场边休息,但是她宁愿上考场放手一搏。汗水顺着秀发不停地滴淌,浸透了体能训练衫。毕业国防生巾帼班的四朵小花,看似性格温和,但骨子刚毅,她们眼神中透露出睿智与坚定。

"青春不能只是静静地等待时光的流逝,而是应该利用一切机会绽放其光彩,让自己的青春因为穿上了军装而更加绚烂。"同样都是准军人,她们对自己的要求从来没有一次低于男生。内务、队列、体能,男国防生能做到的她们一样也不落下。被子不合规范就虚心请教,队列跟不上就一遍遍地重复,体能赶不上就自己加圈。她们晒黑了皮肤,双手生出了茧子,脚上也磨出了水泡,但却从未打过一次报告中途退出。正是怀着这种不服输的信念,她们多次在国防生大队各项检测考核中夺得优秀的成绩。

"休言女子非英物,女中自有豪杰在。"砺剑巾帼班成员,通过自己的努力将青春书写出更多光辉与色彩的篇章。她们总是积极地出现在各项活动中发挥自己的特长，让绿军装更加充满激励与风采。也许从此以后，生命中并非繁花似锦，但那一刻起，她们就为生命定下了主色调，那一抹橄榄绿鲜亮而特别，那是她们梦的颜色，是她们所追寻的颜色。飒爽的英姿迎着灿烂的朝阳，明净的脸庞洋溢着青春的自信。她们选择了远方，这一路便只顾风雨兼程。

身上的迷彩，就是对青春最好的承诺；现在的付出，就是对未来最好的告白。迷彩舞动青春，戎装英姿飒爽。新一代的女国防生，如青春似火的铿锵玫瑰奔向风雨中，励志图存、自强不息、锐意进取。

红色梦：营造军营文化，创造育人环境

国防生的培养质量，事关部队建设的发展与未来。国防生是国家和部队未来的接班人、举旗人、圆梦人，能否将国防生培养成坚定举旗人、可靠接班人、出色圆梦人，信念坚定、忠诚可靠，让党和人民放心，这是最核心、最根本的。

深夜，当大多数人都安然入睡时，友谊校区里的国防生公寓还有一盏充电小台灯亮着，鼠标零星的点击声，键盘的敲击声，还有笔尖滑动的沙沙声……电脑屏幕微弱的反光下有一个正在沉思的脸廓，这便是来自大凉山的西工大《国防生报》执行副主编罗伟。《国防生报》是西工大国防生重要的平面媒体机构，适时向外界宣传报道展示国防生的学习、训练、文化活动等动态，随着近两年宣传力度的加大，《国防生报》逐渐被地方高校、驻训部队、军队院校、总部机关、省市政府等所熟悉，影响力也越来越大。此时此刻，他正在采集本期《国防生报》的照片、文稿，工作运转及大项工作的投入不可有一丝一毫的懈怠，他心想着明天如何与刚刚更换的设计公司来设计与规划版面。在《国防生报》工作学习锻炼，校园的生活更加充实而又忙碌。2016年元旦，他参与设计印制了精美的西工大国防生第一季明信片，受到了广大师生的青睐。明信片上写满了祝福，被寄往海内外。"在《国防生报》工作，不仅仅是培养业务技能，更是锻炼自我约束能力，让我学会了合理安排自己的时间，用有限的精力去创造更大的价值。"罗伟把每一次的挑战，都当作是证明自己的舞台。

针对地方大学校园文化呈开放性、多元性和交融性的特点，加之地方大学生认知多维、追求多元、思想多变的特性，多年来，驻校选培办始终坚持把思想政治建设放在第一位，持之以恒地用军营文化占领国防生文化主阵地的制高点。利用假期组织国防生党支部赴井冈山、延安、西柏坡、富平、照金等红色教育基地参观见学，进行爱国主义教育及革命传统教育。通过红色基因传承教育，起到了陶冶情操、净化心灵、明理增智和凝心聚气的效果。2013年，自动化学院国防生党支部被陕西省委宣传部评为社会实践活动优秀团队。

"网罗一切有才艺的同学。"这是宣传部长郝惠悦的口头语。10月初秋，军

训刚结束,大队的各个社团开始招新,大一的三名女国防生还不知道,一场"人才争夺战"已经悄然拉开帷幕。黄丹,加入了宣传部板报组,参与制作了多期优秀板报,在绘画作品收集中提交多幅作品,表现出在美术创作方面的独特潜力;陈若彤,加入国防生艺术团主持人团队,并担任迎新晚会的主持人,一展风采,在升旗仪式上进行鼓舞人心的升旗演讲;苗青,加入了《国防生报》,参与编写的新闻稿多次发表在西工大国防生微信平台上,积累了文字编辑方面的独到经验。国防生中藏龙卧虎,人才济济,能歌善舞的、吹拉弹唱的比比皆是。2015年6月,国防生毕业晚会圆满结束,整个礼堂中掌声雷动,叫好声此起彼伏,舞台上的演职人员尽情地欢笑、拥抱、合影。这台晚会被广大国防生誉为"史上最牛的毕业晚会",受到了西安地区部分驻军、军校和西工大领导的高度好评。

"我有一个梦想,让五星红旗随风飘扬,沐浴着阳光与微风,昭示着和平与希望。"他就是西工大2011级国防生国旗班第一任班长董明浩。寒冬腊月,西安室外气温达到零下7摄氏度,天蒙蒙亮,其他同学还躺在被窝里的时候,董明浩已经第一个来到操场,开始了训练。然而他的身上就只有一套橄榄绿的军装加上一件衬衣。晨练的人问道:"你们穿这么少不冷吗?""冷,很冷,再冷也要坚持升国旗!"训练结束,队员们的手都冻僵了,整个身体仿佛都要被冻直了,但是总会有人发现董明浩班长的身上腾出白色的蒸气……

国防生既是普通生,又是准军人,这种特殊的身份使他们在校园中显得格外与众不同。在董班长的带领和培养下,王天啸、王傲楠、罗士琳、贾雪柱逐步成长起来。国防生国旗班与国旗护卫队坚持举行升国旗仪式、节日主题演讲、走进大中小学,极大提升了国防生在兄弟高校和军事院校的影响力,同时培养了国防生热爱祖国、热爱人民、服务社会的爱心意识和主动自觉。

春去秋来,如今董明浩班长已经带着他的强军梦想去了新疆,成为一名守卫边陲的勇士。全体国旗班的战友相信,班长会让火红的国旗沐浴着霞光,随风飘扬在祖国最纯净、最蔚蓝的地方。

驻校选培办大力倡导"三个一"活动,提倡国防生"尽孝心,见行动",摒弃网络媒介,人人手写家书,加深与家庭亲人之间的情感。组织国防生走进敬老院开展爱心活动,为留守儿童助学帮困。正如西工大《国防生报》执行主编李一的文章《感知亲情,收获成长》中所写:"此次'三个一'活动,帮助我们打开了感知亲情的触角,明白了自己于家庭、于事业、于国家所应承担的不同职责,同时也收获了一笔宝贵的精神财富。"

艺术团的存在,是一个能将个人的想法付诸行动的证明。智鹏,一个热衷于各类文艺活动的2012级国防生。他作为国防生艺术团团长,在表演方面,尤其是话剧与主持方面,很有自己独到的见解。在2016年的毕业晚会上,他成功地扮演过杨业功。成长的路上总要有足够多的荫翳,才让成功变得更加厚重。"这不是我们的专业,我们也并不是为了外出表演加学分得奖,我们只是为了给国防生们一个展示自我的平台,让国防生文艺活动,成为校园文化中最浓墨重彩的一笔。"这是智鹏对国防生艺术团的诠释。2016年元月,国防生艺术团受邀参加了火箭军工程大学研究生毕业晚会,并多次受大学邀请参与校级的演出,得到了各方的一致好评。

冰冻三尺,非一日之寒;滴水石穿,非一日之功。"勿忘初心,当初的我们是因为双节棍聚集到了一起。"现任的武术队队长涂成鹏是这个组织唯一一个从大一走到大四的"老同志"。"记得有一次参加中队组织的慰问表演时,我的头部被挥舞着的双节棍击中了。当时我因为临场时的兴奋,并没有注意到自己的头部正在流血。当温暖的液体从头顶流下来时,才知道自己被击伤了。那时的我对自己的表现感到很羞愧,毕竟已经练了两年多的人了,而且还是在那么多人的面前打伤了自己。之后的一个月,我陷入了低谷。但是这一切,也成为以后让我继续前行的动力。"涂成鹏经常在训练完之后,会在操场上多练几分钟。他说:"也许我不是这个组织里双节棍最好的,但是我想成为那个最努力的。"

"伟大的时代需要崇高的精神来支撑,伟大的事业需要榜样的力量来引领。"国防生今天是高校的青年学子,明天是军营的钢铁战士。在长安校区"翱翔学生活动中心"的讲台上,来自火箭军边远艰苦地区某旅副部队长邢建军和某部发射连连长、西工大优秀毕业生尹东,正在作《如何适应部队要求,提高第一任职能力》的报告。邢建军于2002年和2006年在西工大获得本科学士学位和硕士研究生学位,第一批毕业国防生,志愿分配边远艰苦地区部队,多次立功受奖,被评为"火箭军十大砺剑尖兵"。尹东,在校就读期间,创立了"西工大国防生尖刀班"。"尖刀班"事迹被新华通讯社《国内动态清样》《解放军报》《中国青年报》《国防教育》《火箭兵报》等相继报道,并被原第二炮兵命名、授旗为"砺剑尖兵班"。他入选"全国大学生基层就业典型人物",荣获旅"优秀基层干部""优秀共产党员"称号三次,荣立三等功两次、二等功一次。报告会结束后,许多国防生写下了真实的感受和体会,冯思远同学是这样描述的:"我们国防生没有选择诗和远方,而是选择了祖国和边关!自古忠孝不能两全,我们欠家人太多,但是我们无愧祖国,无愧青春,无愧自己!祖国终将选择那些选择了祖国的人。"

驻校办专门聘请十多位西安政治学院和火箭军工程大学的专家教授,为国防生讲授军政理论课;积极组织国防生参加学校开展的"翱翔名家讲堂"活动,聆听金一南、罗援、李莉、司光亚等军事名家及英模人物的精彩授课;邀请在艰苦地区扎根一线基层部队的优秀国防生代表返校作专题报告,言传身教,树立广大国防生自愿到艰苦边远地区部队建功立业的决心和勇气;组织国防生赴火箭军工程大学参观兵器陈列室;征集国防生有感而发抒写的充盈着正能量的各类文章,编撰成《红色梦想》青春励志系列丛书;在美丽校园中竖立"和平利剑"主题雕塑,开辟国防生军用器械训练场等,通过全面承担大学新生军训任务、举行毕业国防生出征仪式、召开年度总结暨表彰大会、举办迎新和毕业晚会、与军校学员开展交流活动等各种形式和载体,净化育人的氛围和环境,坚持不懈地用中国特色社会主义理论体系武装国防生,持续培育当代革命军人核心价值观,确保全体国防生理想信念坚定、价值追求端正、思想道德纯洁。

火箭梦:砥砺血性胆魄,争做四有军人

2016 年 4 月 19 日,"和平利剑"主题雕塑的落成及揭幕,翻开了西工大国防生历史上的新篇章,越发突显提升了在校国防生的地位和作用。当下,中国国防生不仅仅是一道镶嵌在臂章上的标识,校园中一抹春雨抽新的碧绿,更是引领校园风尚的风向标,深化改革强军路上的圆梦人。

不畏狂风骤雨,亦不惧烈日炎炎。2016 年 5 月 16 日,火箭军参谋部训练局对 2016 届本科毕业国防生军事职业基础素质考核全面展开。前一天还大雨瓢泼,空气潮湿阴冷,今天却是阳光强烈而炙热。副大队长周聪聪掩饰不住极度兴奋的心情,做出一个漂亮冲刺的手势。毕业国防生全部穿上专属"马甲",一个个鲜明亮丽的身影,穿梭在午后刺眼的强光下,清晰的远山映衬出他们矫健的身影,忽而成团,忽而成线,一圈又一圈,一步又一步……快速奔跑在通向军营大门的征途上。有的同学到达终点后,微笑着举起右手摆出"V"字型,有的则累倒在草地上……忽然一阵喧哗传来,只见毕业国防生马乾突然加速,一路狂吼,冲进了及格线。数据显示,毕业国防生跑出了 3 公里 98% 合格率的好成绩。周聪聪果然跑出最好成绩 10 分 47 秒,超过了平时的训练水平。

单杠考核场地,宣传部副部长吴家俊眉头紧蹙,屏住呼吸,正在全力以赴向自己的纪录发起最后的冲击。忽然,身旁的毕业国防生武术队副队长凤林"啊"的一声,不慎从单杠上脱手,重重地摔倒在坚硬的地面上,待考区里面的同学们不禁为凤林担心起来。经过在现场救护医生短暂的处理后,凤林去校医院拍了片子,便又重新走上考场,他扎上护腰,咬紧牙关,坚持完所有考核项目。西工大毕业国防生在考场上奋勇拼搏、斗志顽强,感人场景不断闪现……考核中,有的国防生出现摔倒、拉伤、脱皮等情况,但是,他们绝不轻言放弃,一拼到底。西工大毕业国防生"轻伤不下火线"的砺剑尖兵精神,激励着现场的每一个人。考场上所发生的一切,尽被考核组的所有考官们所关注,他们对凤林同学所表现出的勇于拼搏、敢为人先的砺剑尖兵精神,赞叹不已!对西工大毕业国防生迎难而上、永争第一的顽强斗志和精神风貌,给予充分肯定和高度评价。

"会挽雕弓如满月,大国神剑斩天狼。"练练练,练为战;练在平时,用在战时。今天不是军人,明天就是军人;今天练在操场,明天奔赴杀场。驻校选培办着力培养打造"有灵魂、有本事、有血性、有品德"的优秀国防后备军官队伍。优异成绩的取得与训练前期的周密计划、精心备战是分不开的。"每学年一个半

月的军政素质强化训练月堪称'鬼门关'。"大队长臧帅东和教导员郭佳感慨万千,"特别是杜亚宁、刘亚凯、高鹏、雷云奔和闫海涛5名国防生研究生值得表扬,虽然他们是我们的学长,但是都很低调,天天坚持参加训练,与学弟学妹一起摸爬滚打,从来不搞特殊化。"强化训练月之初,驻校选培办会专门协调训练基地,抽调数名经验丰富的基层带训班长来校担任强化训练的专职教官。从4月初开始,国防生便展开了紧张密集的训练,为毕业军政考核作全面的准备。

为提高国防生体能训练的科学组训水平与方法,火箭军工程大学军体教研室魏际英教授专程来西工大为国防生讲授"力量训练""训练伤病与救治"等,并为处在不同年级、不同体能水平的国防生"量身定制"切实高效的训练方法。每到傍晚时分,操场上便呈现出一处处景观,迷彩绿汇集的一块块训练场地上,展开着不同的训练方式:单个军人队列动作、班队列动作与指挥、引体向上、曲臂悬垂、5公里越野……争分夺秒,你追我赶,热火朝天。多少次挥汗如雨,多少次几近放弃,但依然咬紧牙关,战胜极限。

"流血流汗不流泪,掉皮掉肉不掉队。"副教导员陆尧,这个来自青海的西北汉子脱口而出斩钉截铁。除了在操场上挥洒汗水外,国防生还注重平日的个人加训。几乎在每个宿舍门口的上方,都会横立一根单杠,国防生看书累了,吃完饭了,随时随地拉上几个,吼上几嗓子,既释放了压力,又将体能提升积累在了平时。友谊校区的国防生公寓和星天苑E座的二楼活动室,被单独开辟为国防生健身室,杠铃、单车、哑铃、握力器……由驻校选培办购置的各类健身器械满足了不同训练的需要,也吸引了大批健身爱好者。男男女女的普通生从国防公寓楼下经过时,常常能看见国防生赤膊上阵,肌肉健硕,挥汗如雨,挑战竞技的炽热场景。

在不知不觉中,国防生的皮肤变黑了,身体变瘦了,失去了刚进校门时的娇气和骄气。然而,他们更加像是一个浑身上下散发出军人阳刚之气的兵了。

成才梦:提升培训效益,军旅桃李飘香

任何耀眼事物的诞生,都不是如流星般突兀地出现在漆黑的夜空。在那之前,必将经过一段漫长的磨砺和积蓄,正如冬日里在冻土层下瑟瑟发抖的种子,剥落了硬壳,汲取了足够的养分,突破了厚重的土层桎梏,才能在春天到来时,挺起一抹脆弱易折的嫩芽。

棕绿的火箭军迷彩、蔚蓝的空军迷彩、灰褐的陆军迷彩,这三种迷彩巧妙地融合为一体——"卓越工程师班"。从2013年9月启动"卓越计划"至今已经培养了三批某领域特殊人才。这是一个普通的集体,由西工大、北航、哈工大三个大学的国防生组成;这又是一个特殊的集体,他们背负着为部队某领域发展贡献

力量的使命。"此事业注定有着光明的未来,而我们将是某领域部队中那一颗颗坚固的'螺丝'。"此刻,区队长黄民、党小组长于泽祥、副区队长董路瑶为他们当初正确的选择而心中充满骄傲。卓越工程师们正汇集在星天苑操场,聆听着航空学院老师们的讲解指导,在老师与学生之间犹如无线电信号的发射与接收般完成了传播的过程,这些信息被储存在了学生们的大脑中。"某领域以其特点在未来战争中将发挥巨大优势,起到无可替代的作用。"卓越工程师们的思绪也跟着飞上了云端,犹如盛开着三种迷彩颜色的青春小花,绽放在科技强军的征程上。

作为国防七子之一,西工大充分利用三航三飞和科技资源优势强化国防生的科技素质,全力打造国防生培养"特色品牌",着力提升国防生的核心竞争力。国防生杭久成,获十多项全国和国际发明奖,是全国唯一一名获得"全国青少年科技创新奖"的,2005年获中国青少年科研发明一等奖,受到党和国家领导人接见;国防生盛兵,获9项国家发明专利。据统计,当前29.7%的国防生参加过国家军队科研项目的研究,11.5%的获得过省部级以上的学习竞赛、科研成果或国家发明专利奖。

国以才兴,军以才强。火箭军参谋部训练局与西工大着眼部队对高素质新型军事人才的新要求,积极探索、认真研究高等教育和军事人才培养的特点规律,深入把握军事人才的知识结构和专业素养,努力培养造就创新意识强的复合型新型高层次军事人才。先后为火箭军举办了八期相关技术干部培训班,培训急需人才350人;三期高科技培训班,培训特殊人才90人。为军委政治工作部举办三期相关技术干部培训班,培养专业技术人才315人;两期某领域前沿技术培训班,培养全军拔尖技术人才80人,累计835人。通过任务拓展,既为军队急需人才培养做出了应有的贡献,又走出了一条具有火箭军特色军民融合培养军事高层人才的新路子。

大鹏一日同风起,扶摇直上九万里。如今,毕业到部队的国防生已经开始崭露头角,先后涌现出"火箭军十大砺剑尖兵"邢建军,"全国大学生基层就业典型人物"尹东,优秀营长李建波,"优秀基层干部""十大优秀连队主官""第十届全军学习成才先进个人"李振强等。一批又一批的西工大国防生完成了从地方大学生到部队优秀军官的华丽转身,扎根基层,建功立业。部队用人单位普遍反映西工大培养的国防生干部目标定位准确,作为一个优秀群体在部队信息化建设、武器装备技术革新、科研攻关、拓展带兵治军思路等方面都发挥了重要作用,受到了广大官兵的欢迎。2005年6月,驻校选培办被原总政评为全军接收和培养地方大学生干部工作先进单位;2011年9月,被原第二炮兵评为人才建设先进单位;2015年和2016年,蝉联原第二炮兵和火箭军机关驻校选培办和毕业国防生大比武冠军;2016年4月15日,火箭军机关报《火箭兵报》在《东风○纪实》专版中,占用了大半个版面刊登了《高校里的国防生》,全面介绍了西工大国防生教育培养工作情况。据了解,在《火箭兵报》刊发6 000多字的大篇幅的有关国防生培养工作的文章，还是有史以来的第一次。

"仗剑卫国勤学业，携笔从戎放梦飞。"2016年毕业晚会的锣鼓即将敲响，出征仪式的军号又将嘹亮。听，2012级毕业国防生踏上改革强军新征程的步伐声越来越近了；看，全体西工大国防生队伍整齐划一，严阵以待。秦岭北麓将军山下的五星红旗猎猎舞动，这支涌动在美丽校园中的迷彩战队，正在随时听从祖国的召唤；每一名国防生都将置身于这场时代的大考，在强军兴军的伟大实践中谱写出靓丽的追梦圆梦的青春凯歌。

爱的深沉

父亲坚持不出书，不写回忆录，不著书立传。从"花甲子"一直坚持到了"耄耋之年"。

因为时间久远的缘故，加之，父亲从不注意保留手稿，所以，在职业军人生涯的46年间，除部队正式出版的书籍和内部刊物中的文章外，几乎没有留下完整的文稿。

当您老了。

小的时候，父母牵手。长大以后，牵父母手。

时值隆冬，首都机场，怎么也不会相信，棉衣上裹大衣的父亲，竟然会出现在我的眼前。虽然身体清瘦，但是精神矍铄，笑容可掬的眼神中略显有些浑浊……

20年前，父亲一行人回国，我也出现在接机的队伍中。至今，历历在目，记忆犹新。那时，走下飞机的父亲精神焕发，身强体健，见到我既惊讶又喜悦。

此时此刻，作为儿女心里都明白，数十年的雨雪风霜，可以压弯父亲的腰杆，染白父亲的双鬓，但是，改变不掉的是父亲对晚辈的爱——越发深沉。

从一名普通士兵到共和国将军。

人生历程，艰苦奋斗。父亲16岁参加工作，在区里的粮食管理所，是个小干部。人缘又极好，没有被褥便与别人挤着合盖，吃不饱饭单位的几个大姐轮流给他几两饭票。当时老百姓生活还很困难，甚至有的因为挨饿而暴毙街头。但是，在这天灾人祸的极端困难下，我们国家的粮库依然完好无损。试想，那个年代的人们思想觉悟是何等的至高无上啊！

虽然工作尚好，令人羡慕，但是向往从军之路一直以来却是父亲心中的人生梦想。三年后，他与两个儿时伙伴来到武装部要求报名参军，前来征兵的领导对他颇有兴趣，问道："贤勋，你为什么要当兵？你现在是干部，到部队就是个兵，你愿意吗？你现在每月工资36元，当兵后只有6块多的津贴费，你不后悔吗？"入伍半年后，父亲靠着吃苦耐劳、勤学苦练，很快当上了优秀班长。在军中大比武时，面对56个炮兵班，不同口径、不同类型的战争之神——大炮，他沉着冷静、精准计算、果断指挥，率领全班取得了第一名。1958年底，他考取了北京炮兵学校，并获得"实弹射击优秀指挥员"的殊荣。他用实际行动回答了征兵领导的三个问题，最好地诠释了"好男儿当兵，为祖国而战"的崇高的理想信念。

印象最深的是家住南礼士路筒子楼，一间12平方米的小屋，一张黑漆椅子当饭桌，一家三口正好一人一个面。当唐山大地震波及北京的翌日，市民还沉睡在马路上时，父亲却毅然回到余震不断的房间工作，此举震惊了整个大院。改革开放的春风乍起，在李水清司令员与父亲谈话后，他决然带领家人将户口西迁至人烟罕至的青藏高原，为了钟爱的导弹事业献了青春献终身，才有了日后翻越大坂山遭遇雪崩、支队煤炉中毒、化解地方民族矛盾危机等；才有了建国45周年，大漠戈壁长风起，战略导弹下高原，第二炮兵列阵天安门前，掀开神秘面纱的壮丽史诗。

为人父母，为人师表。

"人生两件宝，双手与大脑。"父亲退休后与退休前没啥两样。工作时，调查研究，伏案疾书，快走散步。退休了，还是笔耕不辍，悠闲散步，引吭高歌。因为时间宽裕了，结合在任时的调查思考，各种文章下笔神助，纷呈而至。许多编辑记者经常约稿请教，一来二去便也成了忘年交的文友。

无论是在基层一线作战部队、文化氛围浓厚的军队院校，还是在庄严肃穆的领率机关，父亲除了工作，就是写作。书柜、案头、窗台上整齐地堆放着高高的书籍、资料（从不上网，手工查阅，几本辞典的硬壳外皮被磨秃掉了下来），完全没有时下一些老干部的诗琴书画、吹拉弹唱，也没有钓鱼下棋、收藏照相的雅好。

父亲一生坚守四个不：不喝酒、不吸烟、不饮茶、不跳舞。不饮茶的原因，是他在青藏高原基层部队多年，风餐露宿、食无规律，经常吃青稞面（也俗称钢筋面），因高原上蒸煮不熟且难以消化，患上了慢性肠胃炎。至今，还留有肺气肿、风湿性关节炎、腿部血管条索状闭塞等高原性疾病。父亲经常乐观地对人讲："虽然身上有些小病，但是，重要的是我有一颗好心（心脏）。"

父亲很少和家人团聚在一起。在支队工作时，连元旦、春节都很少在家过，总是与干部战士欢度在一起。1983年，他在基层蹲点109天，并亲自动手写出5份调查报告。1990年，他七下海西，行程8 000多公里，平均海拔3 500米以上，部队阵地、哨所、牧区都留下了他的足迹。虽然聚少离多，但是，父亲对家人的情感却愈发浓厚。他每次回家，总会带我去澡堂洗个澡，全家人走上三站路到古城台买蔬菜。回来后，父亲和母亲一起做饭洗衣洗床单晒被褥……那时，凭我稚嫩的理解，优秀的军人除了笔和枪，还应该有颗心如垂挂在天际闪烁的星，始终照看和温暖着家人。现在想来，应该叫作高情商。

少时夫妻老来伴。2010年上半年，一次意外的交通事故，母亲仇桂华被送进了急救中心。当时，虽然大家都焦急万分，但是父亲却很冷静，听取主治医生的会诊结果、治疗方案，通过殷方龙将军联系条件更好一些的总装备部总医院。一切安排妥当后，他对肇事的人说："忙了半天了，你们也累了，和我们一起去吃个饭。"因为术后母亲行走不便，父亲每天去食堂打饭。一个退了休的将军，为照顾伤残的老伴，天天提着一个饭盒，风雨无阻，爱心依旧。每当机关干部提及此事，不由地对父亲更加敬重。

六

只看重生命的质量，不追求生命的长度。

2010年秋，父亲被解放军总医院告知患上病毒性脑炎，多次通知病危。他竟然在意识不清，手脚固定在床边，被病魔折磨得极端痛楚的状态下，对医务人员、陪护人员送上鼓励和赞美之辞，这与同病患者中有暴粗口、摔东西的表现大相径庭。所有医务工作者和前来探望的军地好友，齐称这是老首长一生品格修养的自然流露，对父亲赞佩不已！

父亲不唯"长寿论"是出了名的。他从"知天命"到"古来稀"，经常会与身边人聊这事,也不太理会别人的反应。他在文章中写道,病危时,见到了孔子,便非常高兴地央求圣人将我带走。孔子摇了摇头道:"民间说的七十三、八十四,是指一般的凡夫俗子,你不在其中。"父亲心有不甘,称自己年值七十三。孔圣人依然是摇了摇头道:"所谓的七十三,指的是虚岁,你还不在其中。"父亲苏醒后,看见天花板上有小孩在跑动,便问是谁家的,之后才将此事告知亲友,语气中竟充满了些许遗憾。

在我看来,父亲身上或许有太多的迷,至今也没有解开。

父亲的一生,是勤勉的一生,奋斗的一生,正直的一生。

父亲的家乡在山东青岛的莱西市,他16岁就参加了工作,我将他的事业轴心线,归结为"黄河大合唱"。黄河,孕育了中华民族,天下黄河九十九道弯。连接父亲历经过的工作地域的坐标,惊奇地发现大多都在黄河沿线上。从黄河的入海口一路逆流西上,来到了青藏高原的三江源——黄河的发祥地。然后,在这里转了个弯,又一路回到北京。父亲的人生轨迹,戏剧性地来了个三进京城。

父亲对自己的要求也近乎苛刻。晚间,营区大院他的办公室的灯光,被人们称为长明灯;他的讲话稿从来都是自己写,独特的语言风格受到官兵的喜爱,台下时有抄记;他可以不用查阅档案,脱口而出基地每个干部的履历情况;他能够叫出机关大院所有子女的名字,他是孩子们可亲可敬的"李伯伯""李爷爷";他出众的口才及语言表达能力,令省市广电报社的记者折服敬佩;他几十年如一日,在任期内从没有休过假、疗过养;他在训练中不慎右脚骨折,还坚持每天出操、上班;他主抓部队计生工作,为以身作则有公信力,我家成为大院唯一的独生子女户(20世纪70年代初);他长年坚持八小时以外在办公室处理事物,从不让家人出面会客;他戎马生涯几十载,却没有一个亲戚在二炮当兵;他几度工作调任,官兵群众自发地欢送,从家门口一直排到营区大门口,又送到火车站台上;他做双拥工作深得人心,与驻地政府和百姓心贴心,是西北部分地区藏、回、蒙等各族群众心目中可亲可敬的"李将军"……

礼物,大胆加冲动。

父亲自退休以后,勤动脑体,笔力雄健,在军地报刊发表文章甚多,但是,大多是以散篇的方式保存的。经常来家来电的首长和老战友、老部下与亲朋好友,多次劝他写回忆录,说有这么好的文笔,理应出本书的,父亲却是不为所动。

一次,《子女教育》主编许娟和雷红霞园长与父亲谈到火箭兵的后代——"导弹娃"的教育培养时,似乎触动了老人家不出书的底线。加之,王克、李旭阁、王洪福、葛东升等老将军、老首长、老战友或家人相继送书,身边忘年交的文友刘业勇、刘小渡、周国才、赞歌、周炜、刘永江、江燕等也极力赞成,终于,态度上有了一点点松动的迹象。

忠孝,乃民族之脊髓,传统之美德。忠国、孝祖,绵长中华五千年。作为子承父业的军人,担当着培养军队未来尖端人才的重任,且工作单位又在异地他乡,很难做到忠孝双全。既然是为国尽忠,便也亏欠了许多对父母和妻儿的"感情债"。

"羊有跪乳恩,鸦有反哺义。"作为儿孙,有责任也有义务,为生身父母做些自认为他们会喜欢或是开心的事情。

心动不如行动。所以,我贸然决定,收集父亲少量在职时和退休以后部分发表过的各类文章汇集成册,作为八十寿辰的最好礼物,呈献给我此生最至爱的人。

九

好文如好方,作品亦人品。

好的文章,可以疗心、焙德、悦情、益智;好的作品,可以诲人、持家、立国、传世。从书中百余篇文章看,立意突出、观点鲜明、论据充实,皆充盈着蓬勃的向上观,喷薄着浩然的正能量。文章的脉络及韵味,彰显出父亲丰富的人生阅历,笃定的红色信仰,高迈的理论素养,良好的自我修养,不难品味出一名老党员的赤诚本色、家国情怀和教诲后辈的良苦用心。

这部《京师贤文》的问世,正值中国共产党成立95周年、纪念中国工农红军长征胜利80周年、中国人民解放军战略导弹部队组建50周年之际,父亲作为一名老党员、一名老兵,有幸在这"百福齐臻"的大好日子里,将自己毕生讴歌党、颂扬人民军队的作品结集成书,才真正是堪称值得纪念意义的好年景,也正迎合了他老人家一心向党、终身献军的忠诚品质。

十

诚愿,此书父亲会欣然接纳,父亲的好战友也会喜欢珍爱的。

第三极上的王老汉

南极、北极、青藏高原,被世人称之为三极。

西藏,一直以来被国人津津乐道为"最后一片净土"。

　　一杯底部呈浓浓的红色,中上部淡淡黄色的液体,静静地竖立在窄小的桌面上,这是红景天与红花特地泡制的混合茶汤,专门为初上高原的人抗"高反"而准备的。因为正宗的藏红花太贵,而且又很难买到真品,所以许多人只有用红花来替代咯。据说,应该在上高原的前一周饮用,才能起到效果。

　　在这个奋力爬坡的列车上,像诸如此类和不知名的土方所泡制的杯中之物比比皆是。

　　驶往拉萨的列车上充满了欢声笑语,人们那种既兴奋又忐忑的心情难以掩抑,交感神经被刺激得突突直跳的原因,是即将踏上第三极莫名的冲动与激动。大家心中略有不安的是,担心自己面对漫漫裹袭而来的高原反应(在青藏高原地区简称为"高反")。

　　G是一对老夫妻,经常出门旅游,老两口在卧铺中间的小桌子上堆放满了吃食,G大嫂手握一把加长的铁把大钳,将一只只滚圆且潮湿的核桃喂进虎口,然后，将碎裂的硬壳剥脱，裸露出或筱白或粉嫩的小鲜肉来，再用她那双粗糙而灵活的指尖，轻轻勾起夹裹在果肉缝隙中浅棕色的外衣，顺势一拉，一张形似脑仁的完整的皮子，便被她卓有成就地卷搓着，扔进桌下的黑色的垃圾桶中。

陕西历来盛产水果，洛川苹果、彬州酥梨、富平柿子、临潼石榴、陕北大枣、周至猕猴桃……秦皇汉武的后裔也喜欢吃青皮核桃，时令季节，古城中的大街小巷经常有卖，买的卖的手指染黑也在所不惜。

咔咔嚓，我上手用大铁钳夹碎了两个核桃，真好使！

此时此刻，令我这个闲人最感兴趣的是，她手中硕大的铁钳是如何带上车的？进站时，不但皮箱、背包被检查个仔细，连我这个大活人也要被安检的小姑娘上上下下摸个遍。真是邪门，难道眼前的这对老夫妻深谙乾坤大挪移……

青藏铁路线全长 1956 公里，途径格尔木、昆仑山口、沱沱河沿，是世界上海拔最高、在冻土上路程最长的高原铁路，被誉为"天路"。

当列车缓缓攀上，行驶到三江源自然保护区——可可西里腹地之时，车窗外景象陆续映入游客的眼帘，蓝白黄绿红五色经幡迎风飘荡，孤零的玛尼堆旁，时不时会忽然出现游荡或奔逐的藏羚羊，或单枪匹马，或成双结对，或三五成群，乖巧机敏；遍野的牦牛群，如洒落在绿毯上的黑珍珠，点缀在蓝天白云、青山绿水之间，悠然自得，洋洋洒洒；结伴而行的野驴，东张西望的旱獭五六只排成一排……

起初，有个坐在窗口的分贝颇高的老年妇女 Z，不时向大家通报窗外随时发生的变化："快看，有藏羚羊。""有野马野驴。""有老鹰在天空上。"她一惊一乍的，精力及其充沛。这些，都会引发车厢内一阵阵骚动，传来亢奋的尖叫声，大家立马聚集到飞速移动的窗口，用长枪短炮、手机、卡片照相机追踪的热点目标。大伙叫好喝彩之声，更加令 Z 妇深感得意，竟自数落起来晚的人，为他们扼腕叹息。

措那湖——当"高原明珠"从天而降时，又引起乘客的一阵惊叫。海拔 4594 米，湛蓝的湖水，洁白的云朵，飞翔的水鸟，如诗如画，众人皆惊叹不已，恍若间，以为已经到了西藏的纳木错。

G 妇指挥 G 夫，拍这照那，却总是不满意，当众训斥。干脆，自己披挂上阵，逮哪拍哪，自此以后，皆是如此，基本上剥夺了 G 夫照相机的持有权，被大家戏称为团队里最爱拍照的人。

列车明显在减速，广播中传来播音员清脆的声音："列车正在翻越唐古拉山口，如有感到不适的乘客，请按下供氧塞吸氧缓解。"空旷的原野上，雄鹰凌空盘旋，牦牛低头觅草……肥美的草甸如同画卷般的景象似乎漂移起来，这是到达了"天路"西藏之旅海拔的最高峰，车厢里的人们开始有了不同程度的反应。但是，绝大多数人都还在坚持着、忍耐着，面对诱人的供氧口，硬是无动于衷。

5067米的海拔高度，不是仅凭意志力便能与之抗衡的。人上一百，形形色色，真是有意思，每个人面对高原反应的表现却是不一样的，有的开始不停地呕吐，有的头痛如针扎，有的鼻塞胸闷……有的却一点反应也没有，真乃老天造人也弄人。

一个年轻的女孩在男友的搀扶下，直奔洗漱台，大口大口地呕吐起来，直到吐得瘫软在地面。好心的人们纷纷劝姑娘快吸上几口氧气，不然后果会非常严重。

从X市来的L导，唯恐避之不及般地远离了她的队伍，独享静谧，百般蹂躏着倒霉的手机。

这个时候，在隔壁车厢一隅中却有一个很不起眼的人，引起了我的注意。

这是个农村老汉模样的人。

他经常在狭窄的通道间走来走去，手中拎着个像是小炮弹一样的款式陈旧的保温杯。他吃东西也是丢三落四的，火腿肠与方便面经常是分别放在两张桌子上，却又时常找不到在哪里。

这是个奇怪的老人，模样约有六七十岁，一个花甲之年的老人，没有家人也没有同伴相陪，一个人提起行囊独闯天下，太少见了。

五

王老汉，今年六十岁，是全村唯一上过青藏高原的人，还有一次去过台湾的经历，这令他十分骄傲。

起初，下定决心要来拉萨的时候，他遭到全家乃至村民的猛烈炮轰。老伴像是飞上树的母鸡，用粗糙的食指狠狠地戳着他的头，令他感到如同冲锋枪一梭子点射般袭来；儿女像愤怒的小鸟，劝他不要去高原，因为他体质太差会出危险；邻里也闻讯赶来凑热闹，说他命中注定没这个福分，千万不要犯傻充愣，白白糟践辛苦钱……

陷于众矢之的的王老汉，如同一个被当众剥光的贼，任人泄愤和讥讽。一浪高过一浪的黄河大咆哮，让王老汉差点震蒙窒息。

"去西藏，不白活。"是他年轻时埋藏心底的愿望，只是因为这些年，村里没有人敢陪他前往，或是舍不得这笔不小的花销。结果，日复一日，一年复一年，将意气风发的小王,硬是拖成了暮气沉沉的老王。

那曲,入藏的第一站。

海拔 4513 米的那曲与青海玉树,是人们熟知的全国冬虫夏草最好的两个产地。列车上的游客仿佛已经克服了"高反"的不适,一窝蜂般地涌下车去,纷纷扮出心情愉悦、笑容可掬、欢快洒脱的样子,摆拍着各种姿势和造型,再手忙脚乱地发送朋友圈。

一路上,王老汉拎着小炮弹式的保温杯,成功地闯过了唐古拉山口,可是到了入藏的第一站那曲,王老汉身体也随之出现了一些状况,不仅是胃不舒服,还时常如厕。

拉萨,世界屋脊,在夜幕时分,越发神秘莫测。

王老汉踉踉跄跄地一屁股坐在了自己的旅行包上,耷拉着脑袋,一副无精打采的模样。显然,他的高原反应正在剧烈作祟。当他可怜巴巴地抬起头,仰望着站立在面前、口若悬河侃侃而谈的导游时,这才发觉他竟也不是当地人,而是一个地道的东北汉子。

"扎西德勒",汉子姓闫,西藏之旅的导游,他在王老汉脖颈上缠绕上洁白的哈达。不用多问,此时,闫导心理跟明镜似的,王老汉是高原反应呗。

简单的自我介绍,简单的行程安排,闫导便催促大家赶紧上车走人。

其实,王老汉的"高反"并不是很强烈,就是下火车后紧随"大部队"一路上走得急了。同路来的小 W,看王老汉"无依无靠"的模样有几分可怜,心不落忍,便主动上前帮他提上行李。

此时,王老汉无力地斜靠在大巴车座椅上,嘴角仍旧挂着微笑,像是一个结实的庄稼汉,稀里糊涂地被田间高高的即将收割的玉米棒子砸昏在地。

豪华旅行车行走在拉萨空旷洁净的街道上,不时有霓虹闪烁。此时,王老汉如听天书一般,努力理解着、消化着闫导天花乱坠的讲解,车里能够听进导游的话的人不是太多了,"高反"在每个人的身上都有所体现,只是反应程度不同。但是,现在所有成员最为关心的、心中打鼓的,是电视上经常曝光的旅游途中加费的问题。老话讲:"怕什么来什么。"果不其然,敏感的字眼接踵而至。

闫导话锋一转,开始宣传上自费项目了,这是旅游行业公开的"潜规则"。瞬间,每个人的费用又飙升上千元。

"我不同意!"倔强的王老汉使劲地嚷嚷道,生怕闫导听不见。此时,再看闫导鼻子都气歪了:"不交费就不让去!""你给大家打个折。"王老汉想中国人办事就讲个讨价还价。"少一分钱都不行！"闫导很蛮横，王老汉满以为自己的提议会博得全车人如雷般的掌声，没承想是这结果，这个泄气呀！此时的感觉，怎么这个闫导太像是自己村里的人了。"不去就不去！"王老汉也很倔，干脆脖子一缩，蜷缩在座椅里面，不再言语。闫导一看，这不耍赖吗，看在眼里急在心上呀，就指望这帮子游客赚钱呢。

"你这么大岁数干吗来了？不就是拼上老命逛西藏吗？""你这不去，那不去的，不如在家睡大觉。""钱也花了，人白来了，回村别人问你，啥也不知道，丢人不？"闫导不愧是东北人，口才了得。"你这是骗钱咧，电视上说过。""老爷子，实话告诉你，凡是来过的人，都是这个数，没有不交的。"王老汉认死理，头朝车窗，懒得再搭理闫导。"咳，老爷子，我给你灵活一下呗。"闫导被王老汉折腾得彻底没脾气了，压低了嗓门，"你不想去的地方不收费，行不？""我哪儿都想去。"王老汉继续倔强。"你真傻假傻，海拔五六千米，你敢去吗？你敢我还不敢呢，你出事了，我完蛋了！""你现在都蔫了吧唧，还铁嘴钢牙呢！"

在这个团队中，像王老汉这种情形的不止他一个人。曾坐火车窗口向大家通报"动物世界"的Z老妇也出现了"高反"，她非常担心，如果明天这种反应不消失，她会没有心情去任何旅游景点，太痛苦了。"什么？你也不去！"闫导炸锅了，脸色铁青："不去你就回家去！"态度之冷漠，行为之决绝。

这是拉萨夏末的一天。

在享用完简单得不能再简单的早餐之后，游客们鱼贯而入。顿时，大巴车上坐满了人。

闫导见人都到齐了，开始告诉大家此行的目的地：西藏的小江南——林芝。

为什么刚入藏就首选去林芝呢？那是因为林芝在全藏境内海拔高度是最低的，平均3000米左右，八一镇海拔2900米，是高原反应的临界点。林芝海拔低，植被茂盛，含氧量丰富。

对于首次来藏的游客讲，百分之九十五都会产生"高反"，每个人"高反"消退的时间也是因人而异。如果让游客带着"高反"的痛楚游览，那样效果就会适得其反。

实践证明，这样的安排是比较科学的，来到林芝后，绝大多数游客都会一扫"高反"的阴霾，恢复了来时的欢快。

紧接着，闫导又告诉大家一个闹心的消息，被称为中国最长最美的318国道，正在进行高速公路建设，路况很差，高低不平，让大家提早有个心理准备。

中国，幅员辽阔，不到这几个省或是自治区，那根本感觉不到，主要是集中在西北部的新疆、西藏、内蒙古、青海等，驾驶 SUV 跑上个几百公里，跟在其他城市跑个环路差不多，跟玩儿似的。

可能是因为上了年纪或是"高反"的缘故，王老汉一上车便头一歪，睡了。

他上车时，提的还是那个旅行包，像小炮弹似的保温杯随身携带。

当……当……几声声响将王老汉从甜美的梦境中震回了现实。原来，正如闫导所讲，大巴车行驶到高速公路的建设路段，大块的鹅卵石夹杂在泥泞之中，高低不平，从山石之上流淌下来的泉水分散成若干股冲刷着满目疮痍的路面，有的地方塌陷的面积很大。没有泥泞的路面正在进行施工，尘土飞扬，噪音轰鸣。

路况很差。车子摇摆的幅度越来越大，后排座椅上的人颠簸得很厉害，大家手忙脚乱地抓住一切可以抓到的物件，两只脚也在不由自主地勾住可以固定的东西。全车人的脑袋随着车体的摆动来回扭动着，犹如迪厅中舞动的人群，恣意而着魔。这时，如果没有了安全带，大家就会直接飞上了车的顶棚。

此情此景，不禁使我想起了一句话：事物都是相对的。既然你是来领略欣赏美景，充实精神享受的，那么同时也要付出身体的劳乏、旅途的辛苦，方可成正比。

"停车，我要上厕所。"正当大家左右摇摆惊魂未定之时，从梦中惊醒的王老汉突然伸长脖颈大喊一声。

王老汉的存在，成了整个团队的焦点。

雅鲁藏布江的雄浑，南迦巴瓦峰的神圣，南伊沟原始生态牧场的幽雅，卡定沟天佛瀑布的壮观，比日神山上的经幡云动，一日走四季的墨脱，林芝地区的母亲河泥洋河，给游人带来了无尽的遐想和神往。

游览景点时，王老汉往往都是走在团队的最后一个，他好像对导游的讲解并不感兴趣，多是边走边问问身边人或是当地人，这是什么花，那是什么草之类的，像是个老小孩似的。

在这个团里面，还有一个"单身汉"，那就是 Z 老妇。别人来的时候都是成群结伴，或是三三两两的，只有王老汉和 Z 老妇，孤男寡女形单影只的。有人则担心起来，这么大的西藏，你俩别走丢了，或是归队时间到了，不认路回不来了，到时全团的人还不得全体出动，撒丫子满世界地找你们呀。全车人半开玩笑半起哄地劝俩人临时组成一对时，他俩还别别扭扭不好意思起来。

谁也不会料到，刚一天下来，这对临时组合便出现了土崩瓦解的危机。

原来，这个王老汉自由惯了，受不得Z老妇的唠唠叨叨，在家时受老婆和家里人的气，好不容易出了门，又走出去几千公里远的路，还要受外人管，这可不是王老汉所愿意的。

但是，这还不是最重要的，重要的是Z老妇也不愿意。Z老妇爱干净，对新鲜事物充满了好奇，还拥有一颗年轻朝气的心呵！

可是，王老汉表现出的是暮鼓而不是晨钟。

一来二去，老两口，不对，应该是两个独立的老人之间发生了严重的分歧及内讧，最后，发展成为你走你的，我走我的。上车后，Z老妇再也不乐意坐在王老汉的旁边了，独自一人跑到了车尾的最后一排。

纳木错——念青唐古拉山口。

下车后，王老汉并不像其他游客一样，步履匆匆地赶往景点的标志碑，前呼后拥地争夺照相的最佳位置。他却倒背着双手，脚步轻缓，一个人走走停停，看到来自不同的旅游团照相的人，像打架似的脸红脖子粗地争夺地盘，笑着摇摇头走开了。

当王老汉再次出现在人群中的时候，大家吃惊地瞪大了眼睛，张大了嘴巴……

一个身穿藏袍、脸膛黝黑、浓眉大眼的藏族汉子，手牵一头黑白相间的牦牛，在松软的牦牛背上，坐着一个像是托塔天王一般的人，戴着一顶毛茸茸的藏帽，头颅高高地仰起，眼睛紧盯着清晨太阳升起的地方，嘴角牛牛地向上翘着，神气十足地似打了胜仗的将军。

"王老汉，快看，快看，哈哈哈……"许多人认出了王老汉，并被他所表现出的牛相逗得忍俊不禁，笑得前仰后合……

王老汉并不理会这些人的招呼和嘲弄，依然我行我素，雄赳赳，气昂昂，随着牦牛缓慢的步点，穿过拥挤的人群，停在了景点前的标志处。

正在兴头上的游人不乐意了，嫌王老汉的坐骑遮挡住了照相的角度，纷纷指责起来。王老汉可不管这么多，你说你的，我干我的，自顾自地摆拍起来，藏族汉子不停地教给他拍照的姿势：敬拜雪山、拔刀冲锋、沐浴旭日、瞭望草原……此时的王老汉，如同个玩兴正浓的老顽童，高兴得不亦乐乎！

终于，王老汉玩儿够了，环视了一下四周不满的人群，用手轻轻地拍了拍牦牛的屁股，一颠儿一颠儿地离开了犯了众怒之地。藏族汉子搀扶着王老汉下了牛背，很是亲热地问道："老人家多大年纪了？"当得知已经是60岁的时候，他忽然激动起来，张开双臂紧紧地拥抱王老汉，"你这么大岁数第一次来西藏，佩服佩服！"看得出来，藏族汉子是非常真诚的，"我今年55岁。"他给王老汉献上了洁白的哈达。60岁的王老汉与55岁的藏族汉子比起来，竟然还显得年轻了许多。

"家有一老，如有一宝。"至此，王老汉个性化的展现，在团队里那可谓是一炮打响，深入人心，绝对可以算是一个"活宝"级的人物了。

相比较大昭寺的人声鼎沸，八廓街即八角街人流的摩肩接踵，熙熙攘攘，小昭寺却显得门庭冷落。由此可见，尼泊尔尺尊公主深受松赞干布宠爱远胜于文成公主。怅然间，我们这些从"东土大唐"而来的人，多少感到有些不可思议，心灰意冷。倒是性情耿直的金城公主的气魄和胆识，为众人所赞赏。

王老汉算是一宝，可他随身还带着一个宝贝呐。

每到一处，王老汉都会伸手在上衣布袋中掏上好一会儿，然后摸出个不大不小的物件来，这是个沉甸甸的普通的放大镜，金属边缘上缠满了透明的胶带。大家这下明白了，这就是王老汉的"老花镜"，王老汉憨憨地笑着说："这个东西非常好使，你看看。"

王老汉随身携带的旅行包也是个宝物，不管什么时候，只要有需要，王老汉都会从里面捣腾出想要的东西来。小W是个有心人，从来只见王老汉从包里往外掏东西，不见他买东西放进去，于是便和王老汉聊了起来，并且动手翻了翻他的包。因为之前，小W曾主动关心过王老汉，还给他买了"高反"的药品，所以王老汉对小W印象很好，并不在意。

旅行包底下是几件皱皱巴巴的换洗衣服，在此之上，有一个大塑料袋引起了小W的注意，里面是一些吃食，全是农家自做的面食，这个可能与王老汉是山西人有关。"哇……"突然小W叫了起来，原来是有的面饼上长了霉斑。虽然时值8月底，西藏的天气已然是入秋的季节了，但是"早穿皮袄午穿纱"的高原季候，再加上长途旅游，也会使食物变质。"已经坏了，不能再吃了。""啊……啊……"王老汉显然是在应付。"会拉肚子，会生病的。"小W也看出来王老汉是在敷衍，便一把将塑料袋从包里提了出来向垃圾桶走去。"不行，不行！"王老汉一溜小跑追了过去，"这是口粮，不敢乱丢。"

有句俗语："晋老西，晋老抠。"你想从他手中拿走一个铜板都难。原来，王老汉从家出来之前，已经做好了充分准备。他早就计算好了，本次出行往返十天左右，让老婆子做了干馍。虽然，老婆子很是心不甘不情愿的，但是心想，总比老头子在外面花家里的钱强啊,于是乎,嘴上嘟嘟囔囔地忙活去了。

王老汉从山西先到的陕西,再从西安乘车去拉萨,这一来二去,已经折腾四五天了,加之又值8月的炎热季节,吃食放在塑料袋里面,可不就捂坏了吗。

"扑通"一声响,小W的手从垃圾箱中已经抽了回来,王老汉都急红眼了,恨不能一头钻进垃圾箱里。一看这架势,小W赶紧摆手说:"不许捡,今后你的饭我管了。"几乎扑进垃圾箱的王老汉猛然一愣,呆在了原地。

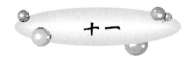

十一

纳木错,西藏第二大湖泊,藏语"天湖"之意,是西藏三大圣湖之一。从远处眺望,波光粼粼,若隐若现,璀璨动人,如一面巨大的灵动的宝镜,镶嵌在藏北的草原上。

请王老汉的第一顿饭,是在韩红歌中唱到"我的家乡在日喀则,那里有条美丽的河"的地方开始的。

因为是陕西人的缘故,秦人离不开面食,这不包括陕南人。大多一到自由餐的时候,大家基本上都会满大街地寻找陕西面馆。

王老汉笑嘻嘻地坐在小W的对面,这是进西藏后他第一次进饭馆吃饭。浓烈的饭菜的香味,噌噌地钻进王老汉灵敏的鼻管。他左顾右盼先看别人在吃什么,再看看菜单,可是他不点菜。小W给王老汉要了碗油泼面,为自己要了馄饨,然后点上两个凉菜。物以稀为贵,在西藏青菜的价格远远高于内地。这当空儿,团里时不时有人进来就餐,看见王老汉在座很是惊讶!王老汉却慢条斯理地夹着菜,笑眯眯地注视着对方,送菜入口,从不主动打招呼。

油泼面是陕西美食之一,早在张艺谋的悬疑影片《三枪拍案惊奇》中红遍全中国,后在陈忠实长篇巨著《白鹿原》电视连续剧中馋遍全中国。王老汉虽然来自农村,但是场面上举止文雅,大方得体。整碗面吃得有声有色,缠缠绵绵,回味无穷。小W因为晕车,只吃了两个馄饨就放下碗不再进食了。王老汉见小W不吃,稍客气了一下,便端起陕西特有的青花大盆碗,将剩余的馄饨风卷残云,一扫而空。对面的小W简直乐开了花。

来西藏之前,略做了些攻略。

日喀则地区寺院分布众多。扎什伦布寺是西藏佛教格鲁派在后藏地区的最大寺院,也是六大黄教寺院之一,藏语意为"吉祥须弥山"。大弥勒殿内鎏金青铜弥勒坐像,用铜115 000千克,黄金279千克,珍珠300余粒,珊瑚、琥珀、松耳石等各种珍贵宝石1 400多颗,大佛像眉间镶嵌有特大钻石一颗,蚕头大的钻石30颗,是世界上最大的铜佛坐像。可以这样形容扎什伦布寺,是用金银珠宝堆集起来的。

迈进门槛，每到一处，闫导都会告诉大家："快看，佛像上镶嵌的是天珠。知道天珠吗？这么大个的，现在已经没有了，价值连城啊！"忽然，他又蹲下身子，用手磨蹭深陷地面排列有序的宝物说道："绿松石、玛瑙、青金石……这些老值钱了。"

游览归来，傍晚时分。

约上王老汉和小W，直奔拉萨街头的藏茶馆。走了几家，都说藏茶已经卖光了。看样子，做过攻略的人不在少数啊！好不容易有家还有的卖，我们便一头扎了进去。这种茶馆，更像是饭馆，谈不上什么卫生条件，酥油味道堪重，几人选择了台面稍干净的桌子坐了下来。良久，没人理睬。扭头望去，有个藏族大妈和一个小姑娘在里间不知忙着什么。在我们的吆喝声中，小姑娘跑了出来。

"一壶藏茶，一盆藏面。"小姑娘左手抱个大茶壶，右手拎个大保温瓶吃力地走了过来。她可以听懂汉话，但是，汉语表达却很费力。茶冲上了，不是我们想象的那样，而是袋装的，茶汤颜色像是20世纪80年代流行的麦乳精，品起来不温不火，更像是饮料。

又过了漫长的时间，正在我们犹豫走与不走之间，藏面终于端上了桌。藏面与内地碗面不同之处在于，每一根都是圆棍棍，硬邦邦的，汤中不知加入何物，有股地地道道的西北风味。

临走，我提出想看一看藏茶，藏族小姑娘急匆匆把我带到一个大纸箱前，然后转身又跑开了，边跑边喊："拿几包回去喝。"当我正为小姑娘的慷慨大方为之感动时，突然发现塑料包装上赫然印着：陕西省富平县××制造。

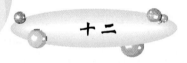

羊卓雍措，有很多美称，藏语意为碧玉湖、天鹅池、上面的珊瑚湖等，湖面海拔4441米，是西藏三大圣湖之一。

走在湖畔的沿途，几只体格硕大的藏獒给我留下了深刻的印象，浓密略显卷曲的毛发，凶光毕露的红彤彤的眼珠，有的体长达到一人多高，如果没有绳锁的牵制，是没有人敢靠近这些凶神恶煞的庞然大物的。我在青海时见过此狗，听人说，在牧区几只狼都斗不过它的。

这些个藏獒，是用来与游人合影的。

在湛蓝的湖水边，藏民就地取材用鹅卵石摆出了大大小小玛尼堆的造型；还有许多的藏族同胞牵着白的、黑的、黑白相间的牦牛，供游人照相。

王老汉步履缓慢，又走在了队伍的最后一个。

在之后的一段时间里，王老汉不仅胃不舒服，还时常如厕。

为节省时间，闫导会减少停车次数。然而，每次第一个起来反对导游的人必定是王老汉，他过频过久的如厕，令闫导着实有些恼火。其实，王老汉不是跟导游过不去，故意拖延时间，而是他患有慢性胃炎和前列腺炎，在内地时没有这么严重，来到西藏后，因为"高反"的缘故越来越频繁，他自己都手足无措了。

在西藏上厕所是要收费的，每次2元，这是一大特色，因为你根本找不到免费的厕所。刚开始，大家没当回事，两三天过去了，才发现这也是一重大经费支出的渠道，人均每天在10元左右，这还是正常人，排除了闹个肚子啥的。有人在车上给西藏算了一笔账：按团队游期10天算，每人每天拉撒费10元，10天就要100元；如一年来藏游客100万人次，每年光厕所就净挣一个亿，效益实在可观啊。

王老汉正是被排除了闹个肚子啥的那个零点几，这样算来，他一来二去比别人多花了不少钱。

在幅员辽阔的边陲男人解决内急太正常不过了，可是女人不行，无遮无拦的，只能老老实实缴费入厕所。记得有一年，车辆行驶在阿拉善左旗，几百公里人烟罕至，公共厕所更是连个影子也没有。但是，活人总不能被尿憋死呀。车门一开，"轰隆隆"下来一大堆男男女女，老老少少，没有办法，男的在左边，女的在右边，可是人多车的面积小，根本遮不住这么些人。男人好说，一转身解决了。女的麻烦了，偏又遇上大风，将遮羞的头巾高高吹起。顿时，戈壁滩的日头下裸露出一片片白茫茫耀眼的大屁股。"人要脸，树要皮。"女人们慌乱中将头巾包缠在了脸上，既然遮不住下身，干脆只要拉尿舒服了，其他的什么也不顾了。

一次，大巴车停稳后，G夫四下一望，坡下有大片的青稞地，便溜下去小解。谁曾想，被不远处正在厕所收费的藏族老太太看个正着。正当G夫畅快淋漓，暗自感叹又躲过一次冤枉的花销之时，突然身后响起苍老女人愤怒的声音。转头一瞧，藏族老太太在坡上冲着他指手画脚，叽里咕噜说了一大堆听不懂的话，引来路人的围观。G夫赶忙提上裤子，也不理睬老太太，径直走向大巴车。此举，更加激怒了老太太，追上来用手拉扯G夫的胳膊，大致意思是不管你是在厕所还是在野地撒尿都要缴费。那个架势表明了，今天不缴费，绝不放过你。

G夫无奈掏出了两元钱，藏族老太太忽然转身冲下坡去，在不太茂密的大豆地里，准确地找到了王老汉猫身的地方。

王老汉像是在战场上被找到躲藏在杂草丛生中的越军被我军俘虏一般，慢慢地站起来，慢慢地系上裤带，慢慢地向坡上走去。那份从容镇定，真乃大将风范。

藏族老太太为自己敏锐的眼光，搂草打兔子带来的意外收获而高兴得合不拢嘴。

G夫默默无声地走到王老汉跟前,轻轻地拍拍他,从他略显惭愧和悔意的目光中,大家都读懂了:老哥,是兄弟连累了你呀!

此后,心地善良的小W开始给王老汉支着了:"入厕收二元,你口袋里只装五角或一元,他看你是老人不会多要的。"王老汉诡秘地一笑,从兜里掏出一张一百元的大钞。

霎时,小W全明白了,对王老汉佩服得五体投地。

十三

那根拉山口是跨过念青唐古拉山脉去纳木错的山间通道,海拔5190米,号称生命禁区。可能是因为离天近的缘故,空气稀薄,阴云密布,风急如狂,辽阔苍凉。

我顾不得欣赏那根拉壮丽的景色,搀扶着王老汉穿过熙熙攘攘的人群,直奔一幢简易工棚而去。我俩躲在阴暗的角落,迎着嗖嗖的冷风,在五千多米的山巅上肆意奔泻。

当我们走出隐身之处,这才发现在那根拉山口有两道五颜六色的经幡,呼啦啦呼啦啦地迎风招展。因为我们是站在坡下,仰望着山口激动的人群,立马有种雄壮的感觉油然而生:只要能来到这个地方,站立在这里的人,那都是英雄。

在第一道五彩斑斓的经幡接近地表的附近,掩盖着太多的东西,忽然一道闪亮的紫色之物,进入了我的视野。俯身拾起,竟然是一副崭新时尚的墨镜,我顺手将它交给了照顾王老汉最多的小W。

你别看王老汉中规中矩,土不啦叽的,然而他却有两个手机,一个是用来打电话,一个是用来拍照片的。因为手机老旧,像素较低,效果较差,内存又小,他又不会上网,小W便自告奋勇,每天将照片传给他的女儿,王老汉倒是乐得坐享其成。

一次,闫导正在车上卖力地宣传藏药,不知前排谁高喊了一嗓子:"行程上有烤全羊,什么时候吃啊?"这一下,提醒了众人,打瞌睡的、正在自拍的、忙着发朋友圈的,如冷不丁地注射了一剂狗血,立马瞪大了眼珠,紧盯着闫导的脸。"还有这一项吗?"闫导很是疑惑地反问:"把单子递过来瞧瞧。"他手翻着单子,喃喃地自言自语:"怎么会呢,这么低的团费,还送羊?"但是,在铁证如山面前,闫导费劲地咽下了一口唾沫,牙关紧咬,一字一字地蹦出来:"送烤全羊。"

在类似于农家院的大门口,大家饶有兴趣地围观贴在墙上的《村长语录》:一等村长等着上爬,二等村长胸前挂花,三等村长到处检查,四等村长骗吃骗拿，五等村长墙外摘花。果不其然，这个幽默风趣、思路敏锐的中年男性村长，烧烤出来的全羊香气四溢，外酥里嫩。十几个人围坐一桌，举起刀叉，大快朵颐。王老汉身边的人看他有些扭捏放不开抢吃，便为他夹上一大块羊排。我也吃过几次烤全羊，各地烤制的方法也不同，如坝上草原的烤全羊，是边烤边用锋利的刀撕割下来送到嘴里。但是，感觉这一次是味道最好的，确实不一般。王老汉笑眯眯的，吃得津津有味，时不时地抬起头观望一下大家的表情。虽然你看他吃烤羊肉的速度不快，可是数一数桌上的羊骨，却丝毫不比别人吃得少。

十四

布达拉宫，坐落于拉萨市西北的玛布日山上，是世界上海拔最高的古代宫堡建筑群。依山垒砌，殿宇嵯峨，雄伟神圣，是藏传佛教格鲁派的圣地。前来朝拜的善男信女络绎不绝，主要以藏族人居多，磕长头，五体投地，虔诚神圣，有的不远千里，历经数年，用躯体丈量路径，一步一磕头，来到拉萨；叩拜者往往是手掌和双膝磨出了鲜血，甚至有的暴毙于山野路旁。但是，后来的叩拜者们敲下他们的牙齿装入布袋，继续朝着信仰的目标前进，将他们一同带入灵魂的殿堂，完成信徒不泯的心愿。

从影视作品上，很多人会知道布达拉宫前的广场，却很少会有人知道布达拉宫后面的公园。在这里，湖水倒映着巍峨的布达拉宫，绿植生长得郁郁葱葱，游览的人流和磕长头的藏族同胞很多，交织地混合行走在一起。今天的王老汉显得很是放松，精神也比以往好了许多，他时而"拈花惹草"，时而注视着磕长头的人。出了公园，他主动找到导游讲："我不进布达拉宫了，太高了，爬不动。"

布达拉宫，是团队在西藏游览的最后一站，同时，也是我游遍祖国大好河山的收官之旅。不惑之年，遍迹中国，才能真正体会到它的博大雄奇、地广物丰、风土人情。从青藏高原海拔 8844 米的珠穆朗玛峰，至欧亚风情的青岛中华人民共和国水准零点；从海口雷琼石山火山口，至关中大地的三原大地原点；从凤尾丝弦的西双版纳，至阿拉善盟额济纳旗金秋的胡杨林；从白雪皑皑的白山黑水，至温婉多情的江南水乡……处处，无不领略华夏大地的壮丽和神奇，无不感慨江山如画的伟大和豪迈，无不赞美这东方巨龙的欣欣向荣和蒸蒸日上。

十五

雪顿节。

大巴车飞奔的窗口外，一幅用五彩丝绸织就的巨幅佛像在山坡上缓缓展开，旭日的余晖便扑洒开来，呈现出金黄色的光芒。今天，正值藏族的雪顿节，也是我们返回的日子，有幸能在即将离开拉萨前沾染上一些过节的气氛，看来我们与佛也是有缘人，更是我们这些人的福分。

　　从西藏返回西安，如来时的路程一样，要在西宁换车。可是，换车后到西安的时间比较晚了，加上列车又在不停地晚点。这一路上，王老汉好像有什么心事，心神不宁，心不在焉的。

　　有好事之人，一再追问下，才得知原来王老汉有个多年不见的小姨子在西安工作。这下，大家开始起哄了，有的说王老汉的机会来了，有的讲王老汉以前肯定与小姨子有一腿……反正是快散伙了，全都拿王老汉开涮。刚开始，王老汉还四处抵挡射来的明枪暗箭，后来明枪暗箭太多了，他索性也不辩解了，蜷在卧铺上想事情。B夫兴趣高涨，边泡面边继续挑逗王老汉："没看出来呀，年轻时你就会骗人家小姑娘。"见王老汉不理会他，又说，"其实咱俩年龄差不了几岁，这一路上，尽让年轻人为你服务了。"王老汉脸上始终凝结着憨憨的笑容。此时，我忽然发现一个奇怪的迹象，在王老汉发脾气的时候，只有向导游发过飙，但是从来没有与团队里的任何人红过脸。

　　其实，王老汉此时真正闹心的原因是多年没有联系过这个小姨子了。他心里打鼓，这事要不要先与老婆子说一下呢？在众人的怂恿下，他拨通了电话。老婆在电话那头把王老汉骂了个狗血淋头，冷冰冰硬邦邦地告诉他，不要去麻烦她妹。王老汉也不示弱，回骂了几句地道的家乡土话。

　　放下电话，王老汉又陷入了进退两难的境地中。"要不，先去我家住吧。"小W关心且诚恳地邀请。

　　这时，闲得无聊的人们又开始挤对和攒捣了："给老婆打什么电话啊，先斩后奏，见了再说。""别看王老汉平时装得挺硬气的，其实也是个妻管严呐，哈哈。"王老汉狠狠地咳嗽了两声，笑眯眯地再次举起了手机。

　　半夜一点，站台上大家相互告别，虽然时间不长，可毕竟是同上过一次青藏高原，从开始彼此的陌生变为现在的熟悉，这感情里面满满地全是西藏的山山水水、风土人情呀！

　　此刻，大家最为关心的还是团队的活宝级人物——王老汉。

　　大伙渐渐散去，留在王老汉身边的只有小W了。当他俩刚走出站口时，"哐当"一声，身后的大铁门无情地关闭了。"他们什么时间来接你呀？""说是半个小时就到了。"漫长的等待过程，行色匆匆川流不息的人群，忽而聚拢，忽而消散，爷俩仿佛置身于偌大的影院，上映着人间剧幕。

　　"我们家种了好多核桃树和柿子树，你给我留下个地址，我回家寄给你。"王老汉心里着实过意不去。"您岁数大了，又是上西藏，我也没做什么，您老千万别太客气了。"小W有些惴惴不安地回应道。"这一路上，幸亏有你的照料啊！"王老汉内心很是感激,从他的眼神中可以看出,他非常喜欢这个心地善良的孩子。

一点三十分,巡警在主干道上维持秩序。"快回家吧,太晚了。"王老汉催促道。"再等等,如果她们不来接你,就去我家住。"这时,王老汉手机响了。"他们还有十分钟到了。""那我就先走了。"小W是怕与他家人见面,怕人家的客气和感谢。"不行,不行。"小W不顾王老汉的反对,拽过拉杆箱小跑起来,边跑边喊:"有事找警察啊。"

一点四十五分,坐在车中与小姨子说笑的王老汉手机忽然响了起来,"她们接到你了吗?"小W关心地问道。

由一颗牙引申的
——送给西北工业大学即将毕业的国防生

仲夏，左下门牙忽然间缺失了一半，不是横切面，是那种竖着劈开掉下来的。说起来惭愧，当时的情形是正津津有味地咀嚼着"绝味鸭脖"，不知嘴巴中吐出了些何物，反正感觉不是少了一物，而是多出一样东西来。

1990年初夏，军校学员毕业分配，我打起背包和同学王伟一起先乘火车再倒长途客运车，翻山越岭两个多小时来到一个叫太白县的地方。这个基地前身隶属国防科工委，几年前归建了第二炮兵。面对重峦叠嶂的秦岭和怅然无绪的大脑，将别离军校时那丁点儿的美好向往毫不留情地甩在了大山外的世界。特别是在王伟走了以后，那种初来乍到人生地不熟的孤独寂寞感油然袭来。

紧接着，基地组织当年度毕业学员集训，我被分到了二区队五班，班长刘旺升、副班长王林，俩人是山东人，西安陆军学院毕业，身体素质极好。学员们聚在一起那是相当热闹，有军校生、有地方生，有本科生、有研究生，有年龄小的、有年龄大的，有北方的、有南方的，口音也各不相同。应届毕业生聚在一起，仿佛又回到了大学校园。

据了解，这个基地前身是商丘步校，对步兵训练残酷而苛刻。那时，在二炮基层部队很难看到有200米障碍训练场。但是，我们的体能训练就有这一科目。陆军学院毕业的两位班长，确实身手矫健，干净利落，动作完成得潇洒帅气。

教导队的训练还是非常难熬的，除了每天正常按纲施训外，还要跑五公里越野，经常是从靶场背枪奔袭回营。我们这些技术学院毕业的学员，吃了不少苦头。大家军绿色汗衫每天都会被汗水浸透，因为只有一件根本来不及洗，其实也懒得洗，结果汗碱污渍一天天多起来，许多人的汗衫上全是一圈套一圈的白色，散发出青春男性特有的股股浓烈的汗酸味。

一次，基地警防营×营长来我们给上了一课，科目很简单，就是站军姿，采用新兵训练大纲的方法。中午时分，烈日当头，时间在一分一秒地流逝，火辣辣的日头，释放出超强的能量，猛烈地辐射大地，几名学员相继倒了下去，其中有多名女学员，×营长看事态严重，便一走了之。过后，几所军医大学的学员对这种不负责任、不科学施训的简单粗暴的做法非常愤慨。

记得教导队有个战术教研室的教官叫李建民，是个铁石心肠的人。一天，倾盆大雨刚停，大地一片泥泞污浊之时，他将大家集中在空场地上，认真讲解着动作要领，可能是怕大家不理解吧，突然，他一下子整个人趴了下去，在泥水中提枪快速前进。当时，许多学员都傻了眼，还没等回过神来，李教官一声令下："全体卧倒，匍匐前进。"此时此刻，无言的行动早已战胜了高昂的口号，大家已经顾不得许多，猛地趴了下去，冰凉的泥水汤一下子灌进身体，与肚皮亲密接触。那时，部队配发的是带黑棉子的粗布白衬衣，瞬间变成了黑衬衣。大家使出吃奶的劲儿往前蹬腿，似汽车轮胎陷入坑中打滑般爬不出几米。好不容易奋力在泥泞中连滚带爬到了彼岸，可李教官专门找蓄水多的凹地，大声命令："爬回原地。"一路上，水深的地方能灌进领口。以至于大约一周时间，大家个个像泥猴，更像是落汤鸡。

集训中也有 N 多好玩的事儿。太白山海拔 3767 米，山清水秀，风光旖旎。在原始森林自然保护区有许多国家级保护动物，在营区门前的溪水中经常可以看到娃娃鱼（学名：大鲵）。那时，基层部队不仅养猪还种菜，每逢轮到帮厨的时候，先要去地里摘菜。据传，有的女兵在摘菜时摸到了绞缠在豆角架上的蛇，吓得惊叫起来，扔飞了菜篮。

每天清晨六点半出操，除了跑步、队列、器械操科目外，还有军体拳、喊口号等。在群山环抱中，经常会有成群的乌鸦出没，栖落在军营的树梢、猪圈上。学员们打军体拳时要带杀声，震得山响。每当大家杀声过后，立时会响起一片"哇"的叫声，寻声望去，发现是从乌鸦嘴里发出的怪叫。刚开始，大家忍俊不禁、笑声一片，久而久之，也就见怪不怪、习以为常了。

基层连队洗澡可谓壮观至极。全基地只有一个澡堂子，每到周六下午，几百号人排着整齐的队伍，吼着军歌，浩浩荡荡奔着澡堂子来了。换衣服的小柜子根本不够用，就找个犄角旮旯，随便一堆，光着屁股跳进热气腾腾的大池子，正在泡澡享受的人被砸起的水花溅了个满脸。十个、五十个、八十个，人越来越多，大水池子已经饱和，水也逐渐变得混浊起来。挤不进去的人，就会围在池子边轮换着淋浴，待泡好澡的人出池子搓背的时机，赶紧跳进去补位。尤为可笑的是，如果外面有人来澡堂找人，那简直是大海捞针，一二百号人光溜溜的根本分不清谁是谁。

停水停电家常便饭。停电没有办法，如果停水我们就会翻墙头，到隔壁村子里面打井水回来用。有时，井水都舀完了，甚至挖出了井底的泥沙，水变成了赤红色。环境卫生，绝对是军营中的一张名片，关于如何对付满地的落叶，班长自有绝活儿，那就是一个字"打"。道理简单明了，打光了树枝上的叶子就不掉了。所以，靠近我班附近的参天大树、低矮灌木，未入深秋早已是光秃秃了。集训中如整理内务、紧急集合、实弹射击、障碍考核、比赛活动等好玩的事儿太多太多了……

　　驻扎在大山中，虽然条件差了点，生活乏味了点，但是团结友爱和集体荣誉感却是非常强烈。有次，班务会刚结束，副班长王林从小卖店买了一包'鱼皮花生豆'回来。当时班里成员个个都是刀条脸，面糙瘦黑，缺少油水呀！此时，大家都眼巴巴地紧盯着斜靠在门框上的王林，热切盼望他手中的"豆豆"解解馋。"嘿、嘿……"一下、两下，居然撕不开包装袋，王林红脸了、急眼了，看了下望眼欲穿的人们，陆军学院毕业生实在是丢不起这个人呐！他深吸一口气，使出毕生吃奶的劲来，大家耳轮中只听"砰"的一声，紧接着"哗啦啦"大珠小珠落玉盘的声响，再一看王林，左右手各抓着一片塑料袋，豆豆洒了满地，蹦着跳着撒着欢儿地能滚多远就滚多远。

　　一日下午，在讲解第二套军体拳如何实战时，班长刘旺升用双掌将地方生李均打飞了出去，李均趴在地上灰头土脸，万分狼狈，那叫一个气呀！事后，班长后悔不迭，主动检讨，区队长闻讯赶来看望，为他专门开小灶，军营大家庭的温暖着实令"大均子"为之感动，立马恢复了正常训练。

　　集训结束，背包旁边的学员们席地而坐，一辆辆军车整齐排开，来自各单位的干部开始清点人员名单。

　　夜幕降临，军车终于走到了我的新单位。这里佩戴"红牌"的老兵很多，那时兵役制还是三年，超过服役期的称为"志愿兵"。他们大多已是娶妻生子，分居两地。农忙时节，还要回到家乡收割麦子。

　　刚毕业的我，二十出头，踌躇满志，意气风发，可是与志愿兵五年、八年、十几年的军龄比起来，就是个新兵蛋子。这种情况在第二炮兵这支科技密集型部队很普遍。

　　那时，毕业学员有一年的见习期，任期满后才会下达任职授衔命令。所以，佩戴与志愿兵一样的"红牌"，有的战士误以为我是新来的志愿兵。

　　现在回想起来，刚下连那会儿确实是个学生官。队列、器械、拳术、体能训练等，虽然运用还算娴熟，示范也算标准，但是还不是得心应手。自己总结归纳了一下，主要是指挥不够到位，声音不够洪亮，讲评话不多还比较拘谨。针对自己的短板，我每天清晨会比其他人早起15分钟，到室外进行身体预热，熟悉早操科目。训练中，注意强化引导；讲评中，充分肯定长处优点，直言不讳指出问题所在；就寝，晚睡一个小时，查铺查哨，关心哨兵及病号；平时，留心战士的个人喜好、思想状态、身体状况。开饭时，带队干部通常是最后一个进食堂，经常是饭菜被风卷残云，连汤汁也刮得一干二净。我也不计较，回宿舍泡方便面。

　　其实，与官兵接触也没有传闻中的那么难，一是你要真心与他们交朋友，主动热情，而不是只做做样子；二是充分尊重他们，从小事入手，融合到他们群体中，而不是清高冷漠；三是处处维护官兵的利益，主动关心体贴，而不是你是你我是我的。这就是为什么驻校办要大力提倡在国防生中广泛传播军营文化元素，如识简谱、学打拍、会扑克牌等，并熟练运用军事术语，努力与部队岗位任职需要全面接轨的真正意图所在。

久而久之，你也会从一个毛头青年的学生官，成长为一名自信满满、兵味十足的基层一线带兵人。也正是从这个时刻起，我已经被官兵从内心真正接纳为见习排长了。

记得军校毕业的第二年，单位改选团委书记，黑板上赫然写着我的名字，是候选人之一，竞争对手有我顶头上司政治处主任王建国。那天晴空万里，阳光灿烂，台下乌泱泱坐满了干部战士，那阵势不亚于战前誓师动员大会，选票在人们手中如"圣火"般传递着，政治处的干事绕场而行作巡视状。战士们在阳光下，在群众舆论的监督下，在公开平等的环境中，正确行使手中的民主权利。终于到了唱票的环节，这也是选举过程中最为出彩的一幕，几个候选人名字后面的"正"字笔画交错上升。在官兵们期待的目光中，最终定格在王主任为团委书记，我为团委副书记上。

之所以举这个例子，我并不是在炫耀什么，而是想在此说明，一年也就仅仅是一年，我们的威信是可以树立起来的，我们的人格是可以被官兵认可的。实践证明，从一名有为青年转变为一名真正军人，不要过多地担心或惧怕瓶颈理论。军人都来自五湖四海，都是年轻人，共同拥有一个绿色梦想，根本不需要过久的磨合期、适应期，在一个革命大家庭中生活，都是自己的兄弟姐妹，手足情深。就拿我来讲，我也是独生子女，从小缺少玩伴，忽然间有了这么多的战友，很是开心；虽然出身将门，但是家里生活朴素、伙食简单，多半时间三口人吃一盘菜，来到部队后，我顿顿吃饭都香。在国防生干部中也不乏成功的示例，咱们且不说邢建军、尹东等先进典型，去年毕业的国防生李一、潘美程等多名学长，因其表现优秀，有的已经进入旅团机关工作了。

故事讲到这里还没有完，咱们继续讲那颗掉了的牙是怎么回事。我们部队在秦岭山区被划入寒区，配发皮大衣、大头鞋、皮棉帽，与东北地区部队一个样。早晨起来洗漱的水是冰冷刺骨，但是在这种条件下，大家仍然坚持，我也坚持，这颗牙就是在这种情形下，伤了神经，疼痛不止，留下了后遗症。后来，工作调动来到了北京二炮机关，在304医院口腔科医生杀死了牙神经。

今天看来，当年对待牙齿的态度似乎并不科学，可是我却从未后悔过。一支军队的魂，主要体现在战斗力上，它的优良传统和扎实作风更是贯穿在方方面面。这有点像是国防生在军校、在部队的拔草，内务要求的叠被子，是一种习惯的培养，作风的养成，精神的塑造，没有平时的点滴积累，何谈用我必胜。

所以，即将毕业的同学们分配到一个全新的单位，一定要尊重这支部队的光荣传统，学习广大官兵的优良作风，从思想上将自己融入这个革命的大熔炉中，锻造锤炼，砥砺历练，瞄准新时代目标要求，丰富基层带兵经验，抓紧专业改训、任职培训、学历升级，参加重大任务、实弹发射、重要演习，以时不我待、枕戈待旦的使命担当，尽快成长为一名合格的、优秀的军事指挥员，为建设现代化军事强国贡献自己的聪明才智。

习主席在全军开训动员训令中讲："勇于战胜困难，勇于超越对手……"大家到了一个新的单位，面对全新的环境，可能会遇到许多这样或那样的困惑。就拿我和老同学王伟来讲，一个在基层连队，偌大一个基地几千号人却是举目无亲，孤独寂寞必不可少，第一顿饭，食堂闲置的竹筷子上还长着蓝绿相间的霉毛；另一个在工程连队，亲自带头背石头，按照王伟的话说："累得走着走着就能睡着了。"最后，这两个基层部队的普通干部，通过自身不懈的努力和奋斗，都调到了首都北京工作。部队常说，"办法总比困难多"，没有什么大不了的事情，没有克服不了的困难。在你内心深处，要始终坚守一条信念：战胜心魔、超越对手，这个对手不是别人，就是你自己。

同学们，火箭军成立以来，开启了战略导弹部队建设发展的新纪元，军种面貌焕然一新，组织形态整体重塑，建设发展前景光明，更加成为国家倚重、人民信任、强敌忌惮的"大国重器"的现代化高科技部队，我为你们即将成为一名光荣的火箭军军官而高兴和祝贺！

同学们，"奋斗的青春最美丽"。如果你在奋斗中受到了委屈，遭到了冷遇，那也不要灰心丧气，一蹶不振，翻开咱们的《国防尖兵报》，再看一看《由一颗牙引申的》，可以借鉴一下我这名 30 年军龄老兵的心路历程，也许会受到一点点启发，也许会给你一点点鼓劲，也许会使你的阴霾心情豁然间晴朗起来。过往母校的殊荣，催生尖兵精神。如果真是对你有所帮助，对我来讲也是莫大的欣慰与荣幸。

同学们，"幸福都是奋斗出来的"。人这一生，就是奋斗的一生，只有奋斗过，才会终生不悔！"立志欲坚不欲锐，成功在久不在速。"大家恰值芳华绽放的新时代，让我们撸起袖子加油干，在英武豪迈、威震敌胆的火箭军铁血劲旅，挥洒青春的汗水和留痕奋斗的足迹。

后记
西京，这座千年帝都

这是二〇一八年的春天。

前阵子回了一趟北京，正好赶上倒春寒，下午竟然飘起了雪花。夜半时分，京畿大地一派银装素裹，令隔窗相望的人儿已然被融化在这场风花雪月中了……翌日，七级大风呼啸而来，人们各种牢骚、埋怨飞驰在网络空间："老天靠不住，刮倒大杨树。昨天穿裙子，今天穿棉裤……"老岳母却是兴致盎然，坚持要去郊区挖野菜。我便穿上棉衣裤，外套羽绒服，一头扎进女汉子般肆意狂吹不歇的春姑娘的怀抱。

高铁如惊蛰后萌动的幼蛇，游刃有余地穿行在碧绿麦浪的田垄之上。

来西安工作已经有三年半了，如果算年头应该是第五年。我是和西安是有缘的。一九九二年的秋天，我入西安政治学院，这是第一次来西安。我生在山东，长在北京，工作在西北，在江南读过几年书，所以，人生轨迹标注出来是这样的：东西南北中，如同一副牌局。来西安单位工作的性质也很特殊，军队派驻地方大学，专门培养后备军官，这个群体有一个很响亮的名字——中国国防生。

我们这个办公机构也有一个很长的名称：中国人民解放军驻西北工业大学后备军官选拔培训工作办公室。是不是有点像是俄罗斯人的名字？有两个办公地点：主要是在友谊校区，航空、航天、航海三个专业的大三、大四年级学生在这个校区，也叫老校区；其他学生在长安校区，因为是2007年启用，所以也叫新校区。我办离西南城墙拐角很近，与西北大学隔一条马路。办公室有一个主任、四个干事、一个司机，一台军车。特别巧合的是五个干部的名字全部都是两个字的，总共才10个字。我调任一个月后，梁丽也从工程基地干部处调了过来。第二年，干事中年龄最大的张伟被确定转业。办公室还有四个人，两男两女搭配，干活不累。

西安地区培养国防生的地方高校共有八家：西安交通大学、西北工业大学、西北大学、西安电子科技大学、长安大学、西安邮电大学、西安科技大学、西安理工大学。前两个是985，前五个是211。这么说吧，西安的好学校全被军队包圆了，更加神奇的是培养的国防生竟然涵盖所有军兵种：陆、海、空、火箭军、战略支援、武警。这在全军选培系统中是独一无二的。在当时条件下，117所地方高校毕业国防生的分配方向是面向全军基层部队的。

创业不易，守业更难。二〇一四年秋，干部部副部长刘旭明、选培办副主任林月华、干事孙建鹏来到西北工业大学参加驻校办主任调整交接会，加上专程送我来西安报到的郭卫干事，二炮机关有四位领导和同事在我身边，对我来讲特别感动和温暖。上任后，铭记王大军部长的嘱托，带领全办同志不忘初心、勤勉敬业、奋发有为，积极拓展军地培养空间，强化服从上级机关执行力，按照习主席新时代对"四有"军人的要求，规划制作军政培训新体系，聚力锻造火箭军唯一"985高校""双一流大学"培养国防生特色品牌。

当时，西北工业大学的陈小筑书记、汪劲松校长，后来的张炜书记、赵瑞君副书记和二炮工程大学的郝平锁政委，后来陈洪珂政委、于春福副政委、刘宗保副校长、训练部赖春林部长、院务部杭中华部长及二炮西安军代表局苏保营局长、李文聪政委、周兆堂主任等，还有驻地部队兄弟单位的一些领导，都是北京"空降"来的快乐的单身汉，所以，也不觉得孤单寂寞。

三

天降大任于斯人也……

我这个人比较追求完美，可能是刚开始标准制定过高，对自我要求过严的缘故，每天工作在12个小时以上。一天，在圣诞节的前夕，忽感不适，胸闷气短、咯血不止。先前在某个军队团级医院被误诊，平安夜当天，刘浏秘书长陪我输液到半夜。后经第四军医大学西京医院颇有经验的专家教授诊断为突发性大面积肺栓塞，急送重症监护室（ICU）抢救治疗。当插上氧气的那一刻，身穿病号服被推着做各种检查和开胸手术中五项内容涉及死亡，并让亲属签字时，才真正感到生命危险的来临。

这是我才来西安工作的两个多月。在李昌务副政委的直接关照下，我住进心血管外科的单间病房。张伟干事每天都会来医院了解情况，协调事情；李悦、梁丽、符强干事送来水果、小电磁炉；司机叶瑜川在医院忙前忙后，为我熬粥打饭。宋超主任、杨建宇副主任、王虎处长闻讯前来慰问，送上鲜花。在西京医院住院的十多天里，有太多的朋友、兄弟为我担心，专门抽出时间来看望，祝福平安，令我很是欣慰和感动。

李圣青主任再三叮嘱我，出院后每周要回来验血，根据血凝情况调整服药剂量，估计我这辈子要终生服药了。血栓属于心血管疾病的一种，也是当前所有病症中头号杀手，就算是通过治疗恢复健康的，后遗症也会痛苦不堪。现在，我时常左小腿及脚踝血流不畅、红肿乏力，右肺栓塞处时有刺痛感，每年会犯静脉炎、脉管炎等病症，须经常服药，深受病痛折磨，影响正常工作。

结果是靓丽的，过程是艰难的。

原第二炮兵最早有八家培养国防生的地方高校，退出北京航空航天大学、哈尔滨工业大学后，现火箭军还有六家培养国防生的地方高校：西北工业大学、北京科技大学、合肥工业大学、武汉科技大学、成都信息工程大学和哈尔滨理工大学。西北工业大学是签约、挂牌、进驻最早的学校，2002年第一批毕业国防生分配到全军基层各类岗位。原二炮政治部干部部正式命名和授旗的西北工业大学国防生"砺剑尖兵班"的精神，一直在二炮国防生中具有引领和带动作用。

2018年五四青年节前夕，习主席来到北京大学，他说："实现中华民族伟大复兴的中国梦，广大青年生逢其时，也重任在肩。广大青年既是追梦者，也是圆梦人。"国防生的培养质量，事关部队建设的发展与未来。如何做到将国防生培养成信念坚定、忠诚可靠、让党和人民放心，这是最核心、最根本的。地方大学校园文化呈开放性、多元性和交融性，地方大学生认知多维、追求多元、思想多变。如何将普遍性转化为特殊性，如何将国防生塑造成为与众不同的后备军官，这是我上任后始终思考的事情。

有了优良的传统和扎实的基础，下一步，我就要大刀阔斧地干了。

第一，创新培养模式，打造特色品牌。健全基层组织。在国防生大队、中队、区队、班建制的基础上，相继成立了宣传部、国防尖兵报、砺剑尖兵班、砺剑巾帼班、国防生国旗班等各级职能部门，并正式授予旗帜，从而，进一步健全了基层组织体系和管理模式，有效提高了正规化建设水平，实现了真正意义上的准军事化管理。强化规章制度。结合实际，建章立制，强化执行一日生活制度、请销假制度、值班制度、班会制度、保密制度等制度规定，严格管理制度，规范行为准则，培养国防生严守纪律、雷厉风行、令行禁止的军人作风和意识。除此之外，开创了大队骨干及部门负责人公开竞选换届制度、骨干轮训换岗制度、办公例会制度、干部轮值制度和集体办公日制度等，并在新老校区设立了主任信箱。建立协作机制。为确保国防生教育培养工作顺利进行，广泛开展建立了军队单位协作关系，加强与西安地区军校协作中心的联系，先后与国防大学政治学院西安校区、火箭军工程大学、陕西省武警总队医院、边海防学院、洛阳工程基地训练团等单位建立了长期协作关系，与国防科技大学、陆军工程大学等六家军事院校确定建立了研究生生源基地。

第二，整合教育资源，锻造科技尖兵。首创教学方案。为加强国防生军政基础训练和军事实践教学环节，我办与学校教务部门专门研究制定了《支持军队现代化建设的本科生培养方案》（国防生个性化培养方案），将军政训练纳入高校培养教育体系。经评估论证，正式实施启用，成为首个运用此方案教学的国防生签约高校。挖掘军校资源。将国防生思想教育作为第一要务，专门从国防大学政治学院西安校区和火箭军工程大学聘请了十多位专家教授，为国防生讲授军政理论课。并专门邀请参与全军政治工作会议起草工作的侯敬智教授等，为全体国防生作了全军政治工作会议精神、十八届四中全会精神和十九大报告精神的专题讲座，驻校办党支部全体党员参加学习。英模典型授课。坚持用英模典型及毕业国防生学长来校教育引导和思想感化。组织国防生参加金一南、罗援等军事名家及英模人物的精彩授课；邀请扎根基层作战部队的"火箭军十大砺剑尖兵"毕业国防生旅长邢建军、全国人大代表、"全国大学生基层就业典型人物"某旅发射连连长尹东等为代表的一批强军精英返校作专题报告，言传身教，从而更加坚定了广大国防生携笔从戎、报效祖国的远大志向。

据统计，当前29.7%的国防生参加过国家军队科研项目的研究，15.5%的国防生获得过省级以上的学习竞赛、科研成果或国家发明专利奖，有效达到国防生军政素质和科技素质同步提升。

第三，营造军营文化，创造育人环境。坚持赓续血脉重培养。高度重视国防生党组织建设，在原有支部的基础上又增加成立了2个，使国防生党支部达到了4个，为国防生预备党员培养发展夯实了基础。专门开辟了延安、梁家河、富平、照金等红色革命教育基地，精心制作了党员先锋队的旗帜，组织国防生党员开展爱国主义教育和革命传统教育。坚持军营元素为先导。有意识地、多层次地传播融入军营文化元素和符号，号召国防生识简谱、学打拍、会扑克牌等（够级、掼蛋），熟练运用军事术语，努力实现与部队第一任职岗位全面对接。大力倡导"三个一"活动，人人手写家书，加深与家庭亲人之间的情感。国防生文字水平有大幅提升，一个月之内在《火箭兵报》上刊登了三篇我校国防生的文章。2015年，《火箭兵报》刊登了西北工业大学4500字的《高校国防生》，这是火箭军有史以来报道国防生文稿前所未有的。将国防生有感而发充盈着正能量的各类文章，编成《红色梦想》系列青春励志丛书；进一步完善"西工大国防生"公众微信平台,新增国微公众号二维码,通过公众微平台把西工大国防生树正气、正能量的活动及时进行宣传,充分发挥了新媒体的优势;定期出版《国防尖兵报》,为国防生展示才华、启迪思想搭建平台;通过在校园中竖立"和平利剑"主题雕塑,启用军用运动器械训练场,大队组织教唱革命歌曲、演讲比赛、征文比赛、智力竞赛、歌咏比赛、主题辩论赛、升旗仪式,举办书画摄影活动、体育文化周、春季趣味活动、清明祭奠革命英烈,尖兵班组织长途拉练、学雷锋和植树活动、走进敬老院开展爱心活动,为留守儿童助学帮困,巾帼班支教驻地学校,国防生艺术团、武术队、国旗班对外交流,国防生党支部参加省高校国防生党支部共建活动、陆军工程大学数学建模竞赛,积极鼓励国防生参与学校举办和承办社会的重大活动等,极大提升了国防生在地方高校和军事院校的影响力;通过中央电视台《新闻联播》采访我校国防生、参加第二届中国航天日庆祝活动与著名艺术家同台演出、荣登中央电视台"朗读者"著名主持人董卿的微博、向西藏日喀则中心小学儿童捐助等活动,在校园中唱响了军营文化的主旋律,向全校师生展现了西工大国防生的精神风貌。坚持红色基因重传承。通过赴火箭军基层作战部队锻炼、火箭军工程大学参观学习、全面承担大学新生军训任务、年度总结暨表彰大会、举行毕业国防生出征仪式、举办"双迎新"联欢会和毕业出征文艺晚会、与军校学员及其他军种国防生开展交流活动等各种形式和载体,有效发挥了军营文化的主导地位和提升了国防生意志品质,起到了传递红色基因、践行强军目标、献身强军梦想、凝聚正能量的积极作用。西北工业大学历任书记、校长亲自为优秀毕业国防生拨穗,多次盛赞国防生为大学校园中一道靓丽的风景线。

尤其是时值军队深化改革关键期,重点引导国防生强化政治意识、号令意识、纪律意识,深刻把握世界新军事变革演变趋势,用绝对忠诚坚决拥护落实军队改革。

第四,拓展培养渠道,提升培训效益。抓拓展谋发展,培养复合型人才。在扎实抓好自身建设的同时,着眼部队对高素质创新型军事人才的新要求,积极探索认真研究高等教育和军事人才培养的特点规律,深入把握军事人才的知识结构和专业素养,努力培养造就创新意识强的复合型新型高层次军事人才。先后为各军种急需人才培训、高科技培训、相关技术培训全军拔尖技术人才等近千人。通过任务拓展,既为军队急需人才培养做出了应有的贡献,又走出了一条具备火箭军特色、军民融合培养高层人才的新路子。

第五,加强自身建设,牢记使命担当。驻校选培办全体同志牢记使命、主动作为、真抓实干,努力研究探索国防生培养的特点规律,积极推进国防生教育培养上新台阶。首先,狠抓思想政治建设。始终坚持把思想政治建设放在首位,组织学习中国特色社会主义和党的创新理论,贯彻执行军委和火箭军依托培养工作的政策、法规、决策和指示。坚持好集体学习制度、自学制度、体会交流制度,组织驻校选培办支部党员到火箭军工程大学参加"三严三实"专题教育整顿授课，努力使全体人员在政治、思想、道德及理论素养上，达到新的思想境界和水平。其次，狠抓组织建设。加强支部自身建设，自觉落实党的各项组织生活制度。坚持把支部建设作为一项长期性、基础性工作来抓，关心参与国防生党支部建设。树立"组织健全、思想统一、作风端正、制度落实、纪律严明、领导坚强"的建设标准，严格落实党的会议、汇报、党日、民主评议党员等制度。再次，狠抓业务建设。业务建设是衡量国防生培养工作效能的综合体现，主要抓好全体工作人员业务知识学习和工作技能的培训，着重提高"五种能力"的培养，自觉把主要心思和精力投入到国防生培养基础性工作上来。全面加强办公室基础建设和荣誉室、学习室、活动室、健身房、排练室建设和布置更新，充分营造和体现习主席培养"有灵魂、有本事、有血性、有品德"的优秀国防后备军官的新时代要求。四是，狠抓工作作风。驻校选培办以转作风、正风气为切入口，坚持改作风、做表率，牢固树立"求真务实、勤奋好学、严谨慎独、遵纪守法、廉洁奉公"的工作作风。从自身做起，每天第一个上班，比别人多工作3个小时。关心干部家庭，为三个干部子女解决了升学入学问题，解除了干部的后顾之忧。工作中要求大家主动深入学生课堂、宿舍、训练场、自习室，全面掌握国防生的心理特征和思想脉搏，了解国防生的综合表现、日常学习和训练生活等情况。设立心理咨询站，李悦、梁丽两名女干部任办公室心理辅导员，针对95后国防生的思想、心理和行为特点，跟进做好有心理障碍学生的心理引导和疏导工作，让关心服务走进前沿一线，把触角伸入工作盲区，及时解决、处理好各类问题的苗头隐患，确保了国防生在课业学习、军政理论、军事训练的通过合格率，违约淘汰比例大幅下降。进一步完善国防生荣誉室、阅览室、自习室、健身室、排练室等，为国防生提供学习交流的平台和强身健体的场所。通过建立各年级国防生家长群，主动汇报驻校办及国防生大队工作开展情况，起到了工作与家长互动，成果与家长共享的收获。五是，狠抓规章制度落实。重新修订了《驻校选培办自身建设细则》《驻校选培办工作人员职责》和《驻校选培办工作实施细则》，补充制定了《转变工作作风9条》和《经常性工作规范流程》。相继出台了《进一步加强与改进国防生培养工作的意见》《关于印发〈西北工业大学国防生教育管理规定〉的通知》等文件，结合国防生全面承担大学应届新生军训任务，与学校一起制定了《国防生担任军训任务工作规范》。严格办公制度，坚决服从上级指示，不许搞工作变通；严格财经制度，减少接待，降低开支，精简报刊订阅数量；严格工作纪律，不准收受学生家长礼金礼物，不许侵占国防生利益等；重大事项必须支部会集体研究决定，敏感工作要进行定期调整。从根上强化制度约束作用，加强培养法律法规意识，提高遵守和执行国家、军队的法律法规和政策规定的自觉性。

自来校工作，与年轻的国防生朝夕相处，每一天都是身心愉快、精神饱满；每学年结束，当毕业国防生高唱军歌、士气高昂地奔赴绿色军营时，便会从内心产生一种成就感和神圣感，深切感受到为国为军培养栋梁之材的使命担当。这种场景，也时时激励我忠诚事业、勤勤恳恳，常常鞭策我履职尽责、兢兢业业。

五

2015年，习主席向全世界宣布裁军30万，院校、医院、科研单位等相继撤降并改，但选培系统却迟迟没有消息；2017年，网络上漫布国防生停止新生招生的消息，引发社会的热议，特别是一些别有用心的人在网络上信口开河，甚至诋毁国防生，引起在校国防生及其广大家长的焦虑，还涉及正在部队服役的国防生干部，主要担心是否是对国防生制度失败的认可，是否是对军地联合培养的国防生的彻底否定，军队中的国防生干部是否是没有发展前途，等等。国防生的停招，同样令驻校选培的干部人心惶惶，他们已经意识到三年后，国防生将后继无人，自然驻校办的编制也会不复存在。

此时此刻，正值特殊时期，也是国防生培养工作的动荡期和关键期，更是对一名共产党员关键时刻党性和品德的严峻考验。我经常和宋超、于杰、郑军、郭保民、庞利民、侯利军、徐金洲，西安地区驻校选培办的八个主任沟通交流，有消息讲：有的办公室的干部主动提出转业，有的选择了自主择业，有的在观望文职人员的转改，大多是军心不稳；自没有了国防生招生来源，地方大学工作上也产生了一些微妙的变化，一些事情一夜之间似乎变得可有可无了，严重打破了以往各项工作的平稳有序和顺利开展。

我分别找几个部下谈了话，了解他们真实的想法，我的一男两女三个干事都已经是副团职以上，其中一个正团职满四年，另一个今年调正团，职务偏高，年龄偏大，这种情况无论是在部队还是到地方都很尴尬，对应的工作岗位不好安排，又无法与年轻人竞争，走又走不了，留又留不住，还上有老，下有小，加上身体有个什么毛病的，真是欲哭无泪呀！

所以，我在办公例会上，从来不用大道理吓人，用大帽子压人。我经常提到两句话，部属应该记忆深刻："干工作，首先，要对得起良心；第二，要对得起工资。"虽然很直白，但是很管用。因为，我曾经在二炮政治部招生办工作，任过选培办副主任，亲自带队去过一线接收地方大学生，参与过与地方大学签订国防生培养协议，所以，对这段历史非常熟悉，还是有发言权的。2017年，在建军九十周年之际，我对十八年来军地培养国防生工作情况进行了全面回顾，并在校园网主页进行了推送，对国防生培养工作给予了高度肯定和高度评价，极大地提升了在校国防生的荣誉感和自豪感。这篇文章，引起了大学机关的极大关注，并多次借阅和引用。

六

强军梦引领成才梦,强军目标呼唤强军人才。

西北工业大学前身是老军工"国防七子"学校,也是我国唯一一所同时发展航空、航天、航海工程教育和科学研究的全国重点大学,还是一所国防特色鲜明的研究型、多科性和开放式的科技大学,到访的军队各兵种首长、院校和科研单位领导很多,校友遍布国家和军队的科学尖端技术领域。央视特别节目《中国梦〇劳动美》中,表彰了在航空工业中做出巨大贡献的12位总师,其中有7位是西北工业大学的毕业生。

不得不说,在与地方高校打交道的几年中,从书记、校长到各级部门,对军队培养高层次人才的关心和支持力度很大,合作关系非常融洽,工作中接触到的陈小筑书记、张炜书记、汪劲松校长、张骏副书记、赵瑞君副书记、万小鹏副校长、王宇波部长、张军处长、张开富部长、高大力部长、符新伟主任、陈磊、官建、台炳龙、牟蕾、王莉、王静、王玉玲、傅莉、朱建军、唐玉生、沙治邦、张鹏飞、赵洪章、朱宏伟、吴闻川、林楠、蒲传新、王海洪、仝巍、郭友军、贺华、王俊、张晖、孙瑜、马王月、贾丙雷、陆风等机关领导及各学院书记、院长和任课老师、辅导员和被誉为"西北五大名校"之首的西北工业大学附中王永志校长、李晔副校长,乃至省市地方各级领导等等,他们这种对国防生培养工作的重视,对国防事业的挚爱,对报效祖国的忠诚,令我这名老兵也不禁为之赞叹!

正是有了这些充满正能量的人的关心厚爱和鼎力相助,十九年来,驻校选培办与西北工业大学的紧密关系不断得以加强,国防生教育培养形势越来越好,方式渠道不断拓展,质量效益显著提升,依托培养工作呈现出良好的发展趋势。从2002年第一批毕业国防生至今,西工大先后培养输送了2300多名本科毕业国防生、176名硕士研究生和34名博士研究生,协助用人单位在西安地区签约了近2000名普通高校毕业生走入军营。他们牢记使命、奋发有为、锐意进取,在实现绿色梦想的军旅征程上昂首阔步,完成了从地方大学生到部队优秀军官的成功转型,扎根基层,建功立业。部队用人单位普遍反映西工大培养的国防生干部目标定位准确,作为一个优秀群体在部队信息化建设、武器装备技术革新、科研攻关、拓展带兵治军思路等方面都发挥了重要作用,受到了广大官兵的欢迎。如今,毕业到部队的国防生已开始崭露头角,先后涌现出"火箭军十大砺剑尖兵"、全军第一个国防生旅长邢建军,全国人大代表、"全军英模标兵"某导弹旅发射连连长尹东等为代表的一批又一批的强军精英。2005年6月,驻校选培办被原总政评为全军接收和培养地方大学生干部工作先进单位;2011年9月,被原第二炮兵评为人才建设先进单位;2015年和2016年,蝉联原第二炮兵和火箭军机关驻校选培办和毕业国防生大比武冠军。这也是新上任的主任们参加过的唯一的两次比武,我校选派参赛的干部和国防生连续包揽了两年两个第一名,以至于被火箭军培养国防生的其他五家地方高校的选培办主任——龙洋、王拂为、章春、马峰、刘昌法——称之为"西工大现象"。

今年,正逢西北工业大学建校80周年。

也是我军龄满30周年,我主动向组织上申请退休,为我的军旅生涯画上一个圆满的句号。主要原因是考虑到父母年事已高,耄耋之年;儿子升入高三,高考在即;我被左下肢和右肺两处栓塞病痛所折磨反倒退了其次;加之,我又是独生子女,没有兄弟姐妹,需要照顾年迈的双亲和幼子。"百善孝为先",三年多来,离家千里,亏欠家人太多太多。

又到了石榴花绽放的季节。

回想快四年的西安工作和生活,心中感慨万千,要不是千里之外亲人的牵挂,大学校园真不失为一处绝佳的工作环境:每天面对一张张稚气的笑脸,一声声亲切的问候,眸前晃动着充满青春的色彩,昂扬着正能量的红色队伍,响彻校园的军营口号,以及训练场矫健的身影。这一切,使我心情格外舒畅,工作动力倍增。

喜欢一座城,是因为城中的人。

正是因为有了这份工作的特殊性,才使我得以亲历创业的不易与殊荣,也以此为平台联系了以往的老友,结交了诸多的挚友。

火箭军副司令员张振中中将、火箭军工程大学校长王耀鹏少将、刘光斌少将、政委郝平锁少将、陈洪珂少将、于春福少将、刘宗保少将,空军工程大学校长马军少将、政委朱瑞少将和海军工程大学副校长苗宇少将,首长们关心重视国防生教育培养工作,或亲临西北工业大学调研交流,或作专场报告。几年来,坚持跟踪调研基层作战部队各类岗位国防生干部生长情况,火箭军基地首长和旅团领导真诚相邀,热情接待,96601部队杨春光少将、王德君大校,96746部队杨洪全政委、李正连旅长,96741部队段聚兴旅长、卫礼强政委,96744部队邢建军旅长、姬建春政委等,为我们搭建了调研交流的平台和提供了向部队学习的良好场所。"一个篱笆三个桩,一个好汉三个帮。"与我部建立长期友好协作关系的工程基地训练团匡昆仑团长、廉春毅力政委、王平副参谋长,陕西省武警总队医院体检中心丁晓勇主任,他们乃至整个单位全体官兵,为了强化国防生军事基础素质、纪律作风养成、健强军人体魄,可谓花费太多心血,立下了汗马功劳。来此之前,因为有国防大学政治学院西安校区的薛保国政委和我的老领导王新华队长、张华政委、杜芳军副队长、张洪涛副政委及郭庆东、于海洋、韩宁等众多老同学支撑打气的缘故，工作上更加自信满满。人在病时最思家，第四军医大学西京医院李昌务副政委、三二三医院贺斐斐主任，在我生重病期间给予了最好的关照和体贴。邀请返校作报告、友情授课和特邀评委的邢建军、尹东、李建波、念宏图、刘浏、叶文婷、李琪、袁春前等，关心国防生教育和成长的二炮机关领导、基层部队学长和地方政府机关的老师，还有始终作为坚强后盾的火箭军工程大学聂富荣、王凤远、丁兴俊、马春泰、陈金洲、郑中友、杨浩武、郭军、曹明、王林、敖正军、何建峰、王栋、陈庆、杨曦、周代刚、董江、钱海巢等各级部门的领导和战友，军委政治工作部刘惠斌副局长，军委装备发展部某基地邱晓建副部长，解放军报社刘业勇主任，战略支援部队某部肖东明政委、张会波处长，陕西省军区黄河处长，空军工程大学戴通伟处长，边海防学院杨阳副院长、吴道全主任，西安地区军校协作中心吕永鹏主任及全军选拔培训工作战线上的同仁，这些或同在一座城，或不同军兵种的战友们，是我血浓于水的好兄弟。

作为一个地方大学中的军队单位，离不开驻地及全国各地众多领导和朋友的支持：省工商局秘书长刘浏助理、省纪委张海文主任、省办公厅刘辉主任、省委网信办高志强主任、省人大办公厅乔昌贤处长、省发改委问斌处长、省工信厅朱巨龙厅长、省卫计委孙晋青处长、省科技厅王震荣调研员、省台办房万全、国防科工局井蕾，省旅游局孟保民巡视员，市信访局王增武局长，西北大学校报刘卫平总编、宗教事务局肖辉局长、常继华、陈涌，顾建华书记、王立静站长、傅绍相董事长、谭宏伟总经理、姜卫东会长、张绪宝总经理、刁剑青队长；杨振国总经理、王海洲会长、王熙副会长、李超总编、潘云龙副总编、李维董事长、张敏主任、孙宝军、房崇远、刘一峰、修占革、周东杰、程梅、刘迪、樊红岩、师怡、孟欣、华榕、张紫霞、程晓蓓、任琛、马豆豆、张成竹等，太多的兄弟姊妹，让我在离家千里之外的十三朝古都，再一次感受到了家的温馨。

一次次飞越云端，一次次洞穿秦岭：西域赴邀，京畿请命，齐鲁策研，徽楚践学……校园矗立起象征国防生标志的雕塑"和平利剑"，探访大漠戈壁最帅的优秀国防生旅长，重温峥嵘岁月中走出百余位将军的"小路口精神"，聆听基层作战部队国防生干部讲述自己军旅成长的故事，等等。军民融合的泱泱爱国情怀，徜徉在祖国南北分界线的大动脉上，驰骋在培养赓续红色接班人的使命担当的中国梦强军梦中，飞奔在中华民族伟大复兴的阳光大道上。

临别之际，对大家和我的家人给予本人及单位的密切关注、倾力相助、全力支持，表示衷心的感谢！并致以一名共和国老兵的崇高的敬意！

1374，是古长安帝王都象征！

古城墙四座门为长乐、安远、永宁、安定，各取一字意为"长安永安"。

2018，是大西安新时代符号！

太白、子午、终南、丈八、太乙、未央……时空转换，生命轮回，仓颉千年传承的字符，飞旋出厚重的墙垛，被赋予了一种崭新的生命力。

人生的长路，总在来去之间，绽放或遁迹。

2018年6月于西工大友谊校区国防生公寓楼